春の日びより
Harunohi Biyori
illust. ひたきゆう
乙女ゲームのヒロインで
—otome game no heroine de saikyo survival—
最強サバイバル VI
TOブックス

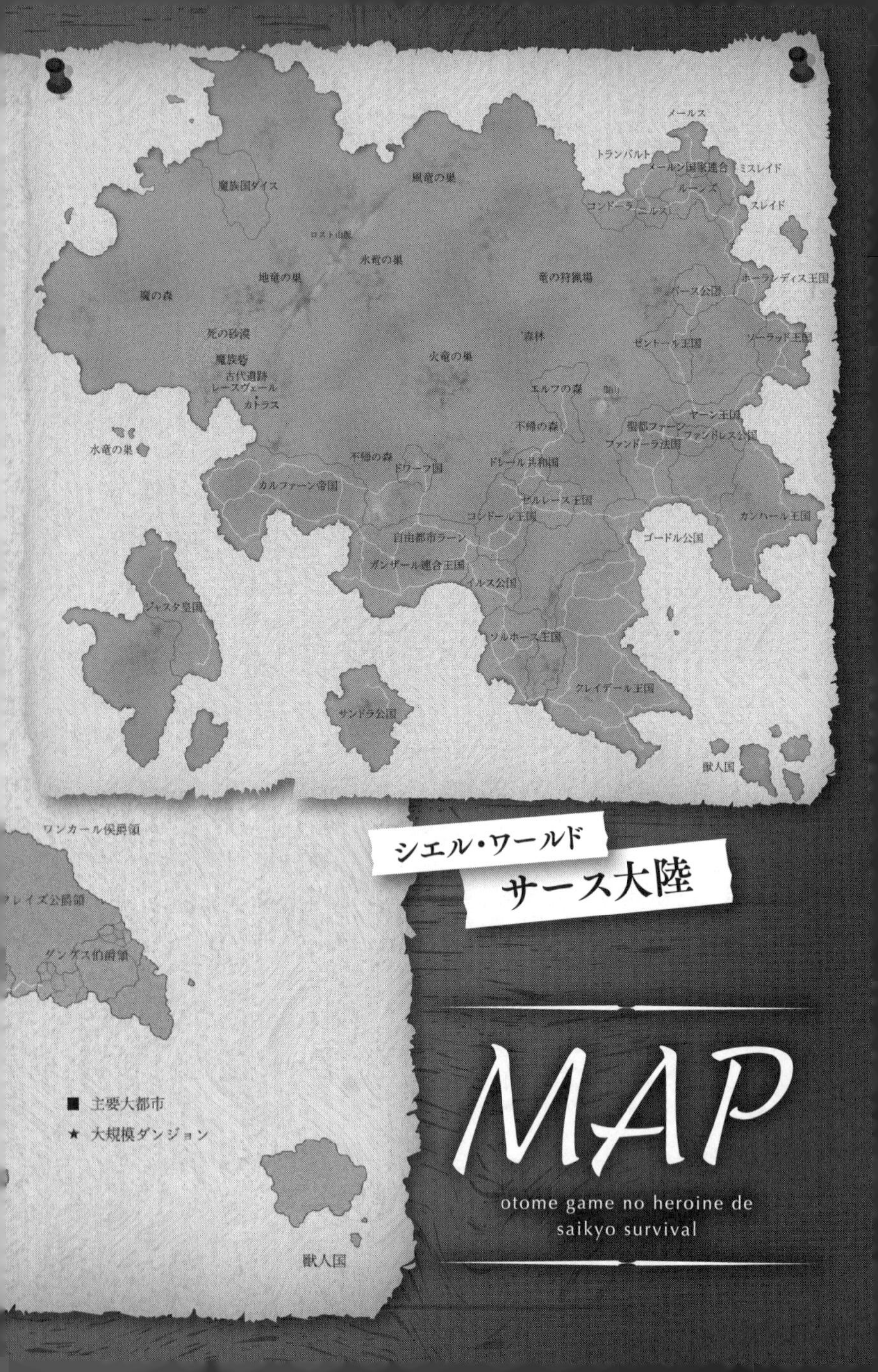
シエル・ワールド
サース大陸
MAP
otome game no heroine de
saikyo survival
メールス
トランバルト
メールン国家連合
ミスレイド
ルーンズ
コンドーラ
ニルス
スレイド
魔族国ダイス
風竜の巣
ロスト山脈
水竜の巣
地竜の巣
竜の狩猟場
ホーランディス王国
バース公国
魔の森
死の砂漠
森林
ゼントール王国
ソーラッド王国
魔族砦
火竜の巣
古代遺跡
レースヴェール
カトラス
エルフの森
霊山
ヤーン王国
不帰の森
聖都ファーン
ファンドレス公国
ファンドーラ法国
水竜の巣
不帰の森
ドワーフ国
ドレール共和国
カルファーン帝国
セルレース王国
コンドール王国
カンハール王国
自由都市ラーン
ゴードル公国
ガンザール連合王国
イルス公国
ジャスタ皇国
ソルホース王国
クレイデール王国
サンドラ公国
獣人国
ワンカール侯爵領
クレイズ公爵領
ダンケス伯爵領
■ 主要大都市
★ 大規模ダンジョン
獣人国

大森林
魔物生息域
コンドール王国
セイレス男爵領
ホーラス男爵領
セドラス伯爵領
バッシュ伯爵領
ヘーデル伯爵領
メランド伯爵領
旧ダンドール公国領
セントレア伯爵領
イルス公国
コンド鉱山
トーラス伯爵領
ボルド伯爵領
ダンドール辺境伯領
ケンドラス侯爵領
魔物生息域
旧国境
ダンス侯爵領
フーデール公爵領
カルファーン伯爵領
街道
サンドーラ伯爵領
グリムス伯爵領
ヘールトン公爵領
スタンレイ伯爵領
リスト侯爵領
緩衝地帯
オーズ侯爵領
ソルホース王国
クレイデール王国
王都
魔術学園
コーレス侯爵領
魔物生息域
レスター伯爵領
ラクストン公爵領
旧国境
ルナール伯爵領
街道
リーセル侯爵領
ソラッド伯爵領
リース伯爵領
旧メルローズ公国領
ロンデール伯爵領
メルローズ辺境伯領
ハンクース侯爵領
サングラール伯爵領

第二部

学園編

―鉄の薔薇姫―

VI

第二章

砂漠の薔薇

イラスト　ひたきゆう
デザイン　AFTERGLOW

contents

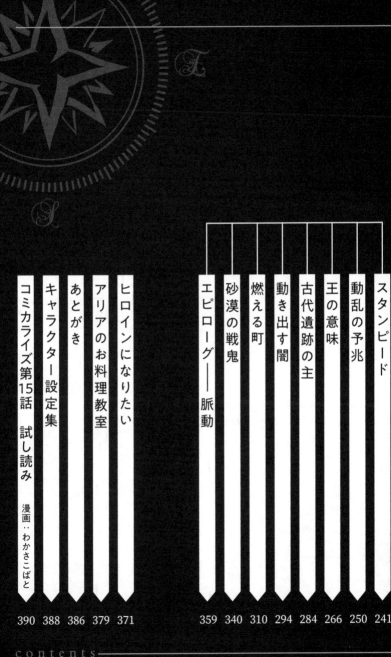

アリア（本名:アーリシア・メルローズ）

本作の主人公。乙女ゲーム『銀の翼に恋をする』の本来のヒロイン。転生者に殺されかけた事で「知識」を得た。生き抜くためであれば、殺しも厭わない。

エレーナ

クレイデール王国の第一王女。乙女ゲームの悪役令嬢だが、アリアにとっては同志のような存在。誇り高く、友情に熱い。

クララ

ダンドール辺境伯直系の姫であり転生者。
乙女ゲームの悪役令嬢の一人。アリアを警戒している。

カルラ

レスター伯爵家の令嬢。乙女ゲームにおける最凶最悪の悪役令嬢。アリアと殺し合いたいと考えている。

characters

characters

フェルド

お人好しな凄腕冒険者。幼いアリアに最初に戦闘スキルを教えた人物。

ヴィーロ

冒険者。凄腕斥候。アリアを気に入り、暗部騎士のセラに引き合わせた。

セラ

メルローズ辺境伯直属、暗部の上級騎士（戦闘侍女）。アリアを戦闘メイドとして鍛えた。

サマンサ

凄腕魔導士。『虹色の剣』創始者の一人。どこまでボケているのかは不明。

アーリシア（偽ヒロイン）

乙女ゲームの知識を得た元孤児。本来アリアが担うはずだった“乙女ゲームのヒロイン”という立場に収まり、魔術学園にて暗躍している。

【サバイバル】survival
厳しい環境や条件の下で生き残ること。

【乙女ゲーム】date-sim
恋愛シミュレーションゲーム。

第二部

学園編

鉄の薔薇姫

VI

第二章　砂漠の薔薇

プロローグ――怨嗟

「…………ぁあぁっ！　ゴストーラぁああ！」

サース大陸の西――光の差し込まない古びた城で、一人の少女が嘆いて声を張り上げる。

少女の目の前にあるのは、一人の男……その遺体。

少女の目の前に現れたのは、十数名の氏族を引き連れた作戦の遂行を告げる彼の笑顔ではなく、たった一人だけ落ちてきた、氏族長補佐であり、かけがえのない友人でもあるゴストーラの物言わぬ亡骸であった。

「なぜ……なぜだっ！」

少女は嘆き、高ぶった感情で血の涙さえ流す。

過去において邪神の使いとして渡来した聖教会によって迫害され、魔物蠢く危険な土地へ追いやられた闇《ダーク》エルフは、自ら賤称である『魔族《エビルレース》』を名乗り、他種族との戦争を繰り返し、その数を大きく減らした。

魔族国、吸血氏族。人口が減ってしまった闇エルフたちは、魔物、怪物など〝人〟ではなくなった者たちでさえも国民として迎えざるをえず、闇に紛れて生きてきた吸血鬼たちはようやく人間としての尊厳を手に入れた。

だが、元は同じ闇エルフであったとしても、人と化け物とは真の意味で心を交わすことができなかった。

捕食者と獲物……常に仲間から警戒され続ける吸血氏族は、いつ仲間たちから排除されるか分からない状況にあり、吸血氏族は自らの身を削ってでも吸血氏族が魔族国の一員であることを示さなければいけなかった。

氏族長である少女の代わりに、氏族長補佐であるゴストーラが氏族の手練れを引き連れ、人族国家に潜入するという危険な任務に赴いた。

数ヶ月前に届いた報告では、クレイデール王国の王女を生きたまま拉致することで、王国内に不和を起こし、国力を削ぐことができるとあった。

だが……戻ってきたのは、物言わぬゴストーラの亡骸だけ……。

氏族長である少女は、計画が頓挫しただけでなく、長年共にいた氏族の者や友であるゴストーラさえも失ったことを理解した。

「……許さぬぞ、人族どもめっ！」

怨嗟の声を漏らした少女が、友であるゴストーラの亡骸に牙を突き立てる。

吸血鬼は血を吸うことで生物の魂の力を得る。だが、死した者の血では効果はない。だが、一定以上の力を持つ吸血鬼は、死者の血からその想いを得ることができた。

「ああ……」

流れ込んでくる〝血〟の記憶……。その中で特に印象の強い……恨みを抱いている人物の映像が少女の脳内に強く焼き付いた。

「……お前らか。お前らが氏族の仲間たちを、ゴストーラを殺したのかっ!!」

血で出来た爪が伸び、噛みしめた牙で少女の唇から血が零れる。

「……黒髪の女……そして、桃色髪の女っ！　絶対に許さん……っ。必ずや永遠の苦しみを与えて地獄を見せてくれようぞっ!!」


力ある者たちの大部分を失った吸血氏族は、もう氏族としての存続は難しい。戦力として当てにならない魔物など厄介者でしかないからだ。それでも氏族の長である少女が先頭に立って戦えば、まだ氏族の存続は可能だったかもしれない。

だが、長である彼女はそれを選ばなかった。少女にとってすでに意味をなくした氏族よりも、数百年共にいた者たちの仇討ちを選んだのだ。

少女は一人でもクレイデール王国へ向かい、友の仇を討ちたかった。だが、それを出来ない理由もあった。

吸血鬼は生前の技能と生きた年限で力が変わる。力が強くなればなるほど霊的に魔物に近づき、ゴストーラたちのように町で活動することが容易ではなく、彼らより制限が大きくなる。そんな状態でクレイデール王国へ向かったとしても、たった一人で昼に動けない彼女が二人の女を捜し出すなど不可能に近かった。

だが諦めない。氏族の未来と友を殺した二人の女を殺すため、少女は合理的かつ最も非合理的な方法で女たちを炙り出そうと考えた。

人族国家との大きな戦争は五十余年前から起きていない。人族はもう魔族に戦う力は残っていないと考えているが、魔族は諦めてはいなかった。人族にとっては二世代以上前の話でも、寿命の長い闇エルフにとって忘れられるような短い時間ではないのだ。

減った人口を増やし、武器を蓄え、吸血氏族のように様々な氏族の者たちが大陸中に散って、不和の種を蒔いている。

そして、現在も強硬派の者たちが開戦を訴えていた。現在の魔族王は過去の苛烈さが嘘のように腑抜けてしまっているが、それでも吸血氏族の長である少女が手段を選ばなければ、穏健派を懐柔することもできる。

再び戦争を始める。魔族軍を使い、人族の集落を潰していく。その災禍が二人の女へ届くまでたとえ何十年掛かっても……。

そのためならばたとえ自分自身が使い潰され、滅びようとも。

ゴストーラを倒せるほどの戦士が戦場へ出てこざるをえなくなるまで。

少女は血の涙を流しながら闇に嗤う。

「――人族に呪いあれ――ッ!!」

砂漠の町

クレイデール王国の主な貴族子女たちが集まる、安全であるはずの王立魔術学園において、エレーナ・クレイデール第一王女が襲撃され、行方不明となった。

目撃証言から主犯は、五十年以上前に人族と戦争状態にあった魔族と呼称される闇エルフの一派と思われるが、王女の護衛に倒され外部に放置されていた死骸が朝日を浴びて灰になったことから、宮廷魔術師と王宮医師団が室内に残された死骸を調べた結果、吸血鬼であることが判明する。

魔族の政治的犯行《テロリズム》か、吸血鬼という魔物の襲撃か。王女派ではない一部の者からは、王女は死亡したのではないかという憶測も流れたが、重傷を負った王女の側近や側仕えたちはそれが正しくないと証言していた。

判明している主犯格である魔族の目的は、エレーナ王女の誘拐。

その目的のためにダンジョンから得られる魔術を封じ込めた『宝玉』を使用し、封じ込められた『空間転移《テレポート》』の魔術によって連れ去ろうとした。

しかし、魔術が発動する瞬間、王女の専属護衛をしていた冒険者の男爵令嬢により主犯格の魔族は倒され、王女が魔族によって連れ去られるという最悪の事態は防ぐことはできた。

だが、王女と護衛である男爵令嬢はすでに発動していた空間転移に巻き込まれて何処かへと消えてしまった。

筆頭宮廷魔術師たちの見解によれば、おそらくはクレイデール国内から目的地であろう魔族国との間にあるどこか……宝玉に封じられていた魔力量によって距離は変わるが、その中間地点の何処《いずこ》かに落ちたと推測されている。

側近や護衛である騎士たちにも魔術を使った聞き込みと調査が行われたが、その証言に差違は無く、それにより王国の指針は魔族の調査から王女の探索へと変わる。

状況はどうあれ、現状で王女が行方知れずになったと分かれば、王家派へ傾きかけていた貴族派の一部がどう動くか分からない。すでに学園内は学園長により箝口令が敷かれて情報が生徒たちに伝わっていなかったことが幸いし、国王陛下は学園の安全補強を目的として三ヶ月から半年の休校を命じ、宰相の下、暗部を含めた調査部門に国内外の探索を命じた。

王女は生きている。そう信じる者は多くとも、情報を止めておけるのは三ヶ月が限度だろう。

国王は、最大三ヶ月までに王女の安否が不明の場合は、混乱を避けるために王女を療養中と告知して、秘密裏に進められていた王女と王太子の王位選定を中止とし、半年後に王女を病死として、同時に王太子エルヴァンを次代の王として正式に告知することを決断する。

期限は半年。その間に出来ることをするために動き始めた者たちがいた。

王城にある執務室にて、宰相であるメルローズ辺境伯ベルトは、諜報担当の暗部の騎士たちに王女の探索を命じ、それと同時に国内に魔族を引き入れた貴族の調査を進め始めた。

「ベルト様は、何処かの貴族家が魔族を引き込んだと思われているのですか？」

「そうだ。裏切り者がいたとしても、貴族でなければ学園内の警備情報を知ることはできない。だが貴族家とは限らん。古い貴族ほど魔族に恨みを抱いているからな」

前の戦争時、ベルトはまだ少年だったが、それでも魔族の強さと戦いにおける冷酷さは恐怖と共に記憶に焼き付いている。

貴族家でも家長や古い時代を生きた者はまだそれを忘れられずにいる。だとすれば魔族を国内で匿っていた者は、貴族家ではなく個人。それもまだ若い貴族の可能性が高い。

その話を聞いてベルトの専属執事であるオズは、静かに頷きながら主のために新しい茶を淹れる。

「招き入れた者と匿っていた者が同じとは限りませんね。そちらの方面からも調べさせます。それと王女殿下の探索ですが、国外はいかがいたしましょう？　空間転移に巻き込まれたとなれば、国外の可能性が高いと存じますが」

「筆頭宮廷魔術師殿はそちらの可能性が高いと考えている。他国で公に調査はできないが、殿下は優秀な方だ。それにあの者もいる。おそらく二人はこちらへの連絡を試みるはずだ。噂話程度でも良い、その方面からも調べさせろ」

「……かしこまりました」

主であるベルトのある想いを察してオズは頭を下げ、そのまま執務室を後にした。

「…………」

微かに軋む音と共に深く椅子に背を預けて、軽く息を吐いたベルトは虚空を見上げながら、一人の少女の姿を思い浮かべる。

それは亡き娘の忘れ形見である、数年前に見つかった孫と名乗る娘のことではなく、王女と共に行方不明になった冒険者の少女のことだった。

暗部騎士であるセラの養女となっても、王女の警戒が厳しく、学園関係者以外の貴族が彼女に近づくことはできなかったが、一度だけ王女の護衛として付き添う少女を垣間見たその姿は、今もベルトの瞳に強く焼き付いていた。

輝くような桃色がかった金の髪。その色もふとした一瞬に見せる表情も、亡き娘の面影を見出すには充分だった。

歳も同じ。面影もある。だが証拠がない。状況証拠だけで孫としたあの娘と違って、彼女を孫とするだけの状況証拠は何も無かった。

その歳であれほどの力を得るのにどれほどの苦労をしたのだろうか。だが、今の彼女は実力で王女の護衛となり、下手にベルトが手を出そうとすれば、冒険者である彼女はあっさりとどこかへ消えてしまう可能性すらあった。

その少女が王女と共に行方不明となったことで焦燥感が募る。今までは二人の少女が成人するまでに証拠を見つけようと考えていたが、もしかすれば亡き娘と同様に二度と会うことができないかもしれないのだ。

（……いや、あの娘は生きている）

王女の運も強いが、あの少女の実力を考えれば異国の地でも生き残れるはずだ。

必ず王女と共に少女も見つける。そして今度こそ亡き娘のように選択を間違わない。そして今度こそ本物の孫娘かもしれない少女と再会するために私財をなげうってでも捜し出そうと決意した。


そして王女が護衛と共に行方知れずになったと一報を受け、ある少女も動き出す。

クララ・ダンドール辺境伯令嬢。王太子エルヴァンの筆頭婚約者であり、王家のためにダンジョンの加護を得て体調を崩していた。

「エル様……」

でも、その婚約者が最後に顔を見せたのはいつだっただろうか？

王族の冷徹さがないエルヴァンの弱さ故の優しさに絆されたクララは、乙女ゲームの攻略対象としてというだけでなく、一人の男性として愛してしまった。だが今のクララの顔色が悪いのは、エルヴァンの心が離れつつあることだけでなく、王女エレーナが行方不明になったことも関係していた。

乙女ゲームのシナリオと同じく魔族を国内に引き入れたのはカルラだが、放置されていた魔族にグレイブが拠点を与え、情報と資金を提供していたのがクララだった。

グレイブと接点はなくても、クララは原作の知識と加護による未来演算で、魔族の目的はある程度予見できていた。

王家への攻撃とそれによる王国の衰退。王太子エルヴァンと王女エレーナへの襲撃。

でもそれはまだ先の話だった。魔族が襲ってくる場合は、攻略対象複数のヒロインへの好感度が一定以上高い場合のみ発生する。クララも魔族の襲撃は二年目以降だと考えていた。

それでもクララが魔族に援助をしたのは、二年目に発生するであろう特別なイベントを始めさせるためであった。

魔族によるヒロインの誘拐――。

これは一度本編をクリアした後の二周目以降のイベントで、攻略対象たちの心の闇を払い、彼らを成長させるヒロインを誘拐して攻略対象者たちに不和を起こさせるためのものだ。

でも、ヒロインへの好感度が高く成長した攻略対象者たちは魔族国へ向かい、力を合わせてヒロインを奪還する。

だからこそ、クララはそのイベントを強引に始めようとした。

もし仮にヒロインへの好感度が高くなっていても、それで国家が動くわけでもなく、現状のエルヴァンや攻略対象者たちでは単独で動く実力はない。あくまで全員の好感度が高い場合であり、現実ではそんなことはあり得ないのだ。

だが、そのイベントが一年目の今、始まってしまった。

しかも、魔族たちが危険視したのは、王太子エルヴァンでもヒロインでもなく、本来隠していた実力を見せ始めた王女エレーナだった。

ダンジョンの精霊に願い身体を癒やして才を示し始めたエレーナは、魔族にとって王太子よりもヒロインよりも危険な存在になってしまっていた。

クララがまだ前世を思い出していなかった幼い頃……エレーナを本当の妹のように思っていた感

情を思い出し、今、彼女の命が失われそうになっている事実に吐きそうになる。

けれど、今の状況はクララにとって絶好の機会だった。

学園は休校となったが、事情を知る主だった貴族と上級貴族家の一部は学園内に残っている。上級貴族家とその関係者だけなら、下手に領地に戻すよりも纏めて近衛騎士による警護が出来ると王家から通達があり、王家派の上級貴族は学園内に残ることを選んだ。王族とその婚約者だけでも王宮に入るという案もあったが、クララとカルラが学園に残ることを望んだためにその話はなくなった。

エレーナとあの恐ろしい少女がいないだけで、心が病んだクララでも自由に動けるようになる。

クララは【加護《ギフト》】を使い、すべての選択肢の未来を覗いてでもエルヴァンの心を取り返すと自分に誓う。

今まではヒロインの存在を呪っても、他人頼りで自分では何もしていなかった。

だから今度こそ――

「私がヒロインを排除します」

一人の少女がそんな決意をしている中で、アーリシア……自らをリシアと名乗る少女は、三人の男性と優雅にお茶を愉しんでいた。

「リシアは本当に優しいな。エレーナのことだけでなく、あのような粗野な者まで気に掛けてくれるとは……」

「そんな……私のことも気遣ってくれるなんて、アモル様のほうがお優しいです」

王弟アモルの言葉にリシアがはにかむように頬を赤らめると、彼女を挟んで逆側の席にいた少年がリシアの気を引くように身を乗り出した。

「あの護衛は野蛮な子だったんだ。王女様も冷たかったけど、人の命を簡単に奪えるような人だから、こんな目に遭うんだよ」

「そんなことは言わないで、ナサニタル。みんながあなたのように心が綺麗なわけじゃないのよ」

「そ、そうかな。ごめんね、リシア」

照れたような笑みを浮かべるナサニタルに、アーリシアはニコリと子どものような笑顔を浮かべる。その笑顔は貴族令嬢の作り物めいた笑顔を見慣れていた二人には新鮮であり、純粋さの象徴のように見えていた。

桃色髪の少女によってそれまでの価値観を破壊され、それでも凝り固まった概念で受け入れられず心に傷を負った二人は、アーリシアに主張をすべて受け止めてもらえたことで絆された。

近寄りすぎず、離れすぎず、必要なときにそっと手を握る。彼女の幼い外見も相まって警戒心を抱かせることなく、彼らのすべてを肯定することで、リシアという存在がその心の隙間に楔のように打ち込まれた。

「…………」

そんな二人をエルヴァンは複雑な面持ちで見つめる。

彼は異母妹であるエレーナの行方不明を心配していた。成長して彼から離れてしまったエレーナだが、中級貴族程度の感性しかない彼にとっては、いつまでも可愛い妹でしかなく、彼らのように割り切ることができなかった。

アモルはエレーナを可愛がっていたはずだが、エルヴァンのような家族愛は無いのだろうか？

ナサニタルは神の教えに従い人を殺めることをあれほど嫌悪しながら、まるで人の不幸を喜んでいるように見える。

誰も彼らに苦言を呈することはない。そして彼らの思いは一人の少女に肯定される。

自分たちは本当にこれでいいのか？　アーリシア……リシアは本当に正しいのか？

エレーナは彼女のことを良く思っていないようだった。クララも彼女が危険だと言っていた。

（……クララの顔を見ていない。いつからだ……？　段々と僕を縛るようになった彼女と少しだけ距離を置きたくて……でも、クララは僕のために……僕も……）

「――エル様？」

「リシア……」

考え込んでいたエルヴァンはアーリシアの声と、テーブルの下でそっと手を握ってくる彼女の温もりで現実に引き戻された。

「無理をしないで……エル様は間違ってない。少し疲れているだけだから、少し休めばきっと上手くいくわ」

「うん。そう……だよね」

納得はしていない。けれども彼女の言葉は王太子という重責と難題に苦しんでいた彼に、心地のよい〝逃げ場〟を与え、エルヴァンはそっと彼女の手を握り返した。

「ふふ」

リシアは心に闇を抱えた男たちへ、最も完璧な形の愛らしい笑みを見せつける。

彼女は彼らのすべてを愛している。けれどその愛情は、自分が愛されるためだけの自己愛の裏返しに過ぎず、だからこそ男たちは誰よりも自分が愛されていると錯覚する。

リシアの目的は〝愛される〟こと。

すべてに愛されることだけが彼女の心の〝飢え〟を満たしてくれた。愛されるためなら、こんな不敬罪ぎりぎりの綱渡りさえできる。たとえその対価が自分の命であろうとも……。

この〝飢え〟が満たされるのなら、この国の滅びと引き替えにさえするだろう。

誰にも愛されない、何もない孤独と恐怖を感じていた幼児期の環境が、なんの力も無いただの少女を傾国の妖女へと変えていた。

そして今日もリシアと名乗る少女は、心から自分だけを愛して満面の笑みを浮かべる。


そんな彼女たちの様子を心から愉しんでいる一人の少女がいた。

筆頭宮廷魔術師の令嬢カルラは、王女たちが消えた二日後に目を覚まし、側仕えから彼女たちの話を聞いて、体力が半分になるほど笑い転げた。

「……本当に面白いわ、アリア。でも早く戻ってきてね。あなたが戻らなければ、彼らも彼女たちもみんな燃やしちゃうから」

動き出したのは学園と貴族だけではない。回復したヴィーロを含めた冒険者パーティー虹色の剣は、あらためて宰相から依頼を受けて王女と仲間の探索のために行動を始め、幻獣クァールであるネロは相棒である少女のために、彼女と一度だけ共に赴いたことのある少女の師匠のいる場所へ駆け出した。

王女は生きている。王女の近くにいた者ほどそれを確信していたのは、彼女の側にその少女……アリアがいることを知っているからだ。

＊＊＊

サース大陸南西に、死の砂漠と呼ばれる生き物を拒む砂の大地と、それに隣接する巨大な古代遺跡があった。

その遺跡がいつの時代の物か分かる者はいない。この大陸の先住民族であるクルス人より以前にいた民族の名残とされ、小国ほどの広大な都市そのものがすべて遺跡であり、砂嵐がその都市を霞ませて見せることから、その古代遺跡の都市は『レースヴェール』と呼ばれるようになった。

その古代遺跡の都市に人間はいない。その都市は砂漠に生きる甲虫系の魔物や、レイスやスケルトンなどの不死魔物《アンデッド》で溢れかえっているからだ。

だが、魔物がいれば素材や魔石が採れる。それらが得られるのなら冒険者が集まる。

遺跡に残った財宝を夢見て盗掘する者もいるだろう。そんな者たちが集まれば、金銭のにおいを嗅ぎ取った商人たちが集まり、次第に集落が形成されていく。

欲あるところに〝人〟は在る。

砂漠の中に町があった。古代遺跡レースヴェールの外周から徒歩で半日の距離にあるその町には、様々な種族の人間たちが混在していた。

人族、獣人、ドワーフにエルフ。冒険者や盗掘者、犯罪者や追放者……彼らに過去の因縁は意味がなく、この町では強ければ生き資格があり、弱ければ砂漠の渇きの中で骸《むくろ》を晒す。


ざり……。

革のブーツが砂にまみれた石の床で微かな音を立てた。

町の中ですらない、壁の外側にある貧民街……その一角にある煤けた酒場にて、岩のテーブルで昼間から酒を呑んでいた浅黒い肌の男たちは、足を踏み入れた二人組に剣呑な目を向ける。

外套を纏っているのは日差しの強いこの辺りでは珍しくないが、その体格や歩き方からまだ若い女だと見抜いてわずかに下卑た笑みを浮かべた。

無遠慮に向けられる男たちの視線の中で、二人の女は店主のいるカウンターまで歩いてくると、背の高い方の女がカウンターの上に幾つかの小銀貨を置く。

「食事と酒精のない飲み物を二人分」

高くもなく低くもない、ただその声の若さに驚きながらも店主は、カウンターの上に置かれた小銀貨に少しだけ眉を顰めた。

「こいつは何処の国の金《かね》だ？　こんな物をおおっぴらに出すんじゃねぇよ」

「使えない？」

「そうじゃねぇ……。いいか、嬢ちゃん」

店主は面倒くさそうに片手で無精髭を撫でると、カウンターに肘をついて身を乗り出し、声を潜める。

「あんたら外国人だろ？　外国人で若い女がこんな土地で無事でいられると思ってんのか？　この町には衛兵なんてお上品なもんはいねぇんだ。さっさと帰り――」

「おいおい、勝手なことするなよ」

そこに割り込む者がいた。酒場で酒を呑んでいた四人の男たちが、下卑た笑みを浮かべて女たちの背後に立つ。

「わざわざ壁の外まで出てくるとは、旅行者か？　最近来たばかりの商隊か？　この町のことをよく知っている連中なら、若い女なんて連れてこねぇし、壁の外にも出てこねぇよ」

「お前ら、運はいいぞ。俺たち以外だったら身ぐるみ剥がされて、明日には家畜の餌になっているところだぜ？」

「女でも売れるかどうかは外見次第だがなぁ！」

酒精が入っている男たちは、くだらないことでゲラゲラと笑った。

浅黒い肌……人族でも砂漠の民であるクルス人で、おそらくは町の住人だろう。

「……この辺りでは、これが当たり前なのですか？」

先に金を置いた女ではなく、背が低い方の女が酒場の主人にそう訊ね、あきらかに少女のような軽やかな声と気品のある話し方を聞いて、男たちが冷やかすように口笛を吹くと、酒場の主人は露骨に顔を顰める。

「あんたら、店で騒ぎを起こさないでくれっ！　……嬢ちゃんたち、悪いことは言わねぇ。大人しくしていれば、この連中も命までは取らねぇはずだ。だから……」

「そう言うことだ。お前も余計なことを言うなよ？　今度は生きていられるとは限らねぇだろ？」

「くっ……」

男の言葉に酒場の店主が歯を食いしばり、男たちの一人が小柄な女の外套に手を伸ばした、そのとき――。

ガゴンッ！

「――ぁが？」

もう一人の外套の女が真横から掌底で男の顎を張り飛ばし、どれだけの力を込めればそうなるのか、真横になるまで首をねじ曲げられた男は自分の首の骨が折られたことさえ気付かす、白目を剥いて崩れ落ちる。

「――なっ⁉」

「おまえ、なに……」

何が起きたのか理解できず、ただ〝攻撃〟を受けたとだけ理解した男たちが慌てて武器を抜こうと自分の腰に意識を向けた瞬間、女の外套がひるがえり、そこから伸びた白い二本の腕が絡みつくようにさらに男二人の首を枯れ枝のようにへし折った。

「な、なんなんだよぉ！」

最後に残った男が混乱した顔で引き抜いた曲刀を振り下ろす。だがその刃を、グローブを嵌めた手がそっと添えるように横に逸らし、体勢を崩して前のめりになった男の顎を女の掌底が真後ろに向くほどの勢いで打ち抜いた。

崩れ落ちる男の手が女の外套を掴み、血を流すことなく瞬く間に皆殺しにした少女の素顔を光に晒す。

きめ細やかな白い肌に桃色がかった金髪。まだ幼さが残る少女の凄惨な美しさと〝格〟の違いを見せつけられた酒場の主人が思わず息を呑むと、小柄なほうの女も外套のフードをわずかに上げ、白い肌に映える碧い瞳で値踏みをするように彼を見つめた。

「とりあえず食事と……この町のことを教えてくださる？」

二人の絆

時は少し遡る――。

空間転移《テレポート》の魔術に巻き込まれ、私とエレーナは見知らぬ土地へと跳ばされた。

乾いた風。纏わり付く細かな砂。遮る雲さえない眩い朝日が砂煙に霞む広大な遺跡都市を照らし出し、それを見たエレーナがその遺跡の名を呟いた。

「……レースヴェール？」

「え、ええ……わたくしも本で読んだだけで実際に見たのは初めてですが、ここがサース大陸で、砂漠にある都市遺跡なら他に心当たりがありません」

花嫁のヴェールの如く、砂を纏う古代遺跡……。

エレーナは本で知ったという古代遺跡のことを教えてくれる。いつの時代の物か分からない、少なくともこの大陸の先住民族であるクルス人が国家を形成する以前からあった物で、そこにどの種族が住んでいたのかも定かではない。

大陸西方に住むクルス人や長命種である森エルフとも違う建築様式のこの都市は、すべて砂岩で造られているにも拘わらず、外装以外はいまだに風化もせず複雑な様式を残して当時の様子を物語る。

この都市遺跡の一番の特徴はその広大さだ。その広さは小国ほどもあり、横断するだけでも一ヶ月は掛かり、都市の全貌を知る者はおらず、その奥地には竜《ドラゴン》さえ棲むと言われていた。

「人はいない？」

「たぶん……遺跡には」

朝日に照らされるエレーナの顔が青白く見えるのは、襲撃された疲労のせいばかりではないだろう。

ここがそのレースヴェールなら、大陸南東にあるクレイデールとは最低でも他国を四つ以上横断しなければいけないほどの距離がある。内政的な均衡を調整していたエレーナの生死不明状態が長く続けば、それこそ彼女を生かしたまま攫おうとした魔族の思惑通りになる可能性があった。

エレーナは悔やんでいる。自分が誰からも判る形で死ねなかったことを。

あの時、私がエレーナの意を酌み取り、ゴストーラではなく彼女をこの手にかけていれば、少なくとも中立寄りの貴族家は王太子を支持し、最善ではなくても現状維持はできたかもしれない。

でも私は、エレーナには最後の瞬間まで生き足掻いてほしかった。

「帰ろう、エレーナ。死ぬだけならいつでも出来る。クレイデール王国も数ヶ月で駄目になるような弱い国じゃない」

「アリア……」

私の言葉にエレーナが俯いていた顔を上げて、その碧い瞳に私を映す。

彼女に生きていてほしい。それは私の我が儘だ。でも私は諦めない。国が乱れる前にエレーナを必ず連れて帰る。

そんな私の意思が伝わったのか、彼女の瞳にいつもの強さが戻ってくる。

「約束……しましたね。諦めないって」

エレーナが少しだけ笑う。

「わかりました、アリア。でも一つだけ約束して……。わたくしがどうしても帰れない状況になったら……私を殺して、あなただけでも帰還して、それを伝えて」

「エレーナ……」

彼女は強い。その儚げな姿の中に秘める強さの輝きに私がそっと手を伸ばすと、エレーナが祈りを捧げるように両手で包み込む。

「お願い……」

「……わかった」

二人で寄り添い、しばらくしてゆっくりと身体を離すと、私たちは前を向くように互いを見つめて、静かに頷きあう。

「方針を決めましょう」

第一に人の居る場所に辿り着く。そこに遠話が出来る魔道具があればいいのだが望みは限りなく薄い。そもそも数が少なく、国家間での長距離通話が出来るような通信魔道具は、カルファーン帝国まで行かなければ無いというのがエレーナの見解だ。

「推測になりますが、遺跡があるということは、それを漁る冒険者がいる可能性があります」

おそらくはその拠点も遺跡の近くにある。遺跡の南側……カルファーン帝国がある方向に集落がある可能性が高いとエレーナは言う。

「了解。まずは集落を見つける。それからカルファーン帝国へ行く方法を見つける。細かい部分は集落を見つけてからだ」

「それで構いませんわ。それとこれからは二人で協力するのですから、私を仲間として扱ってくださる？」

二人で帰る。その目標に前向きになったエレーナの表情はどこか楽しげに見えた。こんな状況だが、だからこそ強い彼女本来の明るさが表に出てきているのだろう。

「了解。それじゃ……エレーナは寝て」

「……え？」

やることを割り振られると思っていたエレーナがキョトンとした顔をした。でも、これも立派な〝冒険者〟の仕事だ。

「エレーナは寝ていないでしょ？　それに今は気温が低いけど、陽が高くなればすぐに気温が高くなる。動くのは夕方からだ」

あの女の〝知識〟によれば、砂漠は昼と夜の気温の高低差が激しいそうだ。それがこの世界にも当て嵌まるのか分からないが、少なくとも肌に感じる気温は少しずつ上がりはじめている。

「少し戻って休める場所を探す。水分は小まめに摂っておいて」

「は、はい」

岩山の森に戻りながら慌てて追いかけてきたエレーナに、【影収納《ストレージ》】から出した炒ったナッツ類も渡しておく。

「……【流水《ウォータ》】……」

空気が乾燥しているからか目で視える水の魔素が少なく、生活魔法で得られる水量は少ない。でも、水属性を持つエレーナがそれを見て私の分も水を出してくれた。

森と言っても、砂漠が近いので岩場ばかりの雑木林に近い。木々は真っ直ぐで細く葉も少ないことから、日陰になりそうな岩場を見つけて【影収納《ストレージ》】から出した自分の外套もエレーナに渡した。

「交代で仮眠する。一刻ほどで起こすからそれまで……」

「あなたが先に休みなさい、アリア」

私の言葉を遮ったエレーナが渡された外套を押し返すようにして、少し怒ったような顔をする。

「あなた、目元に少し隈が浮いていますわよ。ひょっとして何日も寝てないのでしょ？　私はまだ平気ですから、あなたが先に眠りなさい」

「……了解」

起きているだけならまだ平気だけど、私の体力値がかなり下がっているのも確かだ。それにエレーナも性格的に退きはしないと思い直した私は、彼女の言葉に甘えることにした。

「それなら、これも渡しておく。私の物で悪いけど、そんなヒラヒラした物よりマシでしょ？」

今のエレーナの恰好は、薄い夜着の上に予備の外套を羽織らせ、私が学園で使っていたローファーを履かせただけだ。そんな恰好ではこれからの行動に問題がありそうなので、【影収納《ストレージ》】から学園の制服を出して彼女に渡す。

貴族の側仕え用の第三種制服ではなく、私があまり着ることがなかった第一種制服だ。

学園の制服は貴族が着るドレスやワンピースと違い、結構丈夫に出来ている。長期間着回すことも考慮されているだけでなく、わずかだが体温調節機能も有るらしい。

ドレスや側仕え用の制服と違って脹《ふく》ら脛《はぎ》丈だが、これから砂漠を歩くのに長い裾は邪魔になる。

エレーナは私が差し出した制服を少しだけ挙動不審な態度で受け取ると、突然不思議そうな顔をした。

「あなたの影収納《ストレージ》……でしたか？　衣服類に食べ物まで、随分と容量がありますのね」

「そう？」

私が最初に【影収納《ストレージ》】を発動させたときは、鞄一個程度の容量しかなかった。でも、魔力制御のレベルが上がり、闇魔法も収納拡張鞄が作製できるレベル4になって、何度も使って慣れたことで、容量は大きめの洋服ダンス程度にまで広がっていた。

【影収納《ストレージ》】の中は滅菌状態なので食べ物も瓶詰めのような状態になり、衣服類の臭いも消えて傷みにくくなるので、普段使っている物はほとんど中に入れてある。

魔力制御もレベル5となったから、今ならもう少し物を入れられるかもしれない。

「それじゃ、先に休ませてもらう。何かあったらすぐに起こして」

岩に背を預けて膝を抱えるように丸くなった私は、エレーナの声を聴きながら静かに意識を闇に沈めていった。

「おやすみなさい……アリア」

＊＊＊

あっと言う間に眠りについたアリアを見て、エレーナの口元に微かな笑みが浮かぶ。

強くて綺麗で、誰もがその姿を見て溜息を漏らすような少女の寝顔は、普段からは想像できないほど幼く見えた。

よく見ればアリアは何日も寝ていないだけでなく、腕や頬に治しきれていない傷が残り、艶やかな髪も肌も血や泥で汚れていた。

「……【浄化《クリーン》】……」

エレーナは囁くように魔術を唱えてアリアの汚れを浄化する。でもこうしてみると、【浄化《クリーン》】はアリアのほうが上手に扱っていたとあらためて気付かされる。

病気は大気の穢れや精霊たちが悪戯をすることで起きるとされている。でもアリアが言うには、目に見えない小さな生き物が穢れの正体であり、それを適度に浄化することで健康を保つことができるらしい。

「不思議な子……」

奇妙な知識を持つアリアの綺麗になった桃色の髪を指で撫で、エレーナは彼女に残っていた傷を【治癒《キュア》】を使って消していく。

どれほど厳しい戦いをしたのだろう……。暗部で最強と言われていたグレイブと戦い、そのまま自分のために駆けつけてきてくれたアリアに、エレーナは彼女の身体に残る傷を治しながら涙が零れそうになった。

これからは二人で協力しないといけない。でも、【浄化《クリーン》】も【治癒《キュア》】も人体に詳しいアリアに及ばず、戦闘面ではさらに大きな差が壁のように存在している。

エレーナはそう切に願う。せめて自分の身が守れるように。アリアがこれ以上傷つかずに済むように……。

（……強くなりたい）

アリアの傷を治すと彼女が言ったように日差しが強くなってきた。

エレーナは静かに立ち上がり、まだ影が長いうちに着替えを済ませようと考える。

上級貴族の令嬢の中には一から十まで侍女に着替えを任せている者もいる。エレーナも王族として四歳まではそのような生活をしていたが、母親に切り捨てられたことで意識が変わり、七歳でアリアに会ったことで、最低限自分のことは出来るように練習をしていた。

薄手の夜着を脱ぎ、アリアから借りた制服を手に取ると、これはアリアが着ていた物だと思い出して少しだけ気恥ずかしさが先に立つ。

王女であるエレーナは他人と物を共有することはない。衣服も椅子も茶を飲むカップでさえも彼女専用にあつらえた物だ。

王宮の外で食事をするときでさえ、エレーナの侍女たちはカトラリーや食器を持参する。けれど、これからは清潔でない食事すら摂ることになるのだろうが、今のエレーナはそれほど嫌悪感を覚えていなかった。

学園に入学したエレーナは、中級貴族の子女たちが当然のように友人同士で物を共有する事に驚き、それを羨ましいとさえ思うようになった。

エレーナに友人はいない。言葉を交わす令嬢たちはいるが、それは王女と臣下の関係に過ぎない。従姉妹であるクララとは、以前は友人であり姉妹のような関係だったが、今は修復が困難なほどに亀裂が生じている。

唯一対等に近い関係にあるのがアリアだが、彼女は同類の同志で、王女と護衛という二人を分かつ一線が存在していた。

でも……そんな彼女と私物を貸し借りする事は、まるで……。

（……〝友達〟……みたい）

そんな思いがエレーナの心を細波のように揺らした。

いつもアリアを見ていたので着方は分かっている。初めて袖を通す心を高鳴らせながらも着替え終えると、身長の違いか袖が余ってスカートの裾が想像よりも長かった。

アリアのように綺麗に着られず、若干しょんぼりとしながらも、初めてアリアと物を共有する体験でエレーナの口元に笑みが浮かぶ。

「…………」

本当は怖かった。死ぬ覚悟はあっても死にたいなんて考えたことはない。王女としての重圧も、国を背負う覚悟も、彼女が生き足掻く姿を見て、そんなアリアが側にいてくれたから出来たことだ。

アリアと一緒に帰りたい。そのために強くなりたいと願いながら、エレーナは眠る彼女の横にそっと腰を下ろして、少しだけ彼女の肩に頭を寄せた。

旅路

サース大陸にも四季がある。春が終わり夏が近づいても北方のメールン国家連合ではようやく短い春が来たばかりだが、南方のクレイデール王国では、北にあるセイレス男爵領でも汗ばむような陽気になる。

そんな土地の森深くで、普段使いの簡易的なローブを着た一人の女性が、庭に植えていた野菜や薬草などを摘み取り籠に入れると、しゃがんだままで凝った身体を伸ばすように立ち上がり両腕を上げる。

「ん〜〜……」

身体を伸ばすと銀の髪が流れて陽の光にきらめき、まだ三十前後に見えるその女性の肌は、艶やかな黒曜石のように黒く輝いていた。

闇《ダーク》エルフ。このサース大陸の西の奥地に住むとされる種族で、森エルフと同様に長い寿命を持つ、妖精とも呼ばれる美しい亜人種だ。

数こそ少ないが、人族の先住民族であるクルス人より前からこの大陸に存在したと言われており、彼らはクルス人などと細々とした交流をしていた。だが……千年前に移住してきたメルセニア人の〝聖教会〟がクルス人との諍いを避けるため、共通の敵として闇エルフを邪神の使いとして貶め、すべての種族から迫害されることになった彼らは、その恨みから自ら人の敵である『魔族《エビルレース》』を名乗るようになった。

だが、千年も経てば戦う理由も変わってくる。当時はすべての種族を敵として恨みを晴らすために争っていたが、今はその敵愾心《てきがいしん》が人族より聖教会に向けられるようになり、聖教会の力を削ぐために、国家という枠組みを崩そうと度々人族国家との戦争を起こしていた。

その戦争で人族だけでなく魔族からも『戦鬼』と呼ばれ恐れられた女魔族セレジュラは、自分の

人生に嫌気がさし、それ以上に幼い妹に自分と同じようになってほしくないという思いから、自分の死を偽装し、魔族軍を抜けてこの地に身を潜めている。

庭から戻ったセレジュラは、摘み取ったばかりの葉野菜と作り置きのシチューで食事を摂り、数少ない知己である行商人に渡すためのポーションを作る。

そんないつもと同じ生活の中で、最近は他にやるべきことが増えてきた。夜になり、今日はもう多くの魔力を使わないと判断した時点で、セレジュラは新たな日課となった〝実験〟を行う。

「――【鉄の薔薇《アイアンローズ》】――」

その〝発動ワード〟と共にセレジュラの銀の髪が風に吹かれたように靡き上がる。

▼セレジュラ　種族：闇《ダーク》エルフ♀・ランク5
【魔力値：387／425】【体力値：215／250】
【総合戦闘力：2006（特殊身体強化中：3786）】
【戦技：鉄の薔薇【Iron Rose】/Limit 38 Second】

「……くっ」

見る間に減っていく魔力値に、セレジュラは鉄の薔薇《アイアンローズ》を解除して、疲れた溜息をつくようにして思わず愚痴を漏らす。

「あの無愛想弟子は、よくこんなモノをまともに使えるね……」

一年前に一度戻ってきた愛弟子であるアリアから、ダンジョンの精霊に名付けられたという戦技、【鉄の薔薇《アイアンローズ》】の原理を聞いた。

戦技であるからには条件さえ満たせば誰でも使用できる。実際にセレジュラも時間こそ掛かったが発動だけなら可能になった。

だが、その条件である体内の魔素を属性のない純魔力に変換することが障害となり、レベル5の魔力制御である程度の魔力純化が可能になったセレジュラでさえも、アリアが使う十倍以上の魔力消費を強いられた。

これではまともに使えない。原因は魔力の純度だと仮定したが、おそらくそれだけではない。アリアと違って髪色が変わらないことも要因の一つと考え、セレジュラは無茶ばかりをする弟子のために、実験結果と考察を紙にしたためた。

セレジュラが自分の編み出した魔法を無愛想弟子《アリア》に伝えているように、アリアが創造した魔法も師匠《セレジュラ》に伝わっている。

闇魔法の【触診《フィール》】や【幻痛《ペイン》】は使用に際して危険はないが、【影収納《ストレージ》】のような体内の影を利用した魔法は今までに無かった魔法で、習得難易度も高く、人体にどのような影響があるのか分からないため、セレジュラも自分の身体を使って【影収納《ストレージ》】の研究も行っている。

その時——

「……誰か来たね」

居間のテーブルで魔術の研究をしていたセレジュラが不意に顔を上げた。

灯していた【灯火《ライト》】を【暗闇《ダーク》】で消し、セレジュラは自分の【影収納《ストレージ》】にある鉈を取り出しながら立ち上がる。

外に何者かがいる。だが、人の気配ではない。その気配から敵愾心が感じられないことに気付いたセレジュラは、鉈を肩に担ぐようにして玄関に向かい、扉を勢いよく押し開けた。

「さすがに幻獣は行儀がいいねぇ。……あんた一人かい？」

〈──是──〉

耳から伸びた触角状の髭から火花を散らし、夜に潜むその姿が一瞬浮かびあがる。

そこには暗い森の闇に溶け込むような漆黒の毛皮を持つ、黒豹のような姿の巨大な幻獣クァールが静かに佇んでいた。

アリアと行動を共にしている幻獣クァール──ネロは一度だけ、アリアと共にここへ来たことがあったが、セレジュラは幻獣を警戒し、ネロもセレジュラに歩み寄ることはなかった。

人に心を開かず、人よりも上位に存在する幻獣であるクァールがどうしてここにいるのか？　このクァールが唯一心を開き、ネロという名を与えたアリアの姿が見えないことを不審に思いながらも、セレジュラは嫌な予感を覚えて、一定の距離を空けながら意思の疎通を図ることにした。

「それで？　あんたが何の用だい？　うちの無愛想な弟子はどうした？」

そう問いかけるセレジュラの言葉に答えるように闇に火花が瞬く。

〈――月――〉

〈――闇――〉

〈――戦――〉

〈――魔――〉

〈――移――〉

「ちょ、ちょっと待ちな」

セレジュラは何かを伝えようとするネロの思念を止めて、痛みを堪《こら》えるように眉間を押さえた。

クァールは触角から微弱な電気を発して魔術を阻害し、その意思を伝える。だが、異界から現れたと言われるクァールとは言語体系が違いすぎて、一気に伝えられると意味が分からず、電気信号のせいで頭痛も起きる。

(あの無愛想弟子は、よくもまぁ、これと〝会話〟ができるね……)

以前来たときも、ネロの意思はすべてアリアが通訳してくれた。そのアリアなしでネロと意思疎通をするのは困難に思えたが、ネロから〝焦り〟のようなものを感じたセレジュラは溜息をついて目の前の巨獣を睨む。

「……最初から話してみな」

それからネロの理解困難な説明を聞いて、朝日が昇りかけた辺りでようやく言いたいことが理解できた。

「……あの無愛想弟子が、魔族の吸血鬼と戦って、王女と一緒に魔術で転移されたってことかい？」

〈――是――〉

簡単に要約するとそれだけだ。ネロが実際に現場を見ていないことも要因の一つだが、幻獣であるネロが検知した魔力の流れを解説されたセレジュラは、多大な労力を費やしてようやっとその事情を把握する。

「あの無愛想弟子は転移に巻き込まれた。だが、あんたの感覚では空間転移に違和感を覚えた……。おそらく魔族国から少しズレているね。あの子も空間系を使う術士だから抵抗はしたと思うけれど……過去の事例からすると、転移地点から外れた可能性が高い」

元魔族軍人であるセレジュラは魔族の行動を推測する。

魔族国の宝物庫には、空間転移を使える魔道具が確かにあったと記憶している。セレジュラの記憶でもランク6の闇魔術師がいなかったので、おそらくはそれを利用したのだろう。

空間魔術に秀でた者ならともかく、それ以外の者が魔道具で魔術を行使しても転移地点の明確なイメージが出来ずに問題が起きる可能性は高かった。

「……落ちたのは砂漠か、カルファーン帝国か。それで？　あんたは私にそれを伝えて、どうしてほしい？」

〈――乗――〉

「…………」

ネロが背を向けて体勢を低くしたことでセレジュラが絶句する。

幻獣が人間を背に乗せることはない。ネロはアリアだけを仲間と認めて背に乗せることを許しているが、それ自体常識的にはあり得ないことだった。幻獣を服従させることは出来ないのだ。

しかもネロはアリアの救出に向かうため……アリアの発見率を上げるためにセレジュラさえ背に乗せると言っているのだ。

「…………」

『…………』

二人が無言のまま睨み合う。ネロはどうしてアリアのためにそこまでするのか？　でも、それを自分に当てはめてみたセレジュラも言葉で説明できない事に気付いて自嘲気味に頬を緩めた。

アリアの事を気にしているのはセレジュラも同じだ。アリアなら王女を護って無事に帰還すると信じてはいるが、それと同時にアリアを娘のように心配している自分がいることにも気付いていた。

その瞬間、セレジュラとネロの間で何かが繋がった気がした。

理由は違う。でも目的は同じだ。

「わかった。行こう」

そうして闇エルフと幻獣クァールの二人は西方の地に旅立つ。

自分たちの心に従って。

＊＊＊

「エレーナ、まだ平気？」

「……ええ、まだ大丈夫よ。アリア」

夕方まで仮眠を取った私とエレーナは、気温が下がった頃を見計らって移動を始めた。

心臓の魔石が小さくなって身体が丈夫になったエレーナだが、それでもまだ体力は健常者に及ばない。ここで時間を掛けて砂漠を渡る準備をするよりも、食料も体力も余裕があるうちに、遺跡を避けて人の居る集落を目指すべきだと私たちは考えた。

まず目指すのは、レースヴェールの南側にあると推測している集落だ。遺跡に素材と財宝を求める冒険者がいる可能性が高い。これればかりは賭けになるけど、闇雲に動き回るよりマシだろう。

エレーナが記憶していた地理情報では、レースヴェールの南方にカルファーン帝国はあるが、そこに行くには歩いて一ヶ月は掛かるはずで、そこまでの移動は無謀と考えるしかない。

『ギィイイ!!』

突然現れた体長一メートルもある甲虫系の魔物を、エレーナの水魔法が動きを止めて、飛び込んだ私が殻の隙間にナイフを突き立て、その頭部を斬り飛ばす。

ランク2ほどの魔物だが初見の敵は油断できない。昆虫系は頭を斬り飛ばしてもしばらく生きているが、とりあえずそれで脅威はなくなるはずだ。

本来なら解体して素材や魔石を得るところだが、今は移動することだけに集中して先に進むことを優先した。

目標を定めたエレーナは前向きになり、戦いにも護られるだけでなく、私の指示を仰ぐようになった。それがただの強がりだとしても……。

私だけなら魔物の屍肉を食ってでも生き残ることは出来る。でもエレーナはそうじゃない。彼女もそれが分かっているからこそ、生き延びるために必死に足掻き始めたのだ。

「行こう」

「はい」

エレーナの顔にわずかな疲労の色が見える。

エレーナは強い……けれど儚い。

彼女は弱者や足手纏いとして手を差し伸べられることを嫌うだろう。それを分かっていながら後ろを歩く彼女に差し出した私の手に、エレーナも小さな笑みを浮かべながら手を伸ばし、私たちは雲ひとつ無い星空の砂漠を、手を繋いで歩き始めた。

夜に移動して昼間は岩陰で休む。偶に魔物を狩り、その肉を食べ、そうして進んでいくと出発して四日後、移動していた岩場の上からようやく小さな町を発見した。

二人の少年

砂漠の町、カトラス。

死の砂漠とロスト山脈に隣接する古代都市遺跡レースヴェールから半日の位置にあるこの町の名

は、砂漠の民が好む曲刀が由来だと言われている。

古代遺跡から離れたその町は、欲にまみれた者たちが作り上げた集落だった。

片道一ヶ月ほどの位置にカルファーン帝国はあるが、この町は帝国に属していない。

そんな町だからありとあらゆる人種が共存している。

冒険者や盗掘者、犯罪者や追放者。多くは人族のクルス人だが、犬種猫種の獣人やドワーフだけでなく、数こそ少ないが魔族《エビルレース》と呼ばれる闇《ダーク》エルフの姿さえ見られた。

武器の名が町の名になったことでもわかるとおり、冒険者や荒くれ者たちが集まって出来たこの町は、治める領主もなく、治安を護る兵士もなく、生きるも死ぬも自己責任。

力ある組織のどれかに属することだけが身を守る術であり、この町は力のある者だけが生き残る無法地帯として知られていた。


「そんな秩序のないクソみたいな町だが、最低限のルールはある。食い物を扱うクルス人のキルリ商会、武器や冒険者を取り纏めるドワーフのホグロス商会……この二つは商会を名乗っているが、どちらもまともな商家じゃねぇ。そして、獣人どもの荒くれ者で構成されたムンザ会、種族関係なく賭け事や色街を取り仕切るリーザン組。この町ではこの四つの組織には逆らうな」

このカトラスの町に入って最初に見つけた酒場の店主が、面白くもなさそうにそう言って、私たちが座るカウンターに食事を出してくれた。

この町の住民なのですべてを信用はできないが悪人でもない。少なくとも私たちがメルセニア人の女だとわかって、酷い目に遭う前に町を出て行けと言えるくらいの良識はあるようだ。

出てきた食事は、モロコシの粉を練って焼いた、あの女の〝知識〟にあるナンのようなパンと、薄い緑色の果実水だ。

果実水と言っているが、砂漠に生えるトゲのある分厚い植物の葉の皮を剥ぎ、潰して絞っただけの物で、味は軽い苦みと微かな甘みしかないが、栄養はあるらしい。

私はその青臭さがある汁を口に含み、パンにも毒が無いことを確認してから、隣に座るエレーナに大丈夫だと頷くと、彼女は果実水で口に含んでから店主に話しかける。

「あなたはどの組織に所属しているの？」

「どれでもねぇな。強いて言えば第五勢力だ。要するに、どこかに所属できる力のないあぶれた者や貧民だな。ここも潰れたら酒を呑む場所が減るから……そんなくだらねぇ理由でギリギリ残されているだけだ。……どうだ？　ここの飯は不味いだろ？」

店主が小さく千切ったパンを口に運んでいたエレーナに声をかけると、エレーナは口元だけで曖昧に笑う。

「キルリ商会に属していれば、まともな食い物は手に入るが、馬鹿みたいに高いし、それで店をやればショバ代も請求される。払いが滞ったら、あっと言う間に身ぐるみ剥がされて労働奴隷だ。比較的マシなのはドワーフどもだが、あいつらはドワーフ以外の強い奴が出てくると潰しにくるぞ」

絡んできた客を殺して最初は怯えていた店主だったが、今は落ち着いたのか諦めたのか、この町のことを教えてくれた。

聞けば彼は元冒険者だったが、冒険者ギルドから替わって冒険者を仕切るホグロス商会に目を付けられ、片足を潰されたらしい。当時の冒険者仲間が【治癒《キュア》】を使ったそうだが、完全な治療を行うことが出来ず冒険者としての道は断たれた。

私が排除した客は、色街を仕切るリーザン組の下っ端みたいだが、末端過ぎるので組織からの報復はまず無いだろうと言われた。その死体を片付けたのは人族の下級冒険者らしく、そっちはホグロス商会から請求が来ると頭を抱えていたので、情報料込みで銀貨を数枚渡しておいた。

それに気を良くしたのか、それとも私たち以外の客が居なくなって暇になったのか、店主は店を出ようとした私たちに忠告をくれる。

「そっちの嬢ちゃん……。そんななりで、あんたが強いのはわかったが、あまり目立つことはするなよ。下っ端程度の諍いは日常茶飯事だが、組織の幹部連中に手を出したら、お前さんが女でも面子にかけて潰しに来るぞ」

酒場を出て店主から聞き出した町の入り口を目指しながら、微かに思案深げな顔を見せるエレーナに声をかける。

「……どうだった？」

「そうね……。少なくとも嘘は感じなかったわ。すべて語っているとも言えないけど」

エレーナは交渉を担当してくれている。こちらの情勢にもある程度通じているのもあるが、私の言葉はわずかにクレイデール訛りがあるので、カルファーン帝国の人間とも関わる機会があった彼女に任せたほうがいい。

「嘘ではないけれど、組織の情報については出し渋っている……彼自身の安全のために言えないことがあるって感じかしら。どちらにしても、一人の情報で物事を決めるのは危険だから、これから情報を集めていきましょう」

「了解」

町を囲む塀の外でもそれなりに人はいる。外套とフードで顔を隠した私たちに、それなりに視線を向けてくる者は多かったが、それで絡んでくる奴はいなかった。

こんな町だから怪しい奴はどこにでも居る。冒険者も流れ者も、まともな人間ならこんな場所まで来ることはない。来るとしたら、国を追われた犯罪者やすねに疵を持つ者だけだ。

フードで全身を隠せば、見られても正確な《鑑定》は出来なくなる。だからか、私たちと同じような恰好を何人か見かけた。


町を囲む外壁沿いに歩いて行くと数時間ほどで町へ入る門の一つを見つける。

門を護る奇妙な光沢がある鎧を纏う岩ドワーフたち。……ただの門番じゃないな。クレイデール王国のような旅人が歩ける環境の門番ではなく、魔物の襲撃を想定したランク2の戦士たちだ。

ドワーフと言うことは、この地の冒険者ギルドを纏めるホグロス商会の構成員か。

私一人なら壁を乗り越えて潜伏することもできるけど……。

「アリア、正攻法でいきましょう。詳しい内情も知らずに問題を起こすのは得策ではありません」

「了解」

私はエレーナの意見に従い、前に出る。折衝はエレーナの領分だが相手が冒険者なら私が出たほうがいいと判断する。

「止まれっ！　お前ら中の者か、外の者かっ⁉」

門番の岩ドワーフが近づいていく私たちに怒声のように声を張り上げた。

中か外か？　つまり、町の住民かそれ以外、ということか。普通の住民ならこんな大声を聞けば萎縮するはずだけど、私はこれが岩ドワーフの普通だと知っている。

「商隊の者だ。訳あって外に出ていた」

「お前さんが……女だけで？」

門番が一瞬訝しげな顔をする。私はあえて優しげな声を使い、右手をそっと門番に差し出した。

「私は護衛だ。面倒をかけてすまないな。外の金で悪いがこれで酒でも呑んでくれ」

「……おお、悪いな」

私が渡した物を銀貨だと確認した岩ドワーフがニヤリと笑って仲間たちに道を空けさせる。

渡す金は多すぎても少なすぎても面倒になる。この人数で相手がドワーフなら酒代くらいで丁度いい。

町の中に入るとその様子はクレイデール王国とはまったく違っていた。建物が違う。人が違う。

町の中に植物がない。石だけで造られた建物に、日差しを遮るように植物で編まれた布状の天幕が通りへと迫り出して、王国とはまったく違う町並を見せていた。

そしてなにより……町にいる人たちの目が、何かに飢えたようにギラついていた。

「離れないで」

「……はい」

私たちが探しているのは、この町で比較的安全な宿屋だ。

あの酒場の店主によると、この町で安全を買うのなら、やはり組織の宿を使うのが一番だと言っていた。中でも食品と生活用品を扱うキルリ商会なら、金さえ持っていれば敵対されることはなく、この町に訪れるカルファーン帝国の商人が使うような宿も幾つかあると言っていた。

そんな宿屋の一つに入ると、受付の中年女性から胡散くさそうな目で見られたが、小金貨を一枚渡すと一瞬で笑顔になって上客扱いされた。

一泊の宿代は食事無しで一人銀貨二枚。王国にある上級宿に近い金額だが、通された部屋は地方にある一泊小銀貨五枚程度の部屋だった。

とりあえず小金貨で二泊取り、残りの金を二日分の食事代と、口止め料を兼ねて中年女性に心付けとして渡していく。金はかかるがエレーナの体力を回復するには、安全に眠れる場所が必要だ。

「……アリア。これはお金になりませんか？」

部屋に入って安全を確認してようやく一息吐くと、エレーナがそんなことを言って一本のナイフを私に差し出した。

それはエレーナが持っていた自決用のナイフだ。貴族令嬢が身に着けている物で、王族であるエレーナのナイフは、いざという時に金銭に換えられるように宝石が埋め込まれている。以前聞いた話では、まともな店で売れば大金貨五枚にはなるという話だが、私はそのナイフをそっとエレーナに押し返した。

「まだ、そこまで困ってはいない。お金は必要になると思うけど、それはまだ、大事なときまでエレーナが持っていて」

「……わかりましたわ」

エレーナは私が濁した言葉の意味に気付いたようだ。流れ者の女二人がそんな高価な物を換金すれば、誰かに目を付けられる恐れがある。使うとすれば、エレーナの立場をある程度表に出せる状況と相手が必要だ。

元々偽名でもある私の名は出せても、エレーナの名前はまだ出せない。

それを理解したエレーナはナイフを胸元でギュッと握りしめて、静かに頷いた。

「方針を確認しましょう」

最終目標はエレーナの帰還だが、まずはエレーナの生存をクレイデール王国に伝えなくてはいけない。

最低でも三ヶ月以内。この町まで来る道中である程度は決めていたが、冒険者ギルドで通話の魔道具を借りる手段は、この町の状況では無理だと判断する。そもそも通信の魔道具はどの国でも国家が管理しているので、ギルドや上級貴族家ならともかく、商家が持っている可能性は限りなく低く、あったとしてもエレーナの身分が判明すれば、拉致されて政治的な材料とされる可能性があった。

この町に来る商人に頼んで、カルファーン帝国まで同行させてもらう案も考えていたが、カルファーン帝国から片道一ヶ月も掛かるこの町に来る商人は、キルリ商会かホグロス商会の息が掛かっているので、同行するとすれば相当な繋がりが必要になる。

できるならエレーナの正体はカルファーン帝国に着くまで伏せておきたい、と私たちの意見は一致している。エレーナの正体を隠してカルファーン帝国に向かうのなら、冒険者として護衛に就く方法も考えたが、片道一ヶ月ならおそらく護衛は専属で雇っているはずだ。

私たちだけで向かう場合でもその片道一ヶ月が問題になる。途中に宿場町もなく、岩場と砂漠を私たちだけで越えようとすれば、エレーナの体力が持たない。

この数日の移動だけでもエレーナの体力はかなり減っていた。私の前では平気な顔を見せているが、食事量も減っているので無理はさせられない。

「今日はもう休んだほうがいい。あまり眠れていないのでしょ？　考えるのは明日にしよう」

「はい……」

エレーナも体力の限界を感じていたのか、私が彼女とベッドに【浄化《クリーン》】を掛けると大人しくそこに腰を下ろした。一応侍女もしていたので着替えを手伝おうとしたら、自分でやってみると固辞される。

「あと、これを使って。私ので悪いけど防御力はあるから」

「あ、アリアの物ですの!?」

私が渡したのは下着類だ。ゲルフが作ったミスリル繊維の薄いタイツとガーターベルト、同じくミスリル繊維のビスチェは白と黒が五着ずつあるので、私の勝手な印象からエレーナには白を渡した。でもそれだけでなく、エレーナは、これも同じくゲルフから貰った両脇を紐で縛る絹の小さな下着を広げて、真っ赤な顔で固まっていた。

「どうかした……？」

「いえっ、あの……」

そういえば、この形の下着はダンドール発の物で、まだ女性冒険者や一部の貴族女性にしか受け入れられていない。エレーナは確か、ショートドロワーズを着けていたはずだから、新しい形の下着には抵抗があるのかもしれない。

ではどうしようかと彼女を見ると、エレーナは下着と私を何度も交互に見つめて、顔を耳まで真っ赤にして、俯きながら小さく呟いた。

「……て、手伝ってください」

「了解」

＊＊＊

翌朝私たちは、宿の女給が持ってきた芋と豆のシチューで食事を済ませて、冒険者が集まるホグロス商会へと向かった。

酒場の店主は〝比較的マシ〟と言っていたが、油断はできない。それでも私たちがそこに向かったのは、金を稼ぐ意味もあるが、一番の理由は冒険者として顔を売るためだ。

安全を買うには力と金がいる。でも、ドワーフ以外が力を示せばホグロス商会に潰される。それでも力を示そうとするならもう一つのキルリ商会との繋がりがいる。

冒険者として力を示し、キルリ商会で顔を売っておけば、カルファーン帝国へ同行できる可能性も生まれるのだ。

そこで私たちは、薬を作って売ることでそれを得ようと考えた。宿の女給に金を渡して聞いた話では、この町での生活必需品はかなり高価だった。砂漠で材料を揃えることは困難であり、キルリ商会は必要なポーションをカルファーン帝国から持ってきているので、一般人ではまともに使うことも出来ないらしい。

でも、この地方に住む闇エルフである師匠から預かっていた手書きの本には、この地方にある一般的ではないポーションの材料と作製法が記されており、私も習ったことがある。

この町にも闇エルフはいて、その方法で作っている場合もあるが、一部に魔物の素材を使っているので、こんな町に燻っているような闇エルフに、師匠以上の錬金術師がいるとは思えない。

冒険者として目立たないように依頼をこなして、金と素材を手に入れる。

魔物素材で上級ポーションを作製して、キルリ商会とのコネをつくり、それを冒険者に流して私たちに手を出せない状況をつくる。

問題は二つのマフィアだが、今の状況ではどう動くか予測できない。ただでさえメルセニア人の若い女は目立つので、そこから絡まれる恐れがある。

最悪そいつらがエレーナに手を出したときは……私が潰す。

「でもアリア……こちらは冒険者が集まる場所と違うのでは？」

「うん。まずはエレーナの装備を揃えるから」

ホグロス商会は冒険者ギルドの代わりをしているが、基本は商人だ。冒険者ギルドはホグロス商会と隣接している。

この町の武器や防具、鉄製品はすべてホグロス商会で扱っているので、商会の建物には当然のように武器や防具が売られていた。

ホグロス商会のドワーフが、異種族の上位冒険者を認めないのは、それらがいると素材の独占が難しくなるからだろう。そんな排他的なこの地のドワーフでも商売は別なのか、店には人族用の防具もかなり揃っていた。

ダンスホールほどの空間に防具や武器が並べられていたが、軽く見渡してみただけでもガルバスの武器やゲルフの防具ほどの物はなかった。

門番は頑強な岩ドワーフが務めていたが、冒険者のような格好をしているのはドルトンと同じ細工が得意な山ドワーフが多かった。

気候的なものもあるのだろう。砂漠では重たい防具は好まれず、店にあるのはトカゲのような革を使った硬革鎧か、門番が着ていたような奇妙な光沢の防具が主な品だった。

おそらくは甲虫の甲殻か。この地域では魔物の蟲系はダンジョンのものより大きくなるらしい。金属より軽いけどエレーナに重たい防具は不利になる。革製の急所を守る部分鎧と手袋とブーツを選び、小ぶりの短剣も見つけたのでそれを小金貨四枚で購入する。

今の状況的に、エレーナは金銭を使うことに消極的だったが、これも必要な経費だ。

「似合う……？」

否定的ながらも王女という立場では着る機会のない〝冒険者〟の装備に、エレーナが弾むようにクルリと回ってはにかんだ笑みを見せた。

でも、その時――

「あれ？　メルセニア人の女の子だ。珍しいね」

そんな声が聞こえて私たちが振り返ると、そこには、私たちと同年代の人懐っこい笑みを浮かべるクルス人の少年と――

「………………」

その後ろから線の細い闇エルフの少年が、鋭い視線で私たちを見つめていた。

「――っ」

エレーナが慌てて外套のフードを被り、晒していた顔を隠す。

油断をした。そこにいたのはクルス人と闇エルフの二人組。見た目はどちらも私たちと同年代に見えるが、私たちと同様に外見と実年齢が一致しているとは限らない。

特に長寿であるエルフ種の年齢は見た目での判別が難しい。その闇エルフから鋭い視線を向けられ、私がエレーナを庇うように彼らの視線から隠すと、クルス人の少年がそれに気付いて闇エルフの肩を軽く叩いた。

「カミール、女の子を怖がらせるなよ」

「………」

クルス人の少年にそう言われた闇エルフ――カミールは表情も変えずに踵を返し、残された少年も戯《おど》けるように肩をすくめてから、ある方角を指さし、私たちに手を振ってカミールを追いかけていった。

「……アリア」

「大丈夫」

怪しい……というよりも不思議な二人組だった。どちらもまだ若いが、それなりの実力者だと感じた。彼らも外套で全身を覆っていたので正確な鑑定はできなかったが、それも実力を隠すためだと察した。

けれど彼らの態度から、私たちがメルセニア人だと吹聴するような輩とも思えなかった。それはエレーナも感じているのか、彼女の警戒は彼らに対してではない。

ホグロス商会と隣接する冒険者ギルドからこの売り場は死角になっているが、この建物に立ち入ったときからこちらを窺うような気配を感じていた。

おそらくはこちらを値踏みしている。彼らからすれば私たちも充分に怪しい二人連れだ。そこからどんな対応をしてくるか読めてはいなかったが、あの少年は襲撃の可能性があると教えてくれたのだろう。

私たちは四つの勢力のどれかと顔を繋ぐ必要はあるが、マフィア二つと手を組むことは考えてい

ない。では、残ったホグロス商会とキルリ商会、そのどちらがマシなのだろうか？

新参者に対してどのような対応を取るかで、私たちはホグロス商会との関わり方を決める必要があった。


「行こう」

「ええ」

私たちも建物の外に出る。それと同時に数人が動き出した気配がして、まだ敷地内にも拘わらず私たちに追いついてきた。

「おう、待ちな、そこの女ども。ここまで来ておいて、挨拶もなしに帰るとは、随分とつれねぇじゃねぇか？」

そんな声をかけてきたのは三人の男たち。クルス人が二人に闇エルフが一人……先ほどの少年たちもそうだが、この地では闇エルフを〝魔族〟と忌避していない。

甲虫系の軽装を纏い、その上から日差し避けの薄い上着を着た男たちはランク3と言ったところか。戦闘力は350を超えているので冒険者としては中級以上の実力者だ。

「何の用？」

「声が若いな……。この町じゃ、商隊以外で新しい人間はあまり来ないから、それなりの情報が入ってくる。お前らが酒場で暴れた女だろ？　見たところある程度の力はあるようだが、新参が粋がるなよ？」

真ん中にいる槍を持ったクルス人が私たちに圧をかける。

私が酒場で殺したのは、他種族のごろつきと色街を束ねるリーザン組の下っ端だ。そうなるとこいつらもリーザン組の構成員か。

「ここでは、力があればいいと聞いたけど？」

「はっ、その通りだ。俺に言わせりゃ、実力もないのに粋がった奴が悪い。だからこそここじゃあ、組織の力が――」

「用件は？」

私が男の言葉を遮ると、右隣にいた闇エルフが苛ついたように牙を剥く。

「小娘がそんな口を利いて、どうなるかわかってるのか？」

腰の双剣に手をかけながら、闇エルフが私に近づいてわずかに酒臭い息を吐く。そんな闇エルフを無視して最初のクルス人に視線を向けると、男はニヤリと白い歯を見せた。

「リーザン組の傘下に入れ、小娘。この町の冒険者はドワーフ、獣人はムンザ会の連中が仕切っている。それ以外の種族は俺らの傘下に入らねぇと、冒険者として生きていけねぇぞ。それに俺らの下なら、色街の仕事もある。そっちの嬢ちゃんは俺が直々に仕込んでやるぜ？」

男の言葉にエレーナが息を呑み、他の男たちが笑う。

「……なるほどね」

この町で荒事関係は、ドワーフの冒険者ギルドと獣人のムンザ会が仕切っている。だからといってそれ以外の種族が大人しくしている訳もなく、リーザン組はそれ以外の種族を集めて、それを切り崩そうとしている。

ある意味、真っ当な提案だ。リーザン組の傘下なら冒険者として生きることもできるし、〝女〟ならそれ以外の道もある。

でも、私たちの答えは最初から決まっている。

「却下だ」

一瞬の身体強化。レベル5になった魔力制御が魔力を純化させ、筋力が強化された掌底が闇エルフの顎を打ち上げ、有無を言わさずそのまま頭を掴んで、ざらついた石床に叩きつけた。

こんな町だ。恫喝と武器に手をかけた時点で敵対と判断する。

それ以上にエレーナに手を出そうとした奴を私が許すはずもないでしょ。

ぐしゃり、と瓜を叩き潰すような音が響くと、一瞬唖然としたクルス人の左側の男がシミターを抜き放ち……その鉄の刀身が鞘から抜き放たれる寸前に、敏捷値を強化した私が【影収納《ストレージ》】から抜き撃ちしたクロスボウの矢が、男の左目から脳を貫いた。

「……なっ」

一瞬で仲間であるランク3の猛者が殺され、最初の男が呻きをあげた。

「貴様っ、リーザン組と――」

男がそう言いかけたその瞬間――。

「なにをやっておるかっ!!」

槍を構えようとしたクルス人の背後から銅鑼《どら》のような声が響く。

ズンッ、と砂岩の床を押し潰すような音を立てて、ホグロス商会の建物から現れたのは、腰まで伸びる真っ白な髭を生やした、浅黒い肌をした隻眼の山ドワーフだった。

おそらくはガルバスよりも年上であろうその老ドワーフは、魔鉄製の鎖帷子を纏い、魔鋼製の巨大なハルバードを肩に担いで、周囲を威圧するように歩み出る。

「ジルガン……」

それに気付いたクルス人の男が無意識に一歩下がるようにして、呟きを漏らした。

ジルガン。それがこのドワーフの名か。

▼ジルガン　種族：山ドワーフ族♂・ランク？
【魔力値：２２０／２２０】【体力値：４３８／４５４】
【総合戦闘力：１４１３（身体強化中：１７０７）】

強いな……。推定、ランク４の上位かランク５の下位というところか。

ジルガンは横たわる死体と私に目を留め、軽く片眉を上げると、ジロリと隻眼でクルス人の男を睨め付ける。

「お前はリーザン組の三下だな。いいか若造、よく聞け。お前が冒険者である限りは、どこの傘下にいようが関係ない。だがな……」

「ま、待ってくれっ！」

男がさらに下がろうとしたその瞬間、まるで木の枝のように軽々と振り回されたハルバードが、男の腹に食い込みその上半身だけを通りの向こうまで吹き飛ばした。

「儂の目の前で、冒険者に手を出そうとする奴を見過ごすと思うか？　おい、死体を片付けろ！」

崩れ落ちる下半身の前でそう言ったジルガンは、死体を片付けに来た若いドワーフと通りから聞こえる野次馬たちの悲鳴の中で、ゆっくりと私に視線を戻す。

「「…………」」

私とジルガンは無言のまま睨み合う。その緊張した空気に周囲からも声が消えて、死体を片付けていた者たちが怯えたように息を呑むと、ジルガンが静かに声を漏らした。

「お前さん、名は？」

「アリア」

私が短く答えると、わずかに唇の端をあげたジルガンが、魔鋼のハルバードを肩に担ぐようにして背を向けた。

「強い奴は歓迎だ。だが……」

ジルガンはそこで言葉を切り、殺気とは違う圧を飛ばす。

「……見誤るなよ？」

＊＊＊

ジルガンの言葉は警告だ。でも、彼の行動と言葉でホグロス商会の指針が見えたような気がした。

ドワーフ種以外は信用しないが、それを弁えているのならあえて敵対はしない。今はそれだけ理解できれば充分だ。

ホグロス商会から離れた私たちは、町を巡ってかなり割高な食料品や装備の補充を済ませ、宿に戻ってその翌朝、エレーナの体力がある程度戻ったことを確信してから、町を離れて遺跡のほうへと向かう。

冒険者ギルドは味方にはならないが敵対もしなかったので、門番は冒険者ギルドの認識票《タグ》を見せるだけで通してくれるようになった。

「エレーナ……平気？」

「ええ、ありがとう、アリア」

エレーナの顔色が優れないのは、砂漠の気候や体調のせいだけでなく、ここに来てから人の死と悪意を見過ぎたせいだ。

こんな町だ。何処にでも死が転がっていて、私も敵には容赦しない。でも、エレーナの周りでは、これまでに死はあっても、壁を一枚隔てた向こう側の出来事だった。

だからこそ町から連れ出したのだが、そんな私を見つめてエレーナは静かに首を振る。

「大丈夫よ、アリア。すべてはわたくし自身が決めたことです」

「……うん」

無理をしている。それでも彼女が決めたことなら私はそれを尊重する。

エレーナは守られるだけのお人形じゃない。自分の意志で立つ、一人の人間なのだから。

まだ暗いうちから半日は掛かる遺跡に向かったのは、魔物を倒すためじゃない。もちろん魔物がいれば倒して素材も採るが、一番の目的はこの地方にある貴重な素材を得るためだ。

この地方で上級回復薬に使うデスルートという花は、砂漠にある墓場などで偶に見られる錬金素材だ。それ故に数が少なく貴重な素材なのだが、師匠はそれを砂漠特有の乾燥気候と〝瘴気〟が必要なのだと言っていた。

瘴気の正体は諸説あるが、負の感情や死の穢れのある場所に発生し、不死系魔物《アンデッド》や悪魔などの力の源であると言われている。

デスルートがどうして瘴気のある場所に咲くのか定かではないが、私はこの地でそれを探すのなら、不死系魔物《アンデッド》が多く出没するレースヴェールの遺跡が良いと考えた。

もちろん危険はある。物理攻撃が効くゾンビやスケルトンなら問題はないが、悪霊《レイス》のような実体のない魔物なら、一般の冒険者では逃げることすら困難な敵になる。

でも私とエレーナなら別だ。魔銀《ミスリル》ほどではないが魔鉄の武器は悪霊にも通じる。属性魔術も通じるが、それ以上に光魔術の【浄化《クリーン》】なら不死系魔物《アンデッド》の存在の源である瘴気を消し去ることができるからだ。

「アリア、この花で大丈夫？」

「うん。使うのは花びらの部分だけだから、花だけを切り取ればいい」

「わかりましたわ」

エレーナが真剣な顔でデスルートの花を摘んでいる。早朝に町を出て夕方に着き、軽い食事と仮眠を取り、気温が下がる夜を待って遺跡の中で採取を始めた。

古代遺跡は中心部に行くほど危険になる。外周にさほど危険はなく、そうでなくては半日の距離に町など造れるはずもない。貴重な素材を得るのなら瘴気の濃い奥に進んだほうが見つけやすいけど、思った通り、私の目で闇の魔素溜まりを見つけて建物の陰を探せば、こんな近場でも意外と簡単に見つけることができた。

この花は扱いの難しい毒物でもあるので、できれば彼女に触れてほしくはなかったけど、エレーナの強い希望で採取してもらっている。

二人同時に採取はしない。必ずどちらかが周囲を警戒して悪霊の出現に備えた。

それでもこの辺りは冒険者の出入りが多いせいか、まだ不死系魔物《アンデッド》は悪霊どころかスケルトンすら見ていない。もしかしたら、人間の持つ生気に瘴気を払う効果があるのかもしれない。

私の目で探せること以上に、採取する者自体がいないのか、それなりに数を採取できたデスルートの花弁を【影収納《ストレージ》】に収納する。

「エレーナ？」

デスルートの花を摘み終えたエレーナが不思議そうな顔で壁ほうへ目を向ける。

「いえ、先ほども思ったのですが、壁の向こう側から振動のようなものを感じて……」

「振動？」

自分でも自信のなさそうな顔をするエレーナの言葉に、私も壁に近づいて、探知スキルに何も感じないことを確認してから、そっと壁に指で触れた。

そのまま壁の向こう側に集中していると確かに微かな振動を感じた。花を摘むために地面の近くにいたエレーナだから気付いたのか。私はさらに地面に耳を当ててその振動を確かめるとどうやら戦闘音だと察しがついた。

「何かが戦っている。……どうする？」

危険な魔物がいるのかもしれない。けれど誰かが襲われているのかもしれない。

それが冒険者なら自己責任で、私の役目はエレーナの身を守ることだ。けれど、もし誰かが本当に襲われていて、エレーナがそれを見捨てることで気に病むのなら、確認だけはしてもいい。

そう視線で問いかけると、エレーナは自分と私の安全……そして使命の重さを天秤にかけて、私の目を見つめ返す。

「確認だけはしてみましょう。正体がわからないと次に来るとき対処ができません」

「了解」


遺跡の建物を出て振動が感じられた道のほうへ向かう。不自然に魔物の気配がない。月は出ているが暗視のないエレーナから離れすぎないように気をつけながら少しずつ近づいてみると、道の向こうで十数体の甲虫やイモムシに襲われている人影に気付いた。

一般人か冒険者か。身体強化で〝目〟を強化して確認してみると、一瞬だけ見えたその者たちは見知った顔をしていた。

「どうしました？」

「あの二人組だ。クルス人と闇エルフの」

戻ってエレーナに状況を報告するとエレーナが微妙な顔をする。

おそらく彼らは冒険者だ。かなり多めの魔物に囲まれているが冒険者ならば覚悟もあるはずで、クレイデール国内で冒険者が襲われていれば助けもするが、エレーナの身を危険に曝してまで救う義理もない。

エレーナにしても、自分たちに危険があると教えてくれた二人だが、あの町の住人がどこまで信じられるか分からないのだろう。

彼女に決められないのなら私が独断で彼らを見捨てようとしたその時、道の反対側から迫る砂煙が目に映った。

「あれは……」

「また魔物？」

道の反対から来たのは数体の巨大甲虫だった。でもそれだけじゃない。その前を走る獣人の姿も見えた。そして風に紛れて微かに感じたその匂いに私はわずかに眉を顰める。

「虫寄せの匂いだ」

「……え？」

私も以前、暗殺者ギルド北辺境地区支部を罠にかける際、ダンジョンで虫を集めるために使ったことがある。

あの獣人が二人を罠にかけたのだろうか？　彼らと少年が敵同士なら私にそれを止める理由はない。ただそれが、ただの強盗や怨恨による犯罪なら別だが、それを判断する材料もなかった。

「エレーナ」

この地に〝法〟は無い。力こそが法であり、組織の力が法を決める。

だからこそ何が正しいか、私たちは自分自身で決めなくてはいけない。

けれど、私たちがバラバラの決定をしては意味がない。行動指針を決めるのはエレーナだ。私は彼女に王女としての決断を問うと、状況と感情とすべてのことをわずかな間で纏めたエレーナは、迫り来る甲虫と獣人に目を向け、静かに声に出した。

「待ちましょう」

エレーナは道に立ち、獣人たちの反応を待つと言った。

彼らがまともな人間ならば、他者を巻き込むことを厭い、それなりの反応を示すはずだ。たった一欠片の良心でもいい。それがあれば私たちは不干渉を貫く。

でも――

「アリアっ！」

その猫獣人は私たちを見つけた瞬間、警告するでもなく持っていた袋を私たちのほうへ投げつけた。匂い袋か！　私たちに虫寄せを投げつけた獣人は、ニヤリと笑って横手にある遺跡の廃墟を登り出す。

明らかな敵対行為を確認した私は宙を舞う匂い袋に刃鎌型のペンデュラムを投げつけ、引っかけた匂い袋を旋回させるように獣人へと投げ返す。

「なにっ⁉」

「――【幻痛《ペイン》】――」

幻痛に硬直したその獣人は登りかけていた廃墟から滑り落ち、おそらく目撃者の始末を優先したのだろうが、近くに落ちた虫寄せの匂い袋に惹かれた甲虫たちの群れの中に断末魔を残して沈んでいった。

「助けましょう、アリア」

「了解だ、エレーナ。使える？」

「発動だけなら……」

「わかった。先行する」

エレーナの周囲に魔物の気配が無いことを確認した私は、助けると決めた二人組の援護をするために駆け出した。

本来なら護衛の私がエレーナの側を離れるべきではない。でも、エレーナがこの状況から抜け出すために、努力をしていることも私は知っている。

あのクルス人と闇エルフの二人は、十数体の虫の魔物に襲われていた。

見たところ戦況はギリギリか。闇エルフのほうは実力的に余裕がありそうだが、クルス人の少年はそれほどではなく、傷ついた彼を護りながら戦っているので、闇エルフも戦技のような隙が生じる大技を出せずにいるのだろう。

匂い袋に誘われている興奮状態の虫たちは逃げることがない。それが今の膠着状態を助長しているのだが、彼らにはその膠着状態を維持してもらい、私は今の状況をつくっている〝根本〟の排除へと向かった。

戦場に駆け寄りながら〝眼〟を凝らす。

戦っている彼らと虫たちの気配に紛れてはいたが、魔素の色でそれを発見した私は、廃墟の壁にペンデュラムの糸を巻き付けながら駆け登り、そこに潜んでいた二人の猫獣人の前に躍り出た。

「「なっ⁉」」

二人の獣人が驚愕の表情で弓を構えようとした瞬間、引き戻して旋回させた刃鎌型のペンデュラムが片方の頸動脈を深々と引き裂く。

「こ、この女、俺たちが誰か――」

「知らない」

けれど察しはつく。即座に目撃者である私たちを排除しようとした彼らの行動から、おそらくは獣人の荒くれ者を束ねる犯罪組織《マフィア》、ムンザ会だと推測する。

ムンザ会とあの二人の関係なんて知らない。でも、その二人を罠にかけるため、こいつらは、ついでのように目撃者を殺そうとした。

でもそれはこちらも同じだ。ムンザ会に手を出した以上、私たちを目撃したこいつらを生かして帰す意味はない。

「小娘が！」

片刃の曲刀を抜いて襲いかかってくる獣人の刃を掻い潜り、私は一気に踏み込んだ肘打ちで男の喉を潰してから、腕を巻き付けるようにして首の骨を折り砕く。

刃を使わなかったのには意味がある。最初に殺した男が持っていた物は血の臭いが付いてしまったが、首をへし折った男の持ち物を調べると、封が切っていない匂い袋を見つけることができた。

目撃者も消すのなら、もう一度誘導するために予備があると考えた。予想通り予備を見つけた私が匂い袋の封を切って離れた場所に投げつけると、あの二人を襲っていた数体の甲虫がそちらに気を取られて二人から離れた。

だけどこれも一時しのぎだ。時間が経てば虫寄せの匂いが拡散して、さらに虫が集まってくるはずだから、その前に終わらせる。

「――【高回復《ハイヒール》】――」

数体の虫が離れて余裕ができた二人に、追いついたエレーナから回復魔術が飛ぶ。

高回復を受けたクルス人が驚きの表情を浮かべ、新たな獲物に興奮した二体の甲虫がエレーナのほうへと向きを変えた。

「――【水球《ウォータボール》】――」

さらに放たれたエレーナの水魔術が甲虫たちの足を止め、飛び散った大量の水がエレーナの足下まで迫ると、彼女はさらに魔力を集中しながら両手を泥に叩きつけた。

「――【雷撃《ディグヴォルト》】――」

レベル3の水と風の複合魔法【雷撃《ディグヴォルト》】が泥を伝わり、神経を焼かれた甲虫が震えるように悲鳴をあげる。

『ギィイイイイイイイッ！』

虫系の魔物は痛覚が鈍い。自分より小さな敵から逃げることは稀で、多少のダメージなどお構いなしに襲ってくる。属性魔術でも風や水では大きなダメージにならず、火や土でも範囲を大きくしなければ効果が薄く、氷系でも動きを鈍らせる程度の効果しか及ぼせない厄介な敵だった。

でも雷系魔術なら別だ。硬い甲殻を抜けて、痛みに鈍い虫系魔物の神経を直接攻撃することが出来るからだ。

エレーナは火魔術の属性を失ったが、それに代わる攻撃手段として水と風の複合魔術である〝雷系魔術〟を使えるように努力をしていた。今はまだ発動させるだけで精一杯で、甲虫を倒せるほどの威力も出せないが、今はそれで充分だ。

外套を翻しながら、私は化鳥の如く遺跡廃墟の屋上から飛び降りた。

狙いは一点、動きが止まった甲虫の、首の境目に黒いナイフを突き立て、続けざまに二体の頭部を斬り飛ばす。

虫は頭を潰したくらいでは死なないが、命令系統を失った甲虫は攻撃することもできなくなり、いずれは死に至る。

道の先ではまだあの二人が戦っていたが、虫の数が減り、エレーナに癒されたクルス人の少年が自分の身を守れるようになったことで、闇エルフの少年が二本の短剣で傷ついた虫たちにとどめを刺していく。

数がさらに減ったことでクルス人の少年も殲滅に加わり、残りが傷ついた数体になったところで、突然闇エルフの少年がその中から飛び出した。

ガキィインッ!!

疾風のように迫る闇エルフの短剣と私の黒いダガーがぶつかり、甲高い異音を放つ。

「なんのつもりだ、女」

「それはこちらの台詞だ」

ギンッ！

鍔迫りあいはせず、同時に離れながら繰り出した刃が再び火花を散らす。

すかさず闇エルフが地面の砂を蹴り飛ばし、背転するように距離を取った私が回転しながら腿から抜き撃ちしたナイフを、闇エルフが短剣で弾いた。

「アリア！」

「カミール!!」

エレーナとクルス人の少年の声が響く。それを上書きするように闇エルフ――カミールの殺気が放たれ、それに呼応するように私も意識を殲滅戦闘に切り替えた。

身体強化を速度に割り振って飛び込んだ私が、カミールが迎撃する鋭い刃から目を逸らさず掠めるように躱すと、初めてカミールが目を見開いた。

飛び込んだ私のダガーをカミールが下がるように躱す。それに合わせて数本の投擲ナイフを投げ放つと、体勢を崩したカミールが袖から放った黒い鎖が、すべてのナイフを撃ち落とした。

魔鉄の細い鎖分銅。山間の村で倒した女魔族も使っていたが、操糸スキルがあるなら威力は私のペンデュラムを超えるはずだ。そのまま連続で振るわれる鎖分銅が地面と岩を砕いて――

ガンッ!!

その高速で旋回する尖端に合わせて、軌道を読んだ分銅型のペンデュラムが迎撃して耳障りな音が響く。

お互い似たような武器を使い、息を呑む瞬間に絡まり合う鎖と糸。

どちらも手放すことなくそれを左腕で引き寄せ、互いに魔力の高まりを感じた私たちが、同時に戦技の構えを取ったその時――

「やめなさい！」

「止まれっ!!」

また私たちを止める叫びが間近で聞こえて、戦技が不発となった私たちの刃が、互いの眉間に突きつけられた状態で、ピタリと止まる。

「待て待て、カミールっ！」

残った甲虫を始末できたのか、息を切らしたクルス人の少年が私たちの間に割って入る。それを見て操糸スキルで鎖から糸を解いた私が彼らから離れると、その横に険しい顔をしたエレーナが並ぶ。

「どういうおつもり？」

エレーナが怒りを含んだトゲのある声を放つ。かなり怒っているのか、魔術を放つ直前のように魔力が全身に満ちて、帯電するように緩やかに波立つ金の髪を逆立てた。

そんなエレーナの様子に警戒して前に出ようとしたカミールを、クルス人の少年が手を上げて止める。

「だから待てって。この場合はお前が悪い。僕たちは助けられたんだぞ」

「必要なかったさ」

「だからお前は……、まあ、すまなかったね、メルセニア人のお嬢さんたち」

「……っ」

人懐っこいクルス人の少年の言葉に、顔を隠していた自分のフードが外れていたと気付いたエレーナが、とっさにフードに手を伸ばす……が、エレーナはその手を止めて、素顔のまま睨むように彼と対峙することを選んだ。

……エレーナも気付いたか。彼が一瞬だけ、値踏みをするような鋭い視線を向けたことを。

「詫び代だけど……君が交渉役でいいのかな？　名前を聞いても？」

「女性の名を聞くのに、先に名乗らないの？」

「そうだね……ロンと呼んでくれ」

「では、私のことはレナと」

どう聞いても偽名だが、ここで本名をいう意味もない。

私のように、元から偽名のようなもので冒険者の名前なら知られても問題はないが、王女であるエレーナの名は言わないほうが賢明だ。

そんな偽りだらけの自己紹介でも、ロンと名乗った少年も気にしたふうもなく、今度は真面目な顔で頭を下げた。

「加勢に感謝する。少しだけ厄介な連中に目を付けられていてね」

「悪いことでもしたのかしら？」

ムンザ会のことをとぼけて話すエレーナに、ロンがわずかに苦笑する。

「彼らの商売を一つ潰しただけだよ。だけど君たちはもう安心……かな？　ここに残っていた連中も、そちらの彼女が始末してくれたようだしね」

ロンの視線が私に向けられ、その眼がわずかに細められた。

「かなり強いね……カミールと互角に戦える女の子なんて初めて見た」

「そちらの彼もね」

カミールは強い。私と同様に外套のせいで戦闘力は正確に測れないが、私と同等かそれ以上の力があると感じた。

あのまま戦って負けるつもりもないが、それはカミールも同じだろう。刃を交えた感触として、彼もまだ奥の手を隠している気がした。

「あなたたちのような手練れは、あの町には多いのかしら？」

「まさか。カミールみたいな強さの奴がゴロゴロしていたら、僕はもうあの町から逃げ出しているよ。でもそれを知らないとなると、君たちは最近あの町に来たのかな？」

「それが重要なこと？」

探り合うような会話と言葉にエレーナが冷たく答えると、ロンは肩をすくめるように薄く笑う。

「別に関係ないさ。ただ、どこかのお嬢様と護衛みたいだな……と思ってね」

そんな言葉にエレーナも表情を変えることなく冷笑で返した。

「あら、まるで、あなたたちみたいに？」

エレーナとロンが冷たい笑みを浮かべながら見つめ合い、その隣で私とカミールが無言のまま睨み合う。

「もういいだろう」

張り詰めるような空気を破ったのは、意外なことにカミールだった。彼はどこか不満そうに彼を見るロンの肩に手を置き、一枚の貨幣を私に向けて指で弾く。

それを宙で掴み取って手を開くと、そこには見たことのない大金貨があった。

「カルファーン帝国の金貨だ。問題はないだろう」

「多くない？」

これがクレイデール王国と同額の大金貨なら、彼らを救った報酬としてはかなりの額になる。

「ロンがした無礼の詫びも含めてだ」

「カミール、そりゃないだろ？」

自分のことは棚に上げたカミールに、ロンが情けない顔で半目を向ける。どこか緩んでしまった空気の中で、私の手から大金貨を摘まみ取ったエレーナが、彼らに向けて少し意地の悪い笑みを浮かべた。

「無礼の詫び代なら、少ないのではなくて？」

「…………」

ニコリと花のような笑みを浮かべるエレーナに、ロンはまた苦笑して、さらに小金貨を一枚私へ放る。

「結構高い値がついちゃったなぁ、まぁ、僕らの命の値段にしたら安いけど。それじゃそろそろ離れようか。虫がまた来そうだし」

「ええ、そうしましょう。町であっても他人ということでよろしい？」

「そのほうがいいだろうけど……それじゃ、一つだけ忠告だ」

ロンの言葉に、私たちは会話を終えて動き出していた足を一瞬止める。

「あの町では誰も信用するな。子どもでも老人でも、今日笑っていても明日には敵になる。もちろん、僕らも含めてね」

少女たち

クレイデール王国、王立魔術学園。

王女エレーナの襲撃と行方不明事件から二週間が過ぎ、王国は事が公になるのを防ぐため、上級貴族とその関係者以外は、学園の修繕名目で自宅待機を命じた。

生徒の中には領地が遠い者や王都に別邸がなく動けない者もいたが、今の学園は生徒が通常時の三割程度にまで減ることで、表面上は平穏を取り戻している。

　上級貴族や王族である王太子が学園に残っているのは、残った生徒たちの混乱を鎮めるためと情報統制のためだ。

　だからこそ忙しく動き回るのではなく、学園の日常が続いているように、茶会等をする姿を見せて生徒を安心させる必要があるのだが、そこに集まった者たちからは、安心とは程遠い目に見えない異様な緊張感が漂っていた。

「クララ……。君がリシアに、厳しい言葉を使っていたと聞いた。どうしてそんなことを……」

「……不思議なことを言いますのね、エル様。わたくしは、そちらの方に、貴族令嬢としての〝常識〟を説いて差し上げただけですわ」

　婚約者の前で他の女性を愛称で呼んだ王太子エルヴァンの言葉に、クララ・ダンドール辺境伯令嬢が、ゾッとするような冷笑を浮かべる。

　学園にある最も新しい、上級貴族家の執務室がある第七校舎の薔薇の庭園にて、白い大理石のテーブルを囲んでいる五人の男女。

　エルヴァンとクララ、婚約者である二人は隣ではなく対面の席に着き、エルヴァンの横には中級貴族であるアーリシア・メルシス子爵令嬢が腰を下ろしていた。

　その二人の両側には、本来いるべき王太子の側近である、ミハイルとロークウェルという辺境伯家の姿はない。だがその代わりに、王弟アモルと神殿長の孫であるナサニタルがその席に着き、二人はまるで敵を見るような視線をクララに向けていた。

テーブルから少し離れて彼らの従者や護衛騎士、それと王宮から派遣された侍女たちもいたが、その中で焦燥した顔をしていたクルス人の執事セオは、困った顔でこちらをチラ見する〝お嬢様〟に渋い顔で首を振る。

そんな若い執事の態度に、少しだけ不満げに頬を膨らましたアーリシア――自らを『リシア』と名乗る少女は、怯えた表情を浮かべてテーブルの下でエルヴァンの手に触れた。

そんな様子は見えていないはずだが、クララは何を察したのか、暗い目付きでリシアを睨む。

「まだ、わかっていらっしゃらないようね」

「クララ様、私はそんな……」

まるで見られる角度を計算したような憂い顔でリシアが俯き、そんな婚約者と視線を合わせられなくなったエルヴァンが、何とかしようと話題を変える。

「そろそろ、お茶が温くなってしまったね。淹れ直させよう。誰か」

アーリシアの前に置かれたすっかり冷めてしまったティーカップを持ち上げ、侍女たちに催促をしようとしたエルヴァンの手から、いつの間に近づいていたのか、白い指先がティーカップを受け取り、そのまま中身をリシアの頭からぶちまけた。


「まあ、皆さま、わたくしを仲間はずれにして、何をしていらっしゃるの？」

あまりのことにお茶をかけられたリシアを含め、全員が唖然とする中、当然のようにそれをしたカルラは、酷く隈の浮かんだ青白い顔で心から愉しそうに微笑んだ。

「何をする、カルラ嬢！」

ダンッ！　とテーブルを叩くようにしてアモルが立ち上がり、鋭い視線をカルラへ向ける。

王太子と同席する令嬢の頭からお茶をぶちまける。そんなことをしたのだから非難されるのも当然だが、それが当の令嬢でもなく、最上位者である王太子でもなく、この場でただ一人の大人である王弟アモルに睨み付けられたカルラは、それに臆することもなく皮肉げな笑みを浮かべた。

「関係のない方は引っ込んでいてくださらない？」

「なにっ！」

王族として生まれて、これまでそんなことは言われた経験がなかったアモルは、次の言葉を見つけられずに絶句する。

唖然とする空気の中で音もなく滑るように動き出したカルラは、エルヴァンの隣に座るナサニタルを見下ろした。

「お退《ど》きなさい」

「っ……」

まるで押し出されるように椅子から転げ落ちるナサニタルの席に、カルラが優雅に腰を下ろしたその時、凍てついていた時間が動き出す。

「き、貴様っ！」

「あら、王弟殿下、ご機嫌麗しゅう。エル様とクララ様もご機嫌いかが？」

まるで初めてその存在に気付いたように。けれど、その存在を目の前で無視して、カルラはエルヴァンとクララにだけ微笑みかけた。

カルラの立場は伯爵家の令嬢だが、王太子の婚約者として第二王妃となることが確定しているカルラは準王族の扱いとなる。

地位としても王弟アモルより下で、婚姻して第二王妃となってもアモルと同列にしかならないが、【加護《ギフト》】を得た時点で、政治的には、すでにカルラはアモルの上に立っていた。

だからといって、まだ王太子の婚約者でしかないカルラが、王弟であるアモルにこんな態度を取るのは他者から見て不敬とも取られかねないが、死にかけていたとはいえ、ランク6のミノタウロス・マーダーを焼き殺した場面を目撃したアモルは、目に見えない威圧を感じて、それ以上何も言えずに歯噛みをするだけで堪えた。

「ま、待ってくれ！　それよりもリシア、大丈夫？　誰か！　リシアを」

その二人に割って入ったエルヴァンが、リシアの肩に手を添えつつ後方に声をかけると、彼女の若い執事が慌てて駆け寄ってくるのが見えた。

「どういうつもりだ、カルラ」

あまり覇気があるとも言えないエルヴァンが、隣に腰掛けたカルラに強い視線を向ける。そんな彼の後ろには、席を奪われて名前さえ呼ばれず無視されたナサニタルが、怯えながらもリシアを慰めるようにカルラを睨む。

「ふふふ、可愛いエル様が野良犬を拾ったと聞いて、見物に伺っただけですわ。まぁ、臭いこと、臭いこと……茶の香りで少しは紛れるかと思いましたが、野良犬の臭いは消えませんわね。ごめんあそばせ」

カルラのあまりの物言いに、男たちが目を剥いた。

「カルラ……君はっ、どうしてそんな酷いことが言えるんだっ！」

「待ってください、エル様。私、大丈夫ですから！」

思わず腰を浮かしかけたエルヴァンを、横から縋り付くようにしてリシアが止める。

「……リシア」

「カルラ様はお機嫌が悪いだけなんです。私がエル様やアモル様やナサニタル君に優しくしてもらっているから……」

未成熟な身体をすり寄せるようにエルヴァンの腕に縋り、リシアはそっとエルヴァンの手を取って、さりげなく自分の身体のほうへと導く。

「まあ、それは異な事を仰るのね。それではまるで、婚約者のある身で他の女にうつつを抜かしている殿方が、痴れ者のように聞こえますわ」

「……っ」

カルラの揶揄するような言葉に、エルヴァンがわずかに視線を逸らした。

「私はそんなっ」

「あらあら、よく囀りますこと。そうは思いませんこと？　クララ様」

「…………」

話題を振られ、それまでジッとやり取りを聞いていたクララは、軽くカルラを睨み返し、侮蔑の視線を男たちとリシアに向けながら立ち上がる。

「興が削がれましたわ。わたくし、この辺りで失礼させていただきます」

「クララっ」

クララが席を立ち、そこでようやくこの場にクララを呼んだ意味――クララがリシアに放った暴言の真意を問うていたことを思い出したエルヴァンが思わず呼び止めると、クララは少しだけ悲しそうな眼をしてから、冷たい視線で男たちを見下ろした。

「エル様、わたくしの意見は変わりません。多少の火遊びもようございますが、せめて躾をされた者になさいまし。――それとっ」

「「……っ」」

クララの発言に思わず言い返そうとしたアモルとナサニタルを、クララが強い語気で止めた。

「アモル様？　あなたは仮にも教師という立場でここにいらっしゃるのに、まるで特定の生徒に肩入れしているように見えますわ。王弟としての役目もなさらない方に、王族としての意義はあるのでしょうか？」

絶句するアモルからクララはナサニタルに視線を向ける。

「それとナサニタル様、あなたもいずれ神職に就く身ならば、女子《おなご》にうつつを抜かす様を神殿長様はどうお思いでしょう。わたくしのお兄様とメルローズ家の方はどちらに？　あの方たちは次の王に仕えるべき方々ですよ？」

クララの言葉にアモルとナサニタルが歯を食いしばる。何も言い返せないのは、彼女の言葉が何も間違っていないからだ。

そして本来の側近であり、友人であるはずの辺境伯家の者たちがここに居ないことを暗に責められたエルヴァンが辛そうに口元を歪ませる。

何も間違っていない。それでも感情は別だ。

アモルとナサニタルは自分の想いを認めてくれたリシアを貶され、自分に厳しい言葉を放つ、まるで舞台の〝悪役〟のような令嬢たちに、憎しみのこもった瞳を向けた。

それに対して、「ふんっ」と小馬鹿にしたように息を漏らしたクララが背を向けて歩き出すと、その細い背中に幼い頃から共にいた彼女を思い出し、エルヴァンは変わってしまった互いの関係に、どこか泣き出しそうな幼子のような顔を向けた。

「では、わたくしも失礼しますわ。エル様……そのお顔、とっても素敵ですわ。ふふふ」

辛そうな顔をしたエルヴァンに嬉しそうな笑みを向けて、立ち上がったカルラがエルヴァンの頬に優しく触れ、唄うように囁く。

「綺麗な綺麗な王子様。もっと汚れて、もっと苦しんで、炎の中で足掻いてくださいな。さすればきっと、わたくし好みの良い王になれますわ。焼けた骨は……わたくしが食べてあげる」

「ひっ」

触れていたカルラの指先から物理的な熱さを感じて、エルヴァンが仰け反った。

何か危害を加えたような、痴情のもつれではすまない暴挙だったが、周囲の近衛騎士はカルラが何をしたのか分からず、気がついていた者もカルラの放つ異様な鬼気に呑まれて、誰も動くことができなかった。

カルラの望みはエルヴァンを穢すこと。無垢だった彼が、愛して愛されていた者たちを裏切り、穢れて傷つき、自責の念から堕ちてゆく様を見ることは、カルラの数少ない娯楽の一つだった。

そんな異様な空気の中でただ一人、暗い光を宿すリシアの瞳とカルラの視線が真正面から絡み合う。

カルラとはまた違う人の形をした闇の具現。エルヴァンを穢す欲望の魔物。

それでも、闇の中で輝く刃のように鮮烈なあの少女には及ばないと、カルラはどろりとした毒沼のような笑みを浮かべた。

「愉しかったわ。また会いましょう、エル様」


「…………」

王太子の婚約者二人が去り、キツい言葉に声も出せないまま俯くエルヴァンの、火傷で赤くなった頬にリシアがそっと指で触れる。

「エル様は間違っていません。人間なんですもの、辛いときは逃げてもいいんです。辛かったら私がいますから」

「リシア……」

まるで聖母のような微笑みを向けるリシアに、アモルとナサニタルが感嘆の息を漏らした。

そのテーブルの下で……いまだに迷いのあるエルヴァンの手を取り、その腕に未成熟な身体を押

し付けたリシアは、反射的に身を引こうとした彼の腕を押さえて、意識が自分に向いた瞬間、そっと耳元で囁く。

「私が……癒してあげます」

＊＊＊

「お嬢様、あのような……」

「いいのよ」

馬車へと向かう道すがら、自分に付き従う侍女《ヒルダ》の言葉にクララは素っ気なく答えた。

クララは【加護《ギフト》】である『予見』を使い、演算した結果、あの場に留まるのは得策ではないと判断した。

あの場に留まれば自分の立場はさらに悪くなる。それでも一言言っておかなければ、自分の心が張り裂けそうだった。

エルヴァンはあの女……ヒロインに騙されているだけ。演算で導いた仮説を説いていけば、優しいエルヴァンは自分の所へ戻ってくれると考えていたが、感情が表立ち、説得は上手くいってはいない。

彼が戻ってきてくれるのなら、王妃になれなくても構わない。けれど、現実にはエルヴァンは王太子であり、彼と結ばれるためには王妃でなくてはいけなかった。

何かしらの事情があり、エルヴァンの心が自分にあるのなら、大抵のことには我慢ができる。でも、彼の心が自分以外を選んでしまったとしたら、自分は耐えられるのだろうかとクララは自問する。

クララの叔母である第二王妃はそれに耐えられず心を病んだ。ゲームのクララも、それに耐えることが出来ないと気付いて、彼らから離れるために自ら〝悪役〟になったのではないかと思うようになった。

「例のモノは？」

「……用意できましたが、本当にお使いになるのですか？」

クララの言葉にヒルダは、主である彼女のことを思って逡巡する。

数年前の〝灰かぶり姫〟との事件で寄る辺を失い、命さえ失いかけたヒルダたち元暗殺者ギルドの者はクララによって救われた。

その行いだけでなく彼女の弱さも知り、命を懸けるほどにクララに心酔したヒルダは、毒味役に留まらず学園での情報収集などでも役立とうとした。

ヒルダが用意した物は、特殊な製法で作られた外法の毒物だった。

かつて暗殺者ギルドにいたという魔族が残したもので、人間の魔石を材料に使うことから、魔族はその毒物の製作法を確立した時点で、人道的にすべて破棄したらしいが、当時ギルドにいた呪術師がその製法を再現し、わずかながらだが製作に成功していた。

その呪術師もギルドの消滅で礼拝堂と共に燃え尽きたが、そのことを覚えていたヒルダは、一部湿気に弱い毒を別の場所で管理していた中から、その毒を見つけていた。

「使うわ。それですべてが終わるのなら……」

「……かしこまりました」

＊＊＊

「リシア、どうしたの？」

「ごめんね、ナサニタル君。どうしても二人で会いたくて」

学園内にある礼拝堂。規模としては王都の礼拝堂には及ばないが、それでも地方にある中規模クラスの大きさがある。

ここの管理をしているのも王都の教会から派遣された神官だが、使わない時間なら、神殿長の孫であるナサニタルの権限で中に入ることもできた。

まだ十三歳ほどの学生とはいえ、貴族である男女が二人きりで会うのは好ましくない。だが、それを諫めるべき彼女の執事は、茶会でのクララやカルラのことを暗部へ報告するために、彼女の側を離れていた。

「うん。僕もリシアと会いたかった」

その少女、リシアのはにかむような微笑みを見て、ナサニタルも心が癒されたような顔でそう返した。

ナサニタルにとって彼女は〝特別〟だ。それでも以前の彼だったら、平民育ちとの噂がある彼女にここまで気を許すことはなかっただろう。

数ヶ月前、ナサニタルの価値観を破壊される出来事が起きた。

第一王女エレーナの誘拐。騎士団の一部が動いたその事件に巻き込まれたナサニタルは、王女の護衛という一人の少女に救われたが、彼女は神が与えてくれた命を皆殺しにして奪い去り、それを咎めようとしたナサニタルに、命の重さを神という〝他人〟の言葉で語るなと言い放った。

そんなことは認められなかった。神の子どもであり神の言葉を伝える自分たちが、神の言葉を語らずして何をするというのか。

……だが、同時に少女の言葉はくさびのようにナサニタルの心に突き刺さり、価値観が崩壊して自分を見失いそうになったとき、彼の心を救ってくれたのがリシアだった。

『あなたは間違ってない。命も神様の言葉も大事なものよ。それで救われる人がいるのだから、何も間違っていないの』

リシアと名乗った少女は、その手でナサニタルの手を包み、はにかむような笑顔を浮かべた。

『でも、少しだけ肩の力を抜いて。あなたは自由なの。そうしたら、こうして手を繫いで歩くこともできるのよ』

その手の温かさに……ナサニタルは揺れかけていた心を取り戻し、自分のすべてを無条件で〝肯定〟してくれる彼女に生まれて初めての恋をした。

「実はね……私、カルラ様を助けたいのっ」

「え？」

アーリシアの話では、カルラがあのような暴挙を行うのは、神を信じていないからだとナサニタルに話した。そのために王都の教会にいるある人物の力を借りたいという。

「私、ウルスラ様なら、カルラ様の心を救ってくださると思っているの」

「…………」

ウルスラ。その名はナサニタルも知っている。

元は教会の前に捨てられていた孤児だったが、聖教会の教えに従い、光の属性に目覚めて、数々の命を救い、民たちから〝聖者〟のように慕われている女性だった。

だがナサニタルは彼女の裏の顔も知っていた。

『聖教会教導隊』――神の教えに従わない、罪深き者を教会の地下へ招き、その精神を矯正する教導隊の隊長が彼女だった。

地下で何が行われているのかナサニタルは知らない。祖父である神殿長は神の教えに目覚める手助けをしていると言っていたが、彼は地下に近づくことさえも禁じられていた。

何か恐ろしいことが行われているのか？　祖父の言葉を信じていないわけではないが、積極的に関わりたいとも思えない。

そんな、教会でも一部の者しか知らない極秘事項を、どうしてリシアが知っているのか？

（……いや、リシアは純粋にカルラのことを心配して……）

ランク4の冒険者ほどの実力があると言われるウルスラと、彼女の教導隊なら、あの恐ろしいカルラでも〝教育〟することができるかもしれない。

その結果、カルラが二度と教会の地下から出てくることがなくても……。ナサニタルはあの茶会で受けた屈辱を思い出し、リシアに真実を告げないまま彼女の提案に頷いた。

それでも自分が罪を犯したように思えて、自責の念でナサニタルが礼拝堂に跪き、神に祈りを捧げていると、そんな彼の頭を柔らかな物が包み込んだ。

「り、リシア!?」

「大丈夫。ナサニタルは何も間違っていないの。もっと自分を信じて」

正面から跪いた彼の頭部を抱きしめたアーリシアに、ナサニタルが狼狽した声をあげた。

離れようとしてさらに抱きしめられ、少女の薄い腹部に顔を埋めたナサニタルは、そっと頭を撫でてくれる彼女の慈愛に次第に力を抜かれ、縋り付くようにアーリシアを抱きしめた。

「辛かったら……私が慰めてあげる」

薄暗い礼拝堂で、少年の頭を抱きしめながら聖母の如く撫でていた少女は、仄かに輝く聖印を背にして、仄暗い歪な笑みを浮かべていた。

闇の聖女

「罪深き方が見つかりました」

質素だが真っ白な漆喰の壁に囲まれた清廉なその部屋で、これも地味ではあるが白い神官服を身に纏った二十代半ばの女性が穏やかに微笑む。

肩でさらりと流れる亜麻色の髪。派手さこそないが整った目鼻立ちと柔らかな雰囲気は、正に彼女が〝聖者〟であることを示すような清廉な美しさを醸し出していた。

――聖者ウルスラ――。

この大陸の伝承では『勇者』や『聖女』は、この世に邪悪が現れたときに精霊によって選ばれるとされ、どれほど徳を積もうとそう呼ばれることはない。

だが、乳飲み子の頃に教会の前に捨てられ、神殿の孤児院で育てられたウルスラは、敬虔な信者として成長し、光魔術の属性があったことで神官となった彼女は、神の慈愛と奇跡によって数多の人々を救い、民たちから〝聖女〟に最も近い者として『聖者』と呼ばれていた。

「本日はその準備を行います。皆さま、よろしいですか?」

「「はい、ウルスラ様」」

ウルスラの呼びかけに、同じ室内にいた四人の女性が声を揃え、同じような微笑みを浮かべてすっと立ち上がる。

十代前半から二十代前半の乙女たち。彼女たちは聖教会によって救われ、ウルスラの下に集められた『聖教会献身隊』と呼ばれる女性たちで、ウルスラと共に各地を巡って報われない人たちを救ってきた。

「その前に、子供たちの様子を見に立ち寄ってもよいかしら?」

「「はい」」

優しく微笑む聖者ウルスラの言葉に乙女たちは嬉しそうに微笑み、ウルスラが歩き出すと、同じ白の神官服を纏った清らかな乙女たちが後に続く。

聖堂の中を楚々と歩く彼女たちに、礼拝に訪れていた信者や若い神官たちから憧れと崇拝にも似た瞳が向けられる。その中でわずかだが、彼女たちに緊張感を含んだ視線を向けていた一部の神官たちは、彼女たちのその顔が〝表向き〟でしかないことを知っていた。

「ウルスラ様っ」
「皆さま、良い子にしていましたか？」

神殿内にある孤児院に顔を見せると、生成りの貫頭衣を着た幼い子どもたちが、満面の笑みでウルスラに駆け寄ってくる。

ここにいるのは、事故や病で親を亡くした不幸な子どもたちだ。初めは親を求めて泣いていた子どもたちも、ウルスラや神官たちの無償の愛によってようやく無垢な笑顔を取り戻した。

「私は奥へ行きますので、後はお願いしますね」

縋り付く子の頭を撫で、抱き上げてあやしていたウルスラは、子どもたちを献身隊の乙女たちに預けると一人で奥へと進み、神官騎士が護る鍵のかかった鉄の扉を開けて地下への階段を下りる。

かなり深く階段を下りて地上の音が聞こえなくなった頃、白い漆喰の壁に何かがこびり付いたような黒い斑点のある壁に替わり、その奥から何かがぶつかり合う音と子どものすすり泣くような声が聞こえてくる。

壁から鎖が伸びた手枷や、赤黒く染まった拘束台。錆びた拷問器具が置かれた、鉄格子の小部屋が並ぶ廊下を進むと、教導神官たちが幼子たちに厳しい訓練を強いていた。

地下にいる子は皆、生まれながら親の顔を知らない子どもたちだ。

ここで子どもたちは、聖教会の理念と効率的な人体の壊し方を叩き込まれ、それが正しい行いだと、産まれたばかりの雛のように刷り込まれる。

聖教会の教えに反発して捕らえられ、〝教育〟のために〝罪人〟を壊す、次代の教導隊となる子どもたち。

それが正しいことだと信じ、それでも心を磨り減らしていく〝鞭〟に打たれた子どもたちに、ウルスラは慈愛という〝飴〟を与えるため、聖母のような笑みを湛えて子どもたちを抱きしめた。

「可愛い可愛い〝妹〟たち。今日もたくさん壊せましたか？」

＊＊＊

「ビビ……本当に一人でやるの？」

「……うん。お嬢様の敵は私が殺す」

アーリシア・メルシスの暗殺――ヒルダが自ら行うはずだったそれを代わりにすると名乗り出たのは、最年少のビビだった。

ビビはヒルダと共にクララによって救われた。ドリスとハイジも家族が貧窮していたところを救われ、クララに対して恩義を感じているが、直接命を救われたヒルダとビビはクララに対して忠誠を誓っている。

ヒルダとビビの火傷もクララが腕の良い治癒師に依頼をしたおかげで、もう火傷痕一つ残っていない。年長者のヒルダと違ってメイドの仕事も慣れてないビビは、傷が治ったことでようやく役に立てると、直接戦闘が苦手なヒルダに代わって暗殺任務を買って出た。

基本は毒殺だが、相手は王太子や王弟のお気に入りで、特殊な護衛が付いている可能性があり、ヒルダもビビのほうが適役だと考え、あまり強くは言えなかった。

「……行ってくる」

目元以外をすべて黒の装束に身を包んだビビが音もなく夜の闇に紛れ込む。

ビビの手の中には〝毒〟がある。かつて暗殺者ギルドにいた魔族が考案し、呪術師が完成させた外法の毒物だ。

使い方は粉末のまま吸わせるのでも、溶かして食事に混ぜ込むのでもいい。一般の毒は強力になるほど臭いがきつくなり、空気に触れることで急速に効果を減退させるが、この毒は臭いもなく味もなく、体内に入れば対象は必ず死に至る。

だが、この毒にも欠点がある。それは、この毒は体内に〝魔石のない人間〟にしか効果が無いからだ。

この毒物の主原料は『人間の魔石』だ。この毒を取り込んだ同種族である人間種は、毒が体内で血液と反応し、心臓に不定形の疑似魔石を生成してしまうことで、血流が止まって死に至る。

だから魔物の魔石で同じ毒を作っても、元から魔石を持つ魔物には効果がない。そして、ほぼ全員が魔術を使う貴族にも効果がない。だが、元平民でいまだに魔術が使えないアーリシア・メルシスだけは確実に殺すことができる。

彼女の毒味をする人間も、ビビやヒルダのような毒耐性を持ちながら魔石のない人間など滅多にいないだろう。だからこそ気付かれずに毒を混入することができるはず。

巡回する学園騎士の目を掻い潜り、ビビは中級貴族の学生寮に忍び寄る。

一般的にこの学園では、中級貴族以下の学生は学生寮に入ることになる。だが、数だけは多い下級貴族とは違い、中級貴族ともなると同じような建物が立ち並ぶ、小さな屋敷を借りることができた。

魔族による侵入を許した学園内は、以前より警備が厚くなっている。もっともそのほとんどは上級貴族のところへ割り振られているが、それでも直接中級貴族の屋敷に忍び込むことは、元暗殺者ギルドの構成員であり隠密スキルがレベル2であるビビでも危険だった。

警備が厚くなったことで婉曲な手段で毒を紛れ込ませることは出来なくなり、ハイジやドリスなど複数人で動くことは見つかる確率を上げるだけで得策ではない。

だからこそビビが一人で動くことになったのだが、何事にも隙というものがある。

クララがくれた事前情報では、アーリシア・メルシスには護衛として暗部の護衛執事見習いが就いているという。

屋敷に忍び込むのも厨房に忍び寄るのも危険だったが、洗濯場はそうでもなく、その横に立つ共同で使うリネン棟には、取り込まれたばかりのシーツやカバーが残されていた。

そのもっとも質が良い物が貴族である生徒の物だろう。中級貴族もまだ数名残っているが、間違ってても魔石を持つ生徒なら問題はない。

リネン棟に忍び寄り、その扉の鍵を開けようと近づいていく。

戦闘ならばともかく、騎士や兵士では闇夜に紛れたビビを見つけられるものではない……はずだった。

「――!?」

ダンッ!

ビビがわずかな殺気を感じ取り、反射的に扉から跳び避けた瞬間、そこにナイフが突き刺さる。

夜の暗がりから滲み出るように現れる、浅黒い肌の少年。

対象であるアーリシア・メルシスの執事であるクルス人の少年は、滑るように音も無く歩きながら、冷たい視線と手に持つ投擲ナイフをビビへ向けた。

「君は何者?」

＊＊＊

夜も更けた王都の道をわずかな音を立てながら黒塗りの馬車が通る。

貴族の紋章こそ付いていないが、王城と深い関わりのある者が見れば、それが筆頭宮廷魔術師であるレスター伯爵家の馬車だと知れた。

日が暮れても日付が変わる一の鐘が鳴るまで、王都の酒場から嬌声と灯りが途絶えることはない。

だが、大通りを抜けて貴族街に近い屋敷が立ち並ぶ地域になれば、暗い夜に出歩くような人影を見ることはなかった。

黒塗りの馬車が滑るように石畳を進み、植えられた木々に囲まれた聖教会大聖堂に隣接する神殿の裏口に停まると、神殿から魔術光の明かりを灯した杖を持つ、二人の乙女が姿を見せた。

真っ白な神官服を纏う清楚な乙女たちに一瞬見蕩れた御者の男が、慌てて頭を下げて馬車の扉を開くと、緩やかにうねる漆黒の髪に病的にまで白い肌の少女が静かに現れる。

「おいでなさいませ、カルラ様」

「お出迎え、ご苦労様」

希薄なほどの生命力と裏腹に内から滲み出るような膨大な魔力と威圧感。まるで幽鬼のようなその姿に息を呑みながらも、思いがけない常識的な挨拶と笑顔に、神官の乙女たちはいつもの笑顔を浮かべて頭を下げた。

「こちらへどうぞ。ウルスラ様の所へご案内いたします」


数日前、学園にいるカルラの下に聖教会の聖者と謳われるウルスラから密書が届いた。

その中身は婉曲にして隠語が多数用いられていたが、カルラには理解できた。内容は王女とその護衛の行方、そして何故、魔族がこの王国内に入り込んだのか、内密に話したいことがあると書かれていた。

カルラもそんな話をまともに信じてはいない。カルラが魔族を引き込んだのは確かだが、証拠も証人も、もう灰となってしまっている。

それでも全国規模の情報網を持つ聖教会なら、カルラの関与に気付いたのかもしれない。カルラは何かしら面白い話でも聞けるのではないかと、極秘裏に王都へ足を踏み入れた。

「ようこそカルラ様。今宵はご足労戴き、ありがたく存じます」

誰もいない薄暗い廊下を進んだ先、貴人を招くための一室にて、亜麻色の髪をした清楚な女性が柔らかな笑みでカルラを迎えた。

「気になさらないで、ウルスラ様」

「こちらへどうぞ」

ウルスラに導かれて互いが対面となるようにソファーに腰掛ける。部屋の造りは装飾のない白い壁という質素な物だが、巨大な石を切り出した石の床は鏡のように磨かれ、沈み込むような柔らかなソファーは上級貴族が揃えるほどの逸品に思えた。

四人の女性神官たちが部屋の四隅に控え、ウルスラが手ずから淹れた茶が香気を放つ室内で、他愛のない世間話をしたあと、ふいにウルスラが身を乗り出した。

「カルラ様……実は教会内で、魔族を国内に引き入れたのが、カルラ様ではないかという声があるのです」

愁いを帯びたウルスラの視線にカルラは薄く微笑んで首を傾げる。

「まあ、恐ろしいこと。わたくし、魔力で見かけは成長していますが、中身は十三になったばかりの小娘ですのよ？　そんな怖いことを言われたのは、どなたかしら？」

「ええ、ええ、そうでしょう。私もそう思いますが、ここだけの話、聖教会の中には、死霊を専門に扱う部門がありますの」

「死霊《レイス》を？」

確かに死霊を浄化することは、人を救うべき神官の使命とも言える。だが、死霊《レイス》という魔物は他の不死魔物《アンデッド》に比べてそう簡単には出没するものではない。

不死魔物《アンデッド》は、死体に残った魔石が瘴気によって穢れ、魔素が濃い場所で残った残留思念と結びついて、死体が魔物化する。

だが死霊《レイス》は、依り代となる身を持たず魔石さえないので、人が入らない魔物発生域ならともかく、よほどの瘴気と魔素の量、おそらくは周囲にそれを撒き散らす高位の不死者がいなければ発生しない。

そんな死霊《レイス》を専門に扱う部門とは何なのか？

「よほど現世に恨みを持つ者がいたのでしょう。残った思念も支離滅裂な、おぞましいほどの狂気に満ちていましたが、その死霊《レイス》は魔族と、とある貴族令嬢のことを、恨みを込めて叫んでいたそうです」

「へぇ……」

ウルスラが貴族令嬢と言った辺りでカルラを見つめ、カルラはわずかに目を細めた。

「死霊《レイス》の戯言など、何の信憑性もないけれど……聖教会には、随分と面白い間諜部門がありますのね？」

カルラの発言に神官乙女たちに緊張が走り、それを手で制したウルスラが茶で唇を湿らせ、カルラも湯気が上るカップを手にして口に含む。

おそらくは、死霊《レイス》を専門に浄化するのではなく、何らかの手段で瘴気を付与し、死霊を生み出すことで情報を得る『死霊術』を扱う部門があるのだ。

この大陸で死霊術は禁忌であり、過去の研究資料を持っていただけでも罪となる。それをしているのが、それを禁忌と定めた聖教会とは悪い冗談としか思えず、わずかな言葉から最も遠い結論を導き出したカルラに、ウルスラは驚愕すると共に、やはり魔族を引き込んだのがこの成人前の少女だと納得した。

「やはり坊ちゃまが言われたことは本当でした。この国の光を閉ざす〝悪〟であると」

ウルスラがそう言葉にすると、四隅にいた乙女たちが静かに前に出る。

「坊ちゃまは殺す必要はない。学園に戻れない程度に〝教育〟するだけで充分だと仰っていましたが、神の御心通り、一人分、王妃の枠を空けていただきましょう」

ウルスラがカルラの〝教育〟をナサニタルから引き受けたのは、彼が神殿長の孫だったからではない。彼が神殿長を通さず、私欲だけでウルスラたち教導隊を使おうとするなら、ウルスラは容赦なくナサニタルにも教育を施しただろう。

だがウルスラは以前から神殿上層部……サース大陸聖教会の本部があるファンドーラ法国からの特命を神殿長から聞かされていた。

それは三人の王妃の中に聖教会に縁のある乙女を就けること。

神殿長は数年前から、神殿に関係のある貴族令嬢を王太子の婚約者候補にしようと画策していたが、フーデール公爵家を含めた幾つかの有力貴族から横やりが入り、公爵の娘を婚約者候補にねじ込まれてしまった。

でもまだ諦める必要はない。カルラの話を聞いたウルスラは、上手く事を運べばまだ挽回できる目があると考え、ナサニタルの提案を利用した。

単独でダンジョンに潜るなどの放浪癖があり、王太子も持て余しているカルラなら、いつ消えても王女ほどには問題にならないはずだ。そして、同じく娘を持て余しはじめたレスター伯爵と繋ぎを得て、こちら側に引き込んでしまえばいい。

あとは光属性のある適度に愚かな貴族令嬢に、ウルスラの聖者の称号を譲渡すれば目的に近づけるだろう。

「カルラ様？　お茶のお味がいかがかしら……？」

「………………」

ゆっくりと立ち上がり、ウルスラは見下すような目で口元だけの笑みを深くする。

カップを手にしたままソファーから動かないカルラに、四方からニードルダガーを構えた教導隊の乙女たちが囲むように近づいた。

「そうね……セフリオレの花の毒。懐かしい味だわ」

「!?」

その瞬間、何かを察した一人の乙女が驚くべき速さでニードルダガーを突き出した。

教導隊の乙女たちは全員がランク3の光魔術師であり戦士でもある。その恐るべき速さで繰り出された刃がカルラの細い首に触れる寸前、その腕を〝黒い茨の模様〟が浮かんだ白い手が掴んだ。

ゴォオオオオオオオッ!!

「────ッ!!」

カルラの手から緋色の炎が燃えあがり、半身を焼かれて声にならない悲鳴を上げる乙女の腕を掴んだまま、髪や肉が焼ける異様な臭気の中、カルラはダンジョンで毒耐性を得るために何度も口に含んだ、懐かしい味の茶をまた一口含んで陶然と微笑んだ。

「とても良い香りね」

＊＊＊

「ビビは大丈夫かしら……」

誰もいない暗い部屋で、クララは自分のために動いてくれているメイドの名を呟き、窓の外の夜空を見上げる彼女を侍女のヒルダは痛ましげに見つめる。

ヒルダ、ビビ、ドリス、ハイジ……彼女たちを救ったのは打算だ。誰でも良かったわけではないが、それでも彼女らの素生や状況はクララにとってちょうど良かった。

メルローズ家の姫である〝ヒロイン〟を調べきれなかったせいで後手に回るしかなかったクララは、暗部に頼らない自分だけの情報網をつくることを目論んだ。

その時に見つけたのがヒルダやビビだった。彼女たちの境遇に同情したのも事実だが、手駒に使うにはちょうど良いと思えたその〝駒〟に、クララは少しばかり深入りしすぎてしまった。

その辺りはクララの前世からある倫理観が影響した。

非情になりきれず、逆にクララの弱さを見せてしまったことで彼女たちは味方になってくれたが、使い捨ての駒にすることが出来なくなった。

意図したことではないが、クララの〝弱さ〟故に彼女たちは命さえ懸けてくれる。けれどすでに彼女たちのことを大切に思いはじめていたクララは、その現実に心を痛めた。

クララが弱いことでヒルダたちクララの信奉者は命を懸け、けれどクララは〝怖かったから〟それを止められなかった。

クララから大事なものを奪うヒロインが怖かった。

クララを冷たい目で見る桃色髪の少女が怖かった。

クララはなにより〝自分自身〟が怖かった。

前世で悪役令嬢の末路を知っていた自分が、ここまでエルヴァンに執着してしまうとは思っていなかった。どうしてこうなったのかクララ自身も分からない。悪役令嬢の末路を思い出し、それを回避するために動いていたはずのクララは、自分から悪役令嬢の道に足を踏み入れていた。

クララもこの世界が『ゲームの世界』なんて思っていない。おそらくは乙女ゲームの基になった世界なのだと理解できている。

だからこそ恐ろしかった。自分が『悪役令嬢クララ』に転生したのではなく、転生した自分こそがゲームの基となった『本物の悪役令嬢クララ』なのだと、それを認めるのが怖かった。

けれど、選択肢によって攻略の道筋《ルート》が変わる乙女ゲームのように、クララの行動次第で未来《ルート》が変わることを信じて、大切な人たちが傷つくのを止められない自分がいた。

そんな自分の愚かしいまでの罪深さが、クララは何よりも怖かった。

＊＊＊

「君は何者？」

「っ⁉」

侵入していた中級貴族の地域で不意に攻撃されたビビは、自分を誰何《すいか》する少年執事の冷たい視線に射られて、背筋に冷たい汗が流れるのを感じた。

このクルス人の少年のことは主人から聞いている。アーリシア・メルシスの執事で、まだ若いが優秀で、メルローズ家の分家であるメルシス家が寄親に頼んで派遣してもらった『護衛執事見習い』だと当たりをつけていた人物だ。

クララは、今はまだそれほど脅威ではないと言っていたが、直に対峙した印象はビビと同格……ランク3ほどの実力が感じられた。

その実力はビビたちが憎む、彼女たちが所属していた暗殺者ギルド北辺境地区支部を潰した〝灰かぶり姫〟や、近寄ることさえ危険な〝茨の魔女〟と比べれば大したことはない。

でも、そんな実力者などこの広い王国でも百人程度しかおらず、ランク3とはその道のプロと言っていい実力がある。

まだ十二歳ほどの少年がそれほどの実力があるとは、ビビも考えてはいなかった。

だからこそ見つかり声をかけられて尚、とっさに動くことができず、少年に先手を譲ることになった。

（マズいっ！）

少年執事から吹きつけるような殺気を感じて、ビビはようやく反転して逃走に入る。

戦闘力が高い人間は多くても、強い殺気を放てるのは敵を殺す覚悟と殺される覚悟のある者だけだ。ただの護衛執事ではない。おそらくは裏社会で蛇蝎《だかつ》の如く嫌われる暗部系列の『戦闘執事』だと判断して逃走を始めたビビの目前を、飛び抜けた何かが壁に穴を穿つ。

（飛礫⁉）

暗殺者の中にも金属製の礫《つぶて》を使う者がいた。投擲ナイフや弓矢よりも飛距離や威力は劣るが、それを熟練者が使えば、近距離では回避困難な必殺の武器と化す。

「逃がすわけないでしょ」

どこか無感情な声音で、少年執事がビビの逃げ場を潰すように投擲ナイフを放つ。

（投擲主体？）

近距離の礫に中距離の投擲ナイフと、相手が遠隔攻撃主体の戦闘を得意とする敵だと判断したビビは、大地に刺さっていたナイフを拾い上げるように少年に投げ撃ち、そのまま自分のダガーを抜いて接近戦へ打って出た。

ガキンッ！

「っ！」

投げ返したナイフが少年の素手で弾かれた。それを見てすぐさま脚を止めたビビの覆面を掠めるようにして少年の蹴りが放たれる。

「くっ」

鋭い蹴りに下がりかけたビビに、滑るように回転しながら飛び込んできた少年の裏拳が唸り、それを腕で躱そうとしたビビは想定より酷い衝撃に驚きながらもダガーで反撃する。少年は地面に伏せるようにしてそれを躱し、地面に手をついたまま脚を撥ね上げて蹴りを放つと、小柄なビビは堪らず吹き飛ばされた。

「抵抗するなら痛い目にあってもらうよ？」

そのクルス人の少年執事――セオは、脚を回転させながら跳びはねるように身体を起こして、格闘戦の構えを取る。

かつて才能に溺れて真面目に修行をすることがなかった幼いセオは、一つ年上の少女に恋をして、〝責任を取る〟ために強くなることを望んだ。

少女と再び出会うことを夢見て必死に修行を繰り返し、同年代の中でも頭一つ飛び越え、学園入学前にギリギリだがランク3にまで手が届いた。

そこらの大人には負けない。状況さえ整えれば近衛騎士とだって互角に戦える。

そんな折、行方不明になっていた初恋の少女が見つかったと聞いて、ようやく顔を合わせることが出来たセオは、自分がまだ才能だけで驕っていたことを思い知らされた。

ランク4――才能だけでは辿り着けない〝実力者〟の領域に、十代前半の少女が自分の実力だけで辿り着いた。

しかも単独でランク5の魔物まで倒し、まだ表側の名声こそ小さかったが、裏社会では彼女のことを知らない人間などいないほど大きな存在へと成長していた。

それに気がついたセオは、彼女と同じことをしても追いつけないと痛感し、自分の強みを活かす戦術に切り替えた。

ギンッ！　とセオは両の拳に嵌めた魔鋼製の鉄甲を打ち鳴らす。

セオの新たな戦術は、自身の奇抜な体術を活かした暗器を使う格闘術だ。袖や靴など表から見てわからない全身に暗器を隠し、主武装の鉄甲は攻撃だけでなく敵の攻撃を受け止める、攻防一体の武器となった。

セオはこの場所に忍び込んできた間者に心の中で溜息を吐く。

中級貴族である子爵令嬢でありながら王太子や王弟などと関わりを持ち、貴族令嬢とは思えない奇抜な言動を繰り返すアーリシア・メルシスは、様々な貴族家から疎まれ、こうして探られることも増えていた。

目の前にいる間者は女性のようだが、これまでの者たちと違って〝必死さ〟が感じられた。何が目的かまだわからないが、彼女の主人はよほどアーリシアが気に入らないのだろう。

（だから困る……）

心情的にはセオも同じだから。正直言ってアーリシアの言動はセオにとって不快だった。王太子や王弟、神殿長の孫などと親しくしておきながら、セオにもそれと同じものを求めてくる。

主家であるメルローズ家やメルシス家にも報告はしてあるが、事が王族に関わることで、単にアーリシアを学園から排除すれば収まる話でもない。

だが、心情的には向こう側だが仕事は別だ。セオも正式な暗部の騎士となり、アーリシア・メルシスがメルローズ家と関わりがあるのなら、主家のためにも他家の弱みとなる間者を逃がすわけにはいかなかった。

相手の実力は自分と同じランク3の下位……だが、斥候系のランク3と戦闘系のランク3とでは役割自体が違うのだ。油断しなければ負けることはない。

……何か変則的な事態が起きないかぎり。

「セオくーん、どこですかー？」

「お、お嬢様、おやめください……」

その事態が起きた。護るべき対象であるアーリシアが使用人の制止を無視して、テラスの窓辺から顔を出していた。

「「!?」」

セオとビビが同時に反応する。過去に同性から苛められていたアーリシアは必要なとき以外メイドを側に置かない。彼女は自分の頼みを聞いてくれる男の使用人だけを部屋に招き入れ、異性である使用人たちでは彼女に触れて止めることができなかった。

思わず舌打ちしたくなる感情を呑み込み、それでもセオの意識がアーリシアに逸れたわずかな一瞬に、ビビが動き出した。

ビビはクララに恩義を感じている。命を懸けてもいいとさえ思っている。

でも、それはヒルダたちの忠誠とは少し違っていた。

ビビは誰かに依存しないと行動できない。暗殺者ギルドに入ったのも依存していた誰かに言われるまま。灰かぶり姫を憎むのもギルドが潰されたからではなく、依存していた者を殺されたからだった。

一度依存して、自分たちを裏切り、罠に掛けて殺そうとしたタバサでさえも、ビビはいまだに慕っている。

ビビが今、依存しているのはクララとヒルダだ。だからこそクララのために働くことを喜び、ヒルダが死ぬことを恐れて代わりに暗殺任務を受けた。

ここで暗殺対象であるアーリシア・メルシスを殺す。そしてクララやヒルダに褒めてもらう。そのためだけにビビは自分の命さえ顧みることなく、迷いもなく飛び出した。

「待て！」

駆け出したビビの肩をセオが放った礫が撃ち抜く。だが、それでもビビは止まることなく手にした小瓶を窓に向かって投擲した。

ビビはクララとヒルダのため。セオは護衛対象の上にいる主家のため。そのわずかな気合いの差でビビが勝り、彼女は結果を手に入れる。

何かが割れる音――。そのまま逃走を図るビビを追おうとしたセオの足を、屋敷から聞こえてきた悲鳴が止める。

「くそっ！」

一瞬だけ迷った後に、セオは悲鳴が聞こえた屋敷のほうへと駆け出した。

＊＊＊

「【高回復《ハイヒール》】――――ッ！」

王都にある神殿の一室で、カルラに半身を焼かれた教導隊の乙女の火傷が、ウルスラの治癒魔術で見る間に癒されていく。

聖者と呼ばれるだけあり、その治癒速度は目を見張るものがあったが、その乙女の腕を掴んだままのカルラが笑みを深くすると、再びその手から噴き上げた炎が癒されかけた乙女の身体を焼いていく。

「キャアアアアアアアアアアアアアアアアアアアアアアアアッ!!」

癒されながら焼かれていく地獄の責め苦に、感情を殺したはずの教導隊の乙女が悲鳴をあげ、その異様な光景に誰もが気圧されて動けずにいた中で、ついに炎の勢いが勝り、乙女の身体を消し炭になるまで焼き尽くした。

「あなた、どうやって毒を……っ！」

教導隊の面々から流れ出る汗は部屋に満ちた熱気のせいばかりではないだろう。

ウルスラの問いに毒入りの茶を悠然と飲み干したカルラは、手に付いた煤を払いながら変わらぬ微笑みを返す。

茶に入れられていたセフリオレの花の毒は筋肉弛緩効果があり、少量なら薬にも使われるが、それでも口内が麻痺して呪文が唱えられなくなる、魔術師にとっては厄介な毒だ。

だからこそカルラは一人で戦うことを考え、自分が危険になるであろう毒を中心に服毒し、毒耐性を上げてきた。

けれどカルラが魔術を使えたのは、毒耐性スキルがあったからだけではない。

「取り押さえなさい！　まだ呪文は正確に唱えられないはずです！」

ウルスラのその言葉に、硬直していた教導隊の乙女たちがニードルダガーを構えて動き出すと、ソファーに腰掛けたままのカルラの唇が声もなく言葉を紡ぐ。

『呪文もなしに魔法を使ったのが見えなかったのかしら？』

魔術を行使するには呪文を唱えなくてはいけない。

呪文の意味を理解して無詠唱である〝魔法〟を体得しても発動ワードが必要になる。

ウルスラたちはカルラが魔術を使っても、発動ワードが聞こえなかっただけだと常識的に考えた。

簡単な魔術なら魔法として使えたとしても、乱戦になったら正確な発動ワードを発音することは困難であると。

だがそれは正解ではない。無属性魔法である【戦技《せんぎ》】が魔物の雄叫びでも発動するのは、その発動ワードの意味を正確にイメージできているからだ。

毒耐性スキルがあっても完全な耐性は得られない。毒は確かに効いている。

ウルスラが言った通りカルラはまだ万全の状態で魔術を使えない。それでも何百何千と繰り返し、正確なイメージさえできていれば、多少の効率は落ちても戦技と同様に発動は可能なのだ。

筋肉が弛緩していても魂の茨で強引に身体を操れる。

完全な無詠唱で【解毒《トリート》】を使い、体内に残った毒素を消し去ることもできる。

動き出した乙女たちの一撃がカルラの肩や腕といった急所を外した部位に放たれた。

ウルスラたち聖教会の教導隊でも、王太子の婚約者となった令嬢を一存で殺害できる権限は持っていない。問題のあるカルラを監禁し、薬物と魔術で〝教育〟を施してから放逐して、王太子の婚約者を辞退させる予定だった。

だが、そんな半端な攻撃で止まるほど、カルラ・レスターはまともではない。

「「「――!?」」」

カルラの白い肌に黒い茨の模様が蠢き、茨に操られた身体が跳び上がるようにして攻撃を回避する。

魂の茨《ソウルソーン》――教会はカルラが魔術の強化をする加護を得たと知っていても、それが身体能力にまで影響するとは想定していなかった。

どんなに強くてもカルラがただの魔術師だと考えていたウルスラたちは、室内を飛ぶようにして攻撃を躱したカルラに目を見張り、その瞬間、化鳥の如く広げたカルラの両手に生じた膨大な魔力を感じとったウルスラが跳び下がる。

「皆、下がって!!」

ウルスラの声が響く――だが。

「――【火球《ファイアボウル》】――」

室内に爆炎が唸りをあげ、三人の乙女たちが悲鳴も残さず炭となって燃え尽きる。

「なんてことを……っ！」

屋内で範囲火魔術など正気の沙汰ではない。炎に包まれた部屋の中で、ミスリル繊維の法衣を纏い、事前にレベル４の光魔術――物理耐性と魔術耐性を上げる【祝福《ブレス》】を使い、とっさに退がることができたウルスラだけが生き残り、怒りに満ちた声をあげた。

その炎の中から、自身の噴き上げる魔力だけで炎を防いだカルラが姿を見せると、生き残ったウルスラをチラリと見て、不思議そうに辺りを見回した。

「ここまでしてどなたも現れないということは、どこかへ移動させたのかしら？」

ウルスラはカルラを捕らえる際に戦闘になる場合を考慮して、事情を知らない神官たちを神殿から礼拝堂の宿舎に移していた。元々神殿内に自室を与えられているのは、下位の神官と孤児だけで移動させるのも難しくない。

自身の魔力を放って神殿内に人の魔力がないことを確認したカルラだったが、ふと深い場所に魔力を感じて視線を床に向ける。

「あら……下にはまだ居るのね？」

「あなたは⁉」

目を見開いたウルスラが隠していたメイスを構えて、炎の中を肉薄する。

ドゴォンッ！

メイスの一撃が炎に包まれていた樫のテーブルを粉砕し、それを嘲笑うように跳び下がったカルラは焼け落ちた扉を潜って廊下に躍り出た。

「こちらかしら?」

「待ちなさいっ!!」

カルラの後をウルスラが追う。追いつきそうで追いつけないカルラに、ウルスラの顔に初めて焦りの色が浮かぶ。


この神殿内から事情を知らない一般の神官や孤児たちは移動した。けれど、その地下には教育が施された次代の教導隊員たちが残っていた。

孤児であるウルスラにとって神殿にいる者だけが家族だった。特に次代の教導隊となる子どもたちは、自分の死後も聖教会の光で世界を正してくれる、かけがえのない〝愛する妹たち〟だった。

神殿の奥へと進み、孤児院のさらに奥にある、普段は神官騎士が護る鉄扉から微かな魔力を感じ取ったカルラは、その扉に向けて魔力がこもった指先を向ける。

「やめてぇええっ!!」

ウルスラの悲痛な叫びも届かず――

「――【稲妻《ライトニング》】――」

カルラの指先から閃光が迸り、とっさに我が身を盾にしたウルスラを、直線上に放たれた巨大な稲妻が貫いた。貫通した稲妻が背後の鉄扉を焼き、赤熱した鉄が周囲の木材を燃やして、膨大な白煙が立ち上る。

全身と内臓を焼かれながらも【祝福《ブレス》】の魔術耐性で即死だけは免れたウルスラは、崩れ落ちながら神に祈り問いかける。

「……な…ぜ……」

何故、神がいながらこのような悪の存在が許されるのか。

神の名の下に聖教会の悪を滅ぼしてきた自分たちがどうしてこんな目に遭うのか。

憎らしい。この世の邪悪も。それを放置する神も。このようなバケモノを連れてきた神殿長の孫も憎らしい。

そうしてウルスラは死の間際に、生まれて初めて神とそれに関わるすべてを呪いながら、その報われない人生に幕を下ろした。

＊＊＊

不意を衝かれて、警護する対象のいる部屋に異物を投げ込まれたセオは、全速で屋敷へと戻り、階段を駆け上がるようにして扉を開いた。

「お嬢様っ！」

セオも毒耐性は持っていたが未知の毒を警戒して布で口を隠しながら、室内に向けて魔術を放つ。

「――【突風《ガスト》】――っ！」

突風を意味するレベル2の風魔術が、室内の毒素を開いていた窓から吹き飛ばした。

室内に入ったときから毒らしき臭いもなく、セオの身体にも何の異常もない。だが室内では、主人に呼ばれていた二人の使用人が心臓を押さえるようにして土気色の顔で横たわり、その奥ではお嬢様らしき人影が蹲っているのが見えた。

「お嬢さ……」

駆け寄ろうとしたセオの声が途中で止まる。

「……アハ……アハハッ」

胸を押さえながらリシアは笑っていた。その異様な声音に、声をかけることもできずに立ち竦むセオに、リシアはゆっくりと立ち上がって振り返る。

その全身は光の魔力に包まれ、吐き出した血で口元を汚しながら、酷い顔色で高らかに笑うリシアにセオが思わず後ずさる。

「セオ君、見てください！　私、やっと光の魔力を使えるようになりました！　アハハハハハハハハハハハハハハハッ！」

その異様な光景にセオは顔色をなくして息を呑む。

アーリシア・メルシスは原作通りに光魔術を覚えることが出来なかった。

だからこそ攻略が停滞していたが、運命の悪戯か、心臓に魔石の血栓を作り出す毒を受けたリシアは、その異常な執念によって光の魔石を心臓に生み出すことで生き延びた。

後日、彼女は王弟アモルによって聖教会の『聖女』に推薦され、それ以降、精力的に王太子たちの攻略を始め、王太子と婚約者たちの溝はさらに深まることになる。

そうして、政治的な歯止めであった王女と、武力面で抑止力となっていた少女がいなくなった学園は、更なる混迷へと向かいつつあった。

＊＊＊

「な、何が……」

夜遅く誰もいない神殿の入り口で、ナサニタルは微かに聞こえてきた異音に身体を震わせた。

恋をした少女の願いを聞き入れ、聖教会教導隊にカルラを教育するように依頼をしたナサニタルだが、時間が経つにつれ自分の行為が正しかったのか自信を失っていた。

いかにカルラがリシアに酷いことをしたとしても、人格の矯正など人として、神の子として行っていいことなのだろうか？

仮にも相手は王太子の婚約者だ。やるとしても祖父である神殿長に許可を取ってからのほうがいいのではないか？

もし祖父の意に沿わなかった場合、自分の責任はどうなのか？

ウルスラも了承したのだから自分だけが悪くはない。人の命を蔑ろにするようなカルラやアリアのような人間は、神が許すはずがないのだから、自分は間違っていないはずだ……。

そう考えながらもナサニタルは、今回の件が公にならないように隠れながら事の顛末を一人で確かめに来たのだ。

今日に限って入り口を護るはずの神官騎士もいない。その事実に不安と心細さを感じながらも、ナサニタルは祖父から預かっていた鍵で神殿の扉を開けて中に入ると、奥から微かな物が焼ける臭いと微かな煙が漂ってくるのに気付いた。

「け、煙？　小火《ぼや》でもおきたの？」

孤児院には子どももたちもいる。孤児が巻き込まれたら大変だと思いながらも、それを伝えるべき大人も見あたらず、何よりこんな夜遅くにどうして自分がここにいるのか言い訳を思いつかなかったナサニタルは、その小心さから自分で奥へと足を踏み入れた。

その時——

「……ひっ！」

「ナサニタル様、ごきげんよう」

暗がりからカルラの細い指先がナサニタルの顔面を鷲掴みにして、半分腰を抜かしたナサニタルを引き倒し、そのまま彼を引きずるようにしてカルラが歩き出す。

「ぎゃあああああああああああああああっ⁉」

顔面を掴んでいた手から炎が溢れて、顔を焼かれたナサニタルが悲鳴をあげた次の瞬間——

ブォオオン‼

開かれたままの入り口から新鮮な外気が取り込まれ、それを絡み取るように奥から噴き上げた炎が瞬く間に神殿内を舐めつくしていく。

神殿の内側から放射状の火魔術が入り口の大扉を吹き飛ばし、叫びをあげてのたうち回るナサニタルを掴んだまま、炎の中から外に出たカルラは、炎に包まれていく神殿に呆然とする周囲の民家から飛び出してきた野次馬たちに向けて、心から愉しそうな笑みを向けた。

夜更けに起きた神殿の火災は、周囲の住民がまだ起きていたことと礼拝堂の神官たちが駆けつけたことで、水魔術を使える者たちによって半焼という形で鎮火した。

火災の原因と思われるレスター伯爵家令嬢カルラだが、被害者である聖教会が、暗殺未遂と地下にある教育施設が公になることを恐れて、王家やレスター伯爵家と協議の上で、容疑者不明として不問とすることになった。

だが数は少なくても目撃者がいる。人の口にも戸は立てられない。

そして何より個人で貴族家の戦力並みの力を持つ、その狂気性を恐れた貴族家は王家に不満と不安を告げ、国王陛下はカルラの王太子妃の素質を王太子の卒業式当日までに確かめることを伝え、この事件は一応の決着をみた。

砂漠の子どもたち

「こちらをどこで手に入れたので?」

その日、キルリ商会の番頭の一人、〝薬屋のジェド〟と呼ばれる男は、奇妙な女の二人組と向かいあっていた。

砂漠の町カトラスを支配する四つの派閥、食料や酒、生活必需品の四割を牛耳るキルリ商会には様々な部門があるが、ジェドが番頭を務める『薬品屋』は、ホグロス商会の冒険者が集める素材を買い上げ、それを薬に加工して冒険者や裕福な住民に売って利益を上げてきた。

そんな折、妙な話がジェドのところへ舞い込んだ。見たこともない若い女がポーションを売りに来たという。

基本〝薬品屋〟では素材の買い取りはしても薬の買い取りはしていない。それでも食うに困った冒険者や旅人などが常備薬を売りに来ることがあり、中身を確かめてまだ使えそうなら、定価の一割から二割程度で買い取った物を、一般の客には出さずに貧しい住民に高値で売りつけるようなこともしていた。

だがその若い女たちは、下級ポーションと思われる物を無償で置いていった。

下級とはいえ回復ポーションなら衰弱した体力を回復させ、傷口を塞ぎ、浅い傷なら数日で傷も残さず完治させる。そればかりではなくよほど特殊でないかぎりは、病気でさえ何日か寝込むだけで癒すことができた。

魔力が大きければ病気や怪我もしにくくなるこの世界において、回復ポーションはもっとも馴染みのある薬だった。

だが、下級でもポーションなら銀貨一枚はする。特にこの砂漠の町では銀貨三枚はする高級品だ。

それというのも、まず素材が少ない。自然が多い国や地域なら問題はないが、この砂漠に生きる生き物は魔物が多く、採取するのも簡単ではない。

そしてポーションを作製できる錬金術師も稀少だ。錬金術師自体が少ないのではなく、こんな砂漠にある無法の町で仕事をするくらいなら普通の国で仕事をするほうが、安全で安価に素材が手に入るからだ。

この町で仕事をする個人の錬金術師はいない。この町に来るのは、まともな腕もない二線級や臑に疵を持つ錬金術師だけで、そんな彼らでも各派閥が奪い合い、需要を満たすために馬車馬のように働かされているのが現状だ。

そんな下級ポーションしか作れない二線級の錬金術師でも稀少であり、当然、製作した物はランクの低い冒険者や貧困層にまで行き渡らない。

故に町で出回る大部分はキルリ商会がカルファーン帝国などから輸入した物であり、一ヶ月の長旅や砂漠の気候で劣化したものも多かった。だが、その若い女たちが置いていった下級ポーションには、一切の劣化が見られなかったのだ。

「どこで……と言われても、仕入れ先を漏らす商人がいましてて？」

「はっはっは、これは痛いところを衝かれましたなぁ」

薬品屋の応接室。そのソファーに腰掛けた女の言葉に、同じ商人であるジェドが浅黒い禿げ上がった額を叩きながらおどけて笑う。

テーブルの上に置かれたポーションは、上級ポーションだった。

上級ポーションの回復量と回復速度はレベル３の光魔術にも匹敵する。だが、輸入して劣化したポーションでは三割ほど効果が減退し、それでもこの町では定価の数倍はする小金貨五枚で売られていた。

それなのに、今回女たちが初めて持ってきた上級ポーションは、作られたばかりのようにわずかな劣化もしていなかった。

その効果は試供品として提供されたものを、酷い日焼けで死にかけていた下働きに試して実験済みだ。

下級ならこの町でも劣化していない物が手に入るが、素材さえ手に入らないはずのこの砂漠で、劣化していない上級ポーションをどうやって手に入れたのか？

（……若いな）

ジェドは目の前の若い女を見てわずかに視線を鋭くする。

女はこの町では珍しい白い肌のメルセニア人だった。居ないことはないが若くてこれほど見目の良い女となると、色街を取り仕切るリーザン組でもほとんど見ないだろう。

最初はフードを目深に被っていたが、商談となって女が素顔を見せた時にはジェドも驚いた。まるで貴族のような色素が薄い金髪に碧い瞳。まだ若い――少女と言っていいだろう彼女の見た目は平民の成人である十五歳ほどに見えたが、魔力が高いのならもう少し若い可能性すらある。

そんなまだ幼さが残る少女が上級の錬金術師とは思えない。そもそも材料が無いのだから作れるはずがない。

〝何か〟秘密があるはずだ。

魔術を使って素材の鮮度を保ったまま輸入する？　それともポーションを劣化させずに砂漠を渡る術がある？　それとも魔術そのものでポーションの鮮度を保つ？

何か秘密があるはずだ。それを〝奪う〟にはどうすれば……。

「――っ⁉」

ジェドは突然感じた異様な威圧に息を詰まらせた。

この町の四大派閥キルリ商会の番頭であるジェドが、こんな小娘と大人しく商談をしているのは、その〝連れ〟の存在があったからだ。

金髪の少女の他にもう一人……おそらくは護衛であろう、彼女の後ろに立つフードを目深に被ったままのもう一人の女が、常に剣呑な雰囲気を纏って周囲に目を光らせていた。

ジェドもこの町の住人だ。人を殺したこともあるし、他人の財産を奪い尊厳を踏みにじって死より酷い地獄に落としたことなど数え切れないほどもある。

そんなジェドが一人の女を〝異質〟だと感じた。

この町の住民は人を殺すことを躊躇しない。奪わなければ奪われることを知っているからだ。だからこそ、自分の命を守るために尊厳さえ売り渡す。

ジェドは一目見て思った。こいつらに手を出せば厄介なことになる――と。

ここにはジェドの護衛もいる。そもそもキルリ商会の番頭に手を出せば、家族友人もろとも殺されると、この町では幼子だって知っている。

だけどそれでも尚、ジェドは殺されると、自分の死に近いものを予感してしまった。

「……それでは商談に戻りましょう。これを定期的に納品していただけるのなら、一つにつき小金貨四枚でいかがでしょう？」

「そうですね……それで構いませんわ。これからも良い関係を続けられたら嬉しく思います」

「ええ、もちろんですとも……」

彼女たちが持ってきた上級ポーションは計五本。合計で大金貨二枚を受け取り、少女たちはそのままキルリ商会を後にした。

流れの商人が持ち込んだ上級ポーションなら小金貨一枚が関の山だ。状態が良く売値で大金貨一枚を超えるとしても、小金貨四枚の買い取りは破格と言える。

その金額も少女たちから得られる利益を考えれば決して高くはない。

テーブルの上で結局手を付けられることなく置かれたままの、砂糖をふんだんに使った煮出し茶の甘い香りが満たす室内で、ジェドはニタリと気味の悪い笑みで声を漏らした。

「……小娘どもが、キルリ商会を甘く見るなよ」

＊＊＊

「失敗したかしら……」

フードで顔を隠したエレーナが道を歩きながらポツリと呟いた。

秩序のない町カトラスでも昼間の大通りならそれほど危険はない。簡単な食事を売る屋台や衣服を作る布や糸など、人が住むのなら生活必需品は必要になるからだ。

大部分の店は四つの派閥どれかに属しているので、みかじめ料としてかなりの金銭を払っている店主の顔色に精彩はなく、高い物価に買い物をする客も少ない。

生きるために盗みや強盗をする者も多く、私たちを獲物として見てくる連中を視線だけで追い払った私は、エレーナの言葉に頷いた。

「かもね。それでもあまり方法があるわけじゃないけど」

ポーションを売るのは顔繋ぎと金銭を得るためだ。

この町から離れてカルファーン帝国に行くには、道をよく知る商隊に同行する必要があった。そのために信用をつくる。おそらく大金も必要になる。そのために闇エルフである師匠から習った砂漠の材料を使った上級ポーションを作ったのだが、どうやらその製法は一般的ではないらしい。劣化していない上級ポーションならこちらの重要度は上がる。あえて危険を承知でそれを武器とすることを決めたが、あのキルリ商会の男は、商人として以上に欲深い感じがした。

「直接、ホグロス商会へ売る？」

「冒険者ギルドへポーションを卸しているのはキルリ商会だ。少量ならともかく大量に売れば、どちらにしても敵対する」

「今はまだ、キルリ商会が馬鹿な真似をしないように祈りましょう……。アリア？　どうかしました？」

「死臭がする」

不意にある一点を見つめた私にエレーナが不思議そうな顔をした。

こんな町だが表通りまで死体が散乱することはない。逆に死体に慣れているこの町では、病気などの発生を防ぐために死体は迅速に処理されていた。

でも、そんな表通りで死臭を感じた。死臭は死体からだけ漂うわけじゃない。逆に出来たばかりの死体に死臭はなく、病か何かで死にかけた人間のほうが死臭を感じることもある。

「アリア、向こう」

「………」

薄暗い路地の隅で小さな人影が倒れているのにエレーナが気付き、私も身体強化で目を凝らす。

「子ども……まだ生きている」

「――っ」

私が声に出した事実にエレーナが微かに息を呑む。

どうするか？　私たちは他人の生き死に関われるほど余裕はない。けれど、気付いて無視すればエレーナの心に傷が残る。

一瞬だけエレーナと私の視線が絡み合う。それだけで私が路地のほうへ足を向けるとエレーナが少し小走りになって追いついてきた。

路地へ入り、傷ついてボロボロになった子どもを見て、思わず駆け寄ろうとしたエレーナを私が肩を掴んで止める。

「子どもがっ」

「待って。たぶん病気だ」

傷だらけだが傷よりも臭いで判断した。

伝染病の類ならエレーナを近づけさせたくない。私は腰のポーチから何度も蒸留した酒精の高い蒸留酒を取り出し、数滴手の平で広げて消毒してから、子どもに近づいて診察をする。

闇エルフの子ども？　この町に来て子どもの姿は初めて見た気がする。闇エルフであることを考慮しても十歳にもなっていないだろう。その男の子を診察してみると、その症状からおそらくは伝染病ではなく、この辺りに生息する虫の魔物に噛まれて感染する病気だと気付いた。

空気感染はしないので近づいても問題はないが、この子の血に長時間触れていると感染する恐れがある。

「──【高回復《ハイヒール》】──」

レベル３の光魔術で目に見える傷を治療する。私の場合はエレーナの光魔術に比べて速度優先だが今はこれで充分だ。どちらにしても寝ているだけの体力勝負で治るような病気以外は、回復魔術では治らない。

「アリア、この子は……」

「一旦清潔な場所に移動する。まずは血糊を洗い流さないと」

この子の怪我は虫に噛まれた傷じゃない。病気の進行具合から考えると、おそらくは病気をうつされることを恐れた何者かに暴行を受けて捨てられたのだ。

それは家族か、近所の住人か。でも詮索は後にしてとりあえず移動しよう。傷は治したが勝手には治らない病気だ。ポーションを毎日与えれば死なないかもしれないが、それよりも試したいことがある。

この町で買いだめしていた麻布で子どもの血に触れないように全身を包み、両手で抱き上げるようにそっと持ち上げる。

「宿に連れて行く？」

「いや、奥へ行こう」

この町で私たちは子どもの姿を見ていなかった。だとしたら表通りから離れた貧民街のほうにいるのではないかとそちらへ足を向けると、その路地の向こう側から駆けつけてきた、肩で息をする見覚えのある人物が私の目に映る。

「お前、その子をどうするつもりだ……」

「それがお前に関係あるのか？」

その少年――闇エルフのカミールは私の言葉に目つきを険しくして、そっと短剣を引き抜いた。

「その子を渡せ……っ」

あれほど感情を見せることがなかった……いや、私たちへ関心を向けなかったカミールが、初めて苛立ったような感情を私に向ける。

「……断れば？」

「斬る！」

カミールから吹きつける殺気に腕の中の男の子が微かに身じろいだ。

その瞬間、矢の如く飛び出したカミールの刃が届く前にエレーナから離れた私は、男の子を抱いたまま路地の壁に踵をぶつけるようにして駆け上がり、振り抜かれたカミールの短剣を踵の刃で受け止める。

　ガキンッ！

「この子が死ぬぞ？」

「お前が放せっ！」

　速い。子どもを盾にするような私の物言いにカミールがさらに速度を増した刃を振るい、私も踵の刃を使ってさらに壁を上って刃を躱しながら【影収納《ストレージ》】から出した暗器を手首の振りだけで投擲した。

「くっ」

　身体能力だけで追ってこようとしたカミールが、暗器を弾くと同時に地に落ちる。

　なるほど……やはり強いな。単純なステータスならカミールは私を超えると感じた。でも、そうじゃない。彼から感じる脅威は……。

「その〝剣〟か」

「っ！」

　私の言葉にカミールの目が見開かれる。

　彼から感じる微かな……爪を切り忘れた程度の小さな違和感。カミールは鎖分銅もあるし、闇エルフなのだから魔術も使えるだろう。けれど、子どもがいるから使えない。

　意外と人が良い？　印象よりも甘い？　誰もが常識的にそう考える。でもそれほどの強さがあるのなら、もう少しやりようもあるだろう。

感じる脅威ほど彼には修羅場が足りていない。その秘密は、彼の持つ魔力を帯びた無骨な短剣にあると見た。

「返す」

「――っ！」

再び壁を登りはじめたカミールに私が男の子を投げ渡す。

とっさに子どもを受け止め、体勢を崩したカミールの背後から気配を消した私がナイフを抜いて振りかぶり――


「やめなさい！」

刃がカミールの首に触れる寸前、路地に響いたエレーナの声に私は即座に壁を蹴って彼女の横に舞い降りた。

その時には男の子を抱いたままのカミールが間合いを取って私を睨み、それを無言で受け流す私にエレーナが微かに溜息を吐いて一歩前に出た。

「その子は血まみれですが傷の治療はしています。私たちが手を出したわけではなく、死にそうなその子を見かねて治療しただけです」

「…………」

その言葉を聞いてカミールが疑いながらも男の子に視線を移す。少しして、血に塗れたその下に傷がないことで誤解だったと理解したカミールは、口元を歪ませながらも絞り出すように声を漏らした。

「……すまない」

「謝罪は受け取りました。こちらも誤解されるような真似をしましたから」

エレーナが私に視線を向け、私は小さく頷いた。

カミールやその仲間のロンが悪とは言わないが、信用できるかどうかは違う話だ。私が子どもを渡した時点でエレーナもある程度信用できると理解したわけだが、彼女は私ならもう少し穏便にできたのにと考えている。

だが、こちらからわざわざ甘さを見せる必要もない。

エレーナも私も、こんな真似が好きなわけじゃない。でも、エレーナには王国に戻る責務があり、私には彼女を護る理由がある。

私はエレーナの心と身体を護るために、甘さはすべてドブに捨てた。

「その子の病気を治す当てがあるの？」

子どもを抱いたまま私たちから距離を取ろうとしたカミールの足が止まる。

「……お前に関係あるか？」

私が最初に言った言葉を返すカミールに私は微かに頷いた。

「関係ない。私がその手段を持っているとしても」

「…………」

私の言葉にカミールが再び私を見る。

馴れ合うつもりはない。彼らにその手段があるのならもう関わるつもりもない。けれど子どもに罪はない。馴れ合わずに命が助かるのならそのほうがいい。

これは私たちが弱みをつくらないための最大限の譲歩だ。

疑り深いカミールからすれば私を信じることは難しいだろう。そのように振る舞ってきたのだから当然だ。だからこそ私は馴れ合わないために彼にも譲歩を強いる。

「……報酬は払う」

「いいだろう」

＊＊＊

そこは町の外れ——ほぼ岩場ばかりの場所にその小屋は立っていた。

「カミール！　ノイは!?」

「チャコ、ノイはまだ大丈夫だ」

日陰を作るだけの小屋から出てきたのは、まだ十代半ばの猫獣人の少女だった。

ノイとはあの闇エルフの男の子の名前だろう。チャコと呼ばれた少女は獣人なので家族には見えなかったが、カミールからノイが血塗れでも怪我がないことを説明されて安堵している様子から、種族が違っても家族同然に想っていることが窺えた。

「あの……そちらの人は？」

「……怪我を治療してくれた者たちだ」

カミールの不満げな適当な紹介でも、チャコはフードで顔を隠した怪しい私たちに慌てて頭を下げた。

「あ、ありがとうございますっ！　でも、お支払いできるものが……」

「それはこいつから貰うからいい。それよりもこの子が病気だと理解している？」

「……はい」

チャコがポツリポツリと話してくれた。

彼女たちはこの町に住む浮浪児だった。生活できなくなり親から捨てられた者。この町から逃げ出すとき邪魔になって置いて行かれた者。マフィアたちの抗争で親を殺された者など、この町なら理由はいくらでもある。

そんな子どもたちも力ある者は他の弱い子どもから食料や金を奪い、弱者の屍を踏み台にしてあの町の大人になっていく。だから弱い子どもたちは生きるために身を寄せ合い、奪われないために死と隣り合わせのこんな岩場で生活している。

そんな中で偶然出会った同族のノイが貧窮していることに気付き、食料などを援助していたのがロンやカミールだった。

ここにはチャコやノイの他にも、二人の子どもがいた。犬獣人の幼児と、少し体格の良い小さな女の子はドワーフだろうか？

カミールが援助をしていても子どもたち全員を養えない。そもそもこんな子どもたちは町の周囲にいくらでもいる。

子どもたちは生きるために、年長のチャコがこの辺りの多肉植物から繊維を採って安い履物を作り、それを売って日々のわずかな銅貨を得る。そしてノイは町で飼育されている巨大甲虫の幼虫を世話する仕事にありついていた。

巨大甲虫の幼虫は栄養価が高い、この地では貴重な食料だ。だが、巨大甲虫は魔物であり幼虫でも世話をするには危険が伴う。危険だからこそ浮浪児のノイでも仕事にありつけるのだが、ノイは甲虫の幼虫に噛まれてしまい運悪く病気を発症した。

ノイは少しずつ衰弱して自分が病気になったことに気付いた。チャコや他の子どもが病気ではないかと心配したが、ノイは彼女たちに嘘を吐き、自分より小さな子を食べさせるために働きに出た。それが二日前のことだという。

ここからは推測になるが、ノイが病気だと気付いた雇い主が彼を痛めつけて路地に捨てたのだろう。おそらくは世話をする浮浪児が病気になることは織り込み済みで、子どもが病気になる度にこうして殺していたのだろう。

「……〝レナ〟、そこの甕《かめ》に水を溜めて。チャコ？　あなたは布と服を用意して」

「はい」

「は、はいっ」

二人の返事を聞いてから私はノイの血塗れの服を引っぺがす。途中で狼狽えたように出てきたカミールに血塗れの服を渡して、燃やしてから砂漠に埋めろと指示を出す。

感染力は低くてもできれば燃やしたほうがいい。【浄化《クリーン》】で消去しきれるか検証をしていないからだ。私はエレーナが魔法で出した水をノイにぶちまけ、チャコの用意したボロ布で血を洗い、戻ってきたカミールにこれも燃やせと言って彼を追い出した。

これからやるのは私も初めての魔術だ。できれば集中を阻害する要因は限りなく排除したほうがいい。

「……大丈夫？」

「やるよ。……【治療《トリートメント》】――」

私の手から魔法の光が放たれる――。

レベル4の光魔術【治療《トリートメント》】。

この呪文は体力を回復させるのでも傷を治すのでもなく、病気を治す魔術だ。

毒の種類が分からないと治せない【解毒《トリート》】と同じように、病気の原因を理解していないと効果は発揮しない。

私は光魔法だけレベル3のままだった。レベル4の光魔術は【治療《トリートメント》】と【祝福《ブレス》】だが、魔力が高ければ病気にもかかりづらく、桃色髪の影響で病気自体に無縁だった私はレベル4の光魔法が必要になるほどの危機感がなく、魔術ではなく魔法で行使するとはいえ今まで使うことは出来なかった。

けれど、これからの戦いはレベル4の光魔法も必要になるだろう。

耐魔術と防御力を上げる【祝福《ブレス》】はもちろんのこと、私が理想とした――私と師匠《セレジュラ》が理想として師匠が極めることができなかった、本当の〝戦鬼〟となるために。

そして、師匠が追い求めた、二つの魔術の力――。

私はここでさらなる〝力〟を手に入れる。

「……成功したのか？」

小屋から出てきた私にカミールが微妙な顔で声をかけてきた。

「問題ない」

結果を言えば【治療《トリートメント》】は発動し、ノイの病気は治療された。集中しすぎて疲れた私をエレーナたちは休めと外に出し、私は後のことを彼女たちに任せてきた。

カミールが微妙な表情をしているのは、私が雑用を押し付けて彼を小屋から追い出した不満と、私がノイの病気を治したことへの感謝があるからだと思う。

レベル４の光魔術を使える聖教会の大司祭クラスは、クレイデール王国でも十数人しかいないはずだ。

カトラスの町にはホグロス商会とキルリ商会に一名ずつ居ると聞いている。そんな人間に治療を頼もうとすれば、大金貨が最低十枚以上と相応の紹介者や信用が必要になる。

その治療に彼が提示した金額は大金貨一枚。別に小金貨一枚でもいいのだが、彼らの誇りのためにも貰っておくことにした。

態度が悪く疑り深いのにこうして礼を執ろうとする態度を見て、私は意外と育ちがいいのだと察する。

「……すまん。助かった」

「気にしていない」

今回ばかりは素直に礼を言ってきたカミールに私も気にするなと軽く手を振り、汗ばんだ髪を乾かすために木陰でフードを脱ぐと、それを見たカミールが切れ長な目を丸くした。

……そういえば初めて見せたか。

「桃色の……金髪？」

「おかしい？」

「いや……珍しいがおかしくはない」

カミールは何故か私から視線を外して言葉を探すように口籠もる。何かあるのか？　気になることがあるのなら、私も気になっていたことを口にする。

「そうね。魔剣を持つ冒険者も、肌色の薄い闇エルフも、珍しいがいないこともない」

「…………」

無言になったカミールが私の瞳をじっと見る。野生の獣でも逃げ出しそうな強い視線を数十秒無言で受け止めていると、彼のほうから視線を外して盛大に溜息を漏らした。

「どうして気付いた？」

「お前の経験が足りない」

何が、とは言わない。色々な意味に取れるだろう。私の言葉に何か感じるものがあったのかカミールはまた不満そうな顔をして、しばし互いに無言の時間が過ぎたあとボソリと話し出した。

「俺の歳は幾つに見える？」

「闇エルフなら……三十前後か？」

見た目は私と同じ、人族の成人くらいだ。でも長寿種であるエルフならもっと高いはずだと考え口にすると、カミールが静かに首を振る。

「俺は十五だ。お前が察したとおり人族の血が入っている。それに魔力が高ければ身体が成長するのは人族も闇エルフも同じだ」

「なるほど……」

「俺を産んだ人族の母は……自分の母が桃色髪の綺麗な金髪をしていたと言っていた」

「…………」

薄紅色の髪や桃色に近い髪色はあるけど、桃色髪と言えるのはメルローズ家直系の女性だけだ。彼のお祖母さんは外に嫁いだメルローズ家の女性だろうか？

だとしたら……もしかして彼は私と血縁があるのかもしれない。

「この魔剣は、闇エルフの父が、人族である母を護るために渡した物だと聞いている」

カミールは魔剣の柄を少しだけ寂しげに触れる。……やはり特殊な魔剣か。

「お母さんは？」

「……殺された。親父の別の妻にな」

「そう……」

カミールの声からは悲しみよりも怒りを感じた。

「お前の親は？」

「両親は私を守って亡くなった」

「……そうか」

私の声音にも微かな怒りが滲む。けれどその怒りの向く先は殺した魔物ではなく、乙女ゲームという名の私の〝運命〟だ。

カミールの怒りは何に対してか？　カミールが浮浪児を助けるのも、ムンザ会と敵対しているのも、何か理由があるのだろうか？

それが語られることはなく、私たちは無言のまま地面に腰を下ろし、エレーナとチャコが迎えに来るまで身じろぎ一つしなかった。

＊＊＊

その二日後、私とエレーナは再び町から外れたチャコたちの小屋に向かっていた。

彼女たちのことはカミールかロンに任せて、私たちはあまり関わるべきではない。けれどエレーナはあの小屋にいた犬獣人とドワーフの幼児と仲良くなり、幼児の栄養状態を気にしているようだった。

この地方の多肉植物は栄養価が高く、それを食べていれば飢えることはないはずだが、肉類や穀物を摂らなければ病気にもなりやすくなる。

少し高く付いたが貧民層が食する虫食ではなく、羊に似た家畜の肉を薄切りにした物を持って岩場に向かうと少しだけ違和感を覚えた。

「アリアっ」

「待って」

飛び出そうとしたエレーナを片手で止めて前に出る。小屋の前に回復したはずのノイが倒れていた。まだ死んでいない。私の目で見たかぎりまだ彼の魔力が残っているから、すぐに治療すればまだ助かる。

それでも私が止めたのは、小屋の中から三人の獣人が姿を現したからだ。

獣人……ムンザ会か。

「待っていたぜ。このガキを治療した錬金術師の女はお前だな？」

「……チャコはどうした？」

二人の獣人の腕に人質のつもりか二人の幼児が捕まっていた。よほど怖い目に遭ったのか子どもたちは声も出せないほど怯えて、その様子に背後でエレーナが息を呑む。

それとこいつらは何故、私たちが錬金術師だと思ったのか？　どうしてノイの病気が治療されたことを知ったのか？

「あの小娘は俺たちのところに連れていった。なぁに、お前が大人しく俺らに協力すれば悪いようにはしねぇ。ポーションで病気が治るなら、あの女のようにリーザン組に売れそうなガキがかなり手に入るからな」

そう言って黒い虎のような毛並みの獣人が笑い、泣いている子どもたちを捕まえていた獣人も笑っていた。

私は彼らと――子どもたちを見つめていた。心にわずかな炎を点《とも》して。

あなたたちは……それでいいの？

「これから連れて行ってやる。案内するから大人しくして――」

「泣いているだけ？」

ハッキリとそう声にした私の言葉に獣人たちが怪訝そうに顔を顰めた。

「なんだ、お前、何を言って――」

「奪われるだけでいいの？」

ドワーフの子が顔を上げる。

「本当に悔しくないの？」

獣人の幼児が歯を食いしばる。

男たちの言葉に被せるようにそう言うと、彼らの顔に怒りが浮かんだ。

「いい加減、黙れ、女っ！」

「生きるために――抗え」

「ぎゃ⁉」

お前たちは気付かなかったの？　子どもたちが泣くのを止めたことを。家族を守るために、自分の意志で戦うと決めたことを。

お前らは子どもを舐めすぎだ。幼児でも牙を持てば人を殺せる。

子どもたちが男たちの腕に噛みつき、虚を衝かれたその一瞬に私が指先を向ける。

「――【幻痛《ペイン》】――」

「――――っ⁉」

硬直する獣人の男たち。滑るように動いた私が子どもたちを捕らえていた男の眉間に黒いダガーを突き立て、もう一人の延髄に黒いナイフを突き刺してから、奪い返した二人の子どもをそっと地に下ろす。

「なっ――」

一瞬の惨殺にまだ硬直している黒虎の男へ滑るように近づき、武器を構えようとした右腕の手首を手刀で砕き、棒立ちする男の右膝を踵で逆側に蹴り砕く。

「――ぎゃあああああああああああああああっ！！？」

激痛に叫びをあげて転げ回る男の顔を踏みつけ、私は威圧と殺気で黙らせながら冷たく男を見下ろした。

「引きずって連れて行ってやる。大人しく案内してもらおうか」

砂漠の薔薇

「レナ。念のために、子どもたちを連れて、外に避難して」

「……わかりましたわ」

私が〝外〟と言った意味を察してエレーナが神妙な顔つきで頷いた。

傷ついた闇エルフの少年ノイはエレーナの光魔術で治療してある。彼が起きるのを待っていたのは、もう私たちがいた宿でさえ安全とは言えないからだ。

町の外にはいざという時のために簡易拠点を作ってある。わずかだが食料もあるので数日なら問題ないだろう。

目を覚ましたノイはチャコが攫われたと聞いて自分も救出に行くと言ってきたけれど……。

「必要ない」

「で、でも……」

ノイの顔に焦りの色が浮かぶ。彼は小さな子たちの兄代わりとして、姉代わりの少女を助ける責任があると思っているのだろう。でも、それは違う。

「お前の責任は、その子たちを護ることだ。命の懸けどころを間違えるな」

「……うん」

子どもたちに抗う意志が生まれても不安が消えるわけじゃない。必死に涙を堪えて彼の服を握る小さな子どもたちの姿に、ノイはしっかりと頷いてくれた。

エレーナとノイが子どもたちを連れてその場から離れていく背を見送り、私はこの場に残ったもう一人へと足を向ける。

「待たせたな」

「てめぇ……っ！」

逃げようとしたのか位置が少しずれていた。右膝と右手首の骨を砕かれ地面に倒れた虎柄の男は、それでも私が近づくと威嚇する虎のような唸りをあげて、残った左脚で蹴りつけてきた。

戦闘力的にはランク3の下位といったところか。その傷でまだ戦意があることは立派だけど、それなら相応の対応をしてあげる。

私の右脚を蹴ろうとしたその足を蹴り上げ、そのまま体重をかけるように足首を踏み砕く。

「ぐぎゃあああああああああああああああああっ‼」

「チャコをどこへ連れて行った？」

怒りもなく憎しみもなくただ威圧を滲ませて尋ねる私に、初めて男の顔が苦痛以外で引き攣る。

「こ、この……」

「最初から私を案内する予定だったのでしょ？　それと私たちが病気を治したと誰から聞いた？」

「ムンザ会にこんな真似をして、この町で――ぎゃあああああああああっ⁉」

「そんなことは聞いてない」

砕いた足首を踏み潰すように踏みにじり、ムンザ会からの私刑を恐れてそれでも口を開こうとしない男の左膝を踵で蹴り砕く。

「ぐぎぃ…………ぎゃぁあああああっ⁉」

激痛に気絶した虎柄男を別の痛みで無理矢理起こし、少しずつ自分が壊されていく恐怖に男から殺気が霧散した。

「……や、やめ……知らねぇ……若頭が……」

「訪ねてきた奴はいたでしょ？」

唯一無事だった左腕の手首を砕かれたことでついに虎柄男の心が折れた。

必要な情報を聞き出した私はその情報に不備があることを考え、男を生かしたまま襟首を掴んで引きずりながら町の方角へ歩き出した。

＊＊＊

「アリアっ！」

町へ近づくと前方から駆け寄ってくる人影から私の名を呼ぶ声が聞こえた。

この町で私の名で呼ぶ人は限られているし、あの小屋へと向かう道を歩く人間などさらに限られている。

「カミールと……ロン？」

カミールは顔を見せているけど、フードで顔を隠したもう一人はロンだろう。駆け寄ってきた二人は私と手足を砕かれた虎柄獣人を見てわずかに目を見開いた。

「チャコたちの小屋にムンザ会が向かったと聞いたっ」

「まさか、その男がっ？」

二人はチャコたちに危機が迫っていることを知って駆けつけてきたらしい。

話を聞くと、どうやら二人のところにもムンザ会の手下どもが襲撃をしてきたそうだが、倒した手下の一人が二人を嘲笑うようにチャコたちへの襲撃も仄めかした。

「子どもたちは保護できたけどチャコは攫われた」

「チャコが……なら俺が行く」

「待て、カミール」

飛び出そうとしたカミールの肩を掴んで止めたロンが、フードを脱いで真剣な瞳を私に向けた。

「アリア……だったか？　ありがとう。君たちのことはカミールから聞いた。でも、君たちはどうして見知らぬ子どものためにそこまでする？」

確かにロンの疑問ももっともだ。私でも彼らが無償で孤児たちに援助をしていることに、何か裏があるのかと疑った。

「あなたたちがそれを言うの？」

「……そうだな。すまない」

自分たちのしてきたことを私たちに重ねてロンが素直に頭を下げた。

理由はない。綺麗な言葉で飾り立てることはできるだろうが、そんな言語化できない微妙な感情をあえて言葉にするのなら、単純に見てしまったものを見なかったことにできなかった。――ただそれだけだ。

「レナ……君の仲間が子どもたちと一緒にいてくれているのなら一応は大丈夫だろう。それと、こちらにも情報がある。僕たちはムンザ会の仕事を潰して敵対しているけど、今回はキルリ商会が絡んでいるらしい」

「それはこちらの情報とも一致している。それはおそらく私たちの案件だ。彼らは病気を治したのが、私たちが作るポーションの効果だと考えているのだと思う」

あのジェドとか言うキルリ商会の番頭は、もう少し頭の回る商人かと思っていたが、利益よりも欲望を優先したのなら所詮はこの町のチンピラだったということか。

……いや、利益と感情的な実益を考えて、『すべてを奪う』というこの町らしい考えに至ったのか。力ある者たちは用心深い者が多いが、中には組織の力を自分の力だと勘違いする愚か者もいる。

念のためだったけど、キルリ商会傘下の宿に戻らないようにしたのは正解だった。

「私はこれからチャコを取り返しに行く」

「わかった、アリア。俺たちも……」

「いや、それなら二人には頼みたいことがある」

＊＊＊

砂漠の町カトラスのスラム街。町全体がスラムのようなものだけど、その中でも貧民たちが住まうこの地域は、正しく暴力だけが支配する無法地帯だった。

「……ぅ……ぁあ……」

時折、意識を取り戻して気絶を繰り返す手足が砕けた虎柄男から呻きが漏れる。

太陽が真上に昇る炎天下の中、周辺に立ち並ぶ土と石で造られた半分崩れたような建物の中から、男を引きずって道の中央を歩く私へ、幾つもの獲物を狙うような視線が向けられていた。

私が威圧していなくても襲ってくる者はいない。おそらく私が引きずっている虎柄男がムンザ会の人間だと気付いて、その男を半殺しにした私の実力を測りかねているのだろう。

そんな大気に混じる熱のような殺意を受け流して進むと、周囲の建物とは格が違う大きな石造りの屋敷が見えた。

あれがムンザ会の中でもこの辺りを仕切る顔役の屋敷か。

最初の予定では裏から襲撃をしてチャコを奪い返すつもりだったが、あえて真正面から向かうことにした。周囲に漂う殺意のせいか、男を引きずったまま近づく私に門番をしていた猫獣人と犬獣人の二人が手に持った槍を向ける。

「貴様、何者だぁ！」

「ここがバティル様の屋敷だと知って……兄貴⁉」

引きずられた男が誰か気付いた門番の一人が声をあげ、その声に意識を取り戻した虎柄男が目に希望の光を灯して叫《わめ》くように声を張り上げた。

「……こ、こいつが例の女だっ！　若頭に伝えろ！　ぎゃはは、これでてめえも終わりだ、女っ！

ここに何人いると思って――」

「煩い」

「ごぉお！」

魔鉄の鉄板入りの踵で男の咽を踏み潰す。お前の用はもう済んだ。

「てめぇ！」

血反吐を吐く虎柄男を見て、先ほど兄貴と呼んだ猫獣人が槍を構えて突っ込んでくる。私は瞬間的に筋力寄りの身体強化をして槍の直線上へ虎柄男を投げつけた。

「なっ⁉」

「――――っ‼」

門番の槍が男の心臓を背中から貫き、そのことに一瞬硬直した猫獣人の頭を鷲掴みにして、乾いた大地に叩き潰す。

「――て、敵襲っ‼」

動けなかったことで逆に命拾いをしたもう一人の門番が、咽を引き裂くような声で遠吠えをあげた。屋敷の中から慌ただしい物音と殺気交じりの気配が膨れあがる。屋敷の戸を蹴破るように槍や剣を持った犬や猫の獣人たちが溢れ出し、二つの死体の側に立つ外套姿の私へ唸るように牙を剥いた。

「なんのつもりだっ！」

「兄貴が例の女だとっ」

「ふざけやがって！　ムンザ会に楯突いて楽に死ねると思うなよ！」

「のど笛、掻き切ってやる！」

牙を剥いた獣人たちが襲いかかってこようとしたその時——

「待てっ!!」

襲いかかろうとした獣人たちを、威圧が込められた声が止めた。

屋敷のこちら向きにある二階のテラスから、半裸の情婦らしき獣人女たちの肩を抱いた黒豹のような猫獣人の男が姿を見せる。

細身ながら引き締まった身体の三十半ばの猫獣人は、盛り上がる筋肉を見せつけるように上半身裸のまま前に出て、銀の瞳で私を睨め付けた。

「若頭！　この女がっ」

「黙ってろっ！　ふん、お前が例の女か？　ここまで来たのなら、ちゃんと伝言は受け取ったようだな」

黒豹男が死んだ男の顔を見てニヤリと笑う。距離があるので定かではないが、おそらくは戦闘力1200ほど……ランク4の上位か。

若頭と言うことは、こいつがムンザ会のチンピラを束ねる顔役の一人、バティルだ。

「おうおう、お前一人を誘き出すために二人も死ぬたぁ、随分高いことついたな。そいつに付けた他の二人はどうした？」

「殺した」

軽く答えた私にバティルが片眉を微かに上げる。

「そんじゃあ、その分もキルリの連中に代金貰わねぇとな。見たところ、ちったぁは腕に覚えがあるみたいだが、あの小娘がどうなってもいいのか?」

「私はこの男が襲ってきた落とし前をつけに来ただけだ」

「小娘がどうなってもいいと?」

「どちらにしても結果は変わらない。私が負ければ同じ目に遭い、私が勝てばそれで話は終わる」

「はっ、違いねぇ」

私とバティルの間に張り詰めた殺気が満ちて、わずかに気温さえ下がったような気がした。

しばし睨み合い、バティルは牙を剥くように笑うと手下に声をかける。

「てめぇら、その女の手足をぶち折って連れてこい。殺すと金になんねぇぞ。女どもは椅子と酒を持ってこい。ここは俺専用の観客席だ。お前のような、とち狂ったバカヤロウどもの死を眺めるためのな」

情婦たちが酒と椅子を取りにバティルから離れ、彼は特等席へと向かうために私に背を向ける。

「ヤれ」

「「「オオオオオオオオオオオオオオオオオオオ――――ッ!!」」」

その瞬間、周囲を取り囲んでいた獣人たちが怒声をあげて襲いかかってくる。

殺すなと命じられたことなど忘れたような、獣人たちの本気の斬撃を仰け反るように躱しながら、旋回させた斬撃型のペンデュラムで迫っていた三人の足首を切り裂き、間近にいた狼獣人の目に黒いダガーを突き刺した。

まず一人。

「てめぇ――」

わざと抉るようにダガーを引き抜き、その血飛沫で視界を塞がれた男の咽をナイフで斬り裂く。そのまま回転するように広がった外套の影から放った汎用型のペンデュラムが、足首を斬られて足を止めた犬獣人の咽を貫いた。

三人目。

「だぁあああ！」

一人が私の首を長剣で狙い、もう一人が私の足を槍で突く。

間合いの差で一瞬早かった槍の穂先を踵が踏みつけ、そのまま槍を駆け上がって剣を躱すと同時に、放った刃鎌型のペンデュラムで剣士の首筋を引き裂いた。

そのまま爪先の刃でもう一人の顎を蹴り抜き踏み台にして飛び越しながら、離れていた猫獣人に向け、短く持った分銅型のペンデュラムを振り下ろしてその頭蓋を砕く。

六人目。

「ひやああ！」

悲鳴のように叫きながら振り下ろされた門番の斧を滑るように躱して、懐に飛び込みながら肘打ちで顔面を陥没させ、まだ勢いのあった斧を足首で掬い上げるように背を向けたバティルへ弾き飛ばした。

唸りをあげてバティルへ迫る斧。その刃がバティルを襲うその瞬間、彼は情婦が持ってきた椅子を掴んで飛来する斧を迎撃した。

「……ちっ」

バティルが背を向けて数秒、それだけで半数以上が殺された死体の中で佇む私に、初めてバティルが苛立ち交じりに顔を歪める。

「やるじゃやねぇか、女……。そこまでやられたら、生かしておくのはもう無理な話だ」

「お前に出来るの？」

「何も俺が直に殺《や》るとは言ってないぜ？」

パァンッ！

バティルが唐突に手を打ち鳴らす。

その音を待っていたように大気の殺意が濃くなり、通りにあるすべての小屋から、路地から、道端の日陰から住人たちが立ち上がる。

物乞いのような老人が刃を持って立ち上がり、恰幅の良い中年女が包丁を構え、まだ成人もしていないような少年が錆びた鉈を持ってギラついた目で笑っていた。

手に手に武器を持った獣人たち。周囲を取り囲む老若男女の人の波。

その数、見えているだけでもざっと二百人余り――。

「ここにいる連中が、ただの住人や構成員の家族だとでも思ったか？　ムンザ会は獣人の〝群《む》れ〟だ。女だろうがガキだろうが、群れにいるなら、全員が〝ムンザ会〟よ」

……なるほどね。獣と同じか。

たとえランク1でも、たとえ戦闘スキルが無くても、数の暴力はすべてを圧倒する。

武器を構えてゆっくりと迫り来る人の波に私は静かに刃を構え、バティルは情婦が持ってきた新しい椅子に腰を下ろすと、瓶のままで酒を呑む。

「逃げられると思うな、女。酒を呑み終わるまで簡単に死ぬなよ。さあ、足掻け。これからが本番だっ！」

バティルの声に人の波が足を踏み出す。

だがその時、遠くから微かな笛の音が響いた。

バティルを含めた耳の良い獣人が微かに空を見上げる。

その音に気付いた私は、口元だけで微かに不敵な笑みを浮かべた。

私はロンにキルリ商会の動きを見張ってもらい、カミールにチャコの救出を頼んだ。

その時間を稼ぐために真正面から乗り込んだのだが、理由はそれだけじゃない。

ムンザ会が数百人程度なら、暗殺者ギルドと同じように上から一人ずつ暗殺すれば終わる。でも、この規模の組織となるとただの暗殺では怒りを煽るだけになり、見知らぬ子どもたちへ報復される恐れがあった。

私は暗殺者ギルドや盗賊ギルドのように、ムンザ会に私と争うことの無意味さを知らしめる必要があると感じた。

問題は私が脅威だと彼らが気付いたとき、チャコを救い出せても狙われる可能性があったが、もう私を縛る〝枷〟はない。

常識で考えれば、個人でこの数に勝てるはずがない。

けれど、それを乗り越えた先に私の求める本当の〝強さ〟がある。

私は返り血で重くなった外套を脱ぎ捨て、太陽の光できらめく桃色の金髪に、迫っていた人波の足音がわずかに乱れた。

ここからが本番？　それはこちらの台詞だ。


「私は本当の強さを手にいれる」


〝強さ〟とはなんだろうか？

筋力値が高ければ強いのか？　魔力値が高ければ強いのか？　戦闘スキルレベルが高ければ強いのか？

どれも間違いじゃない。単純な〝力〟はすべてを圧倒する。

例えば魔物がそうだ。ランクが同じなら身体能力の差がそのまま〝力〟の差になる。その最たるものがこのサース大陸にも存在する『竜』だろう。あれは生まれた瞬間から強者だ。

私は弱かった。力もなく魔力もなく、戦う術も無かったただの子どもだった私が強者と戦うためには〝心〟で強くなるしかなかった。

だから私は〝殺す覚悟〟をした。

殺す覚悟とは殺される覚悟を持つこと。奪わなければ奪われる。弱者である私は敵対した者を見逃すという〝甘え〟を持つことが許されなかった。

私は運命に抗い戦うことを選んだ。生きることは戦いだ。だから弱い私は心で強くなることを選んだ。

でも、その強さにも限界があることを私は知っていた。

いずれ想いだけでは勝てない相手が現れる。今のままでは、純粋に力だけを追い求め、心を狂気に堕とし、命を懸けてまで力だけを求めた、純粋な〝暴力〟と化したカルラには勝てないと感じていた。

精霊に戦技化してもらった【鉄の薔薇《アイアンローズ》】は、私に欠けていた決定力を与えてくれた。でも、あの力はただの〝武器〟に過ぎない。時間制限のある武器なんて数本の矢しかない弓と同じだ。

私が求める〝強さ〟とは何か？

その答えは私の中に初めから存在していた。

最初から一つの力に絞ればある程度の強さは得られると、知識があった私は分かっていた。でも私はそれを選ばなかった。愚直なまでに理想の強さを追い求めた。

師匠も過去にそれを求めて失敗した。でも師匠は自分と同じ結論に至った私に、その力を発揮できる師匠の戦闘術を叩き込んでくれた。

この世界でただ一人――本当の〝戦鬼〟となるために。

＊＊＊

声が止んだ。

たった独りだと軽んじる声。

多少腕は立つが我らに敵うものかと勇む声。

多にして個である獣人の群れに逆らう愚かさを嘲る声。

肉を裂きその血を見せろと滾る声。

それが、返り血にまみれた外套を脱ぎ捨てた〝少女〟の姿に声が止み、二百人もの獣人の群れに一瞬だけ足を止めさせた。

陽に艶やかに輝く、桃色がかった金の髪。

この地の神である太陽でさえ灼けぬ、潤いのある白い肌。

これだけの敵を前にして、微かにも揺れることのない翡翠色の瞳。

美しい少女だった……。整った顔立ちの者なら男でも女でも見たことがある。けれど、まだ幼さが残る容姿でありながら、この渦巻く殺気の中で、恐怖も、怯えも、怒りも、憎しみもなく、そのあまりにも自然体な立ち姿はまるで砂漠に咲いた薔薇のようで……その美しさに思わず見蕩れて――〝恐怖〟した。

わずかに歩を緩めた群れの中から、ふらりと薔薇の香に誘われるように一人の少年が歩み出る。

その灰色狼のような獣人は少女のことしか見えていなかった。

その姿を一目見た瞬間に心を奪われた。

甘く香しい脳髄を溶かすような血の香り……。

まだ成人前の少年はこの群れで何度も敵の処刑を行い、その経験から少女の柔らかそうな肉を想像して、錆びた鉈を構えて誰よりも先に飛び出した。

ブォンッ！

獣人の膂力《りょりょく》によって振り下ろされた錆びた刃は、そっと押し出すような刃の腹に触れた少女の手で逸らされた。

錆びた鉈が何もない場所に振り下ろされ、命を奪う刃の重さすら知らずに体勢を崩した少年の腕に少女の手が触れると、その肘が逆側にへし折られた。

「────────！」

悲鳴をあげる咽も殴打で潰される。助けを求めて仲間に伸ばされた腕もへし折られ、少女の白い腕が少年の首に巻き付き、耳を塞ぎたくなるような異音と共に少年の首は真後ろにねじ折られて、恐怖に歪んだ顔を仲間たちに向けた。

どれほどの技量があればそんなことが出来るのか？

どれほど冷酷ならそんなことが出来るのか？

その場から一歩も動かず、刃さえ抜かずに惨殺した少女は、指先でそっと押すように立ったままの少年の身体を倒し、静かに黒い刃を抜き放つ。

「死にたい奴からかかってこい。ムンザ会」

＊＊＊

「――うがあああああああああああああっ‼」

私の挑発に、群れの中から〝不安〟に耐えきれなかった数人の男女が、吠えるように飛び出した。

怯えている。困惑している。たとえ怒りでそれを押し殺したとしても、それに何の意味がある？

「―――――！」

旋回する斬撃型ペンデュラムが先頭を走る男の目線を真横に断ち斬った。

突然奪われた視界と焼くような痛みで絶叫をあげる男に周囲の足並みが乱れ、その横を滑るように抜けた私のダガーが、近くで思わず足を止めていた女の顎下から脳までを貫通する。

集中力を高める。レベル４の《探知》と鍛えた戦闘勘で空気の流れさえ肌で読み取り、私の後ろから迫る槍をしなる穂のように避けながら槍を掴んで引き寄せ、その槍を持った猫獣人の顔面を鉄板入りの踵で蹴り砕く。

そのまま歩法で一気に距離を詰めて壮年の犬獣人の首を切り裂き、その後ろにいた太った中年女の頭蓋に分銅型のペンデュラムを振り下ろす。

わずか数秒で殺された獣人たちの血が乾いた大地を泥に変える。

敏捷値に割り振った身体強化で獣人たちを待つことなく群れに飛び込むと、私を囲むように迫っていた獣人たちの波が割れた。

あの女の〝知識〟にあった古い兵法で、最初の一人を無惨に殺すことで後続に恐怖を与える戦術があった。私がしたのはそれだ。

たとえランク１やランク無しでもその波に巻き込まれたら、瞬く間に引き裂かれてしまうだろう。

死と向かい合う本能的な恐怖を心の奥に沈め、刃の上を歩くような張り詰めた身体制御で獣の群れと対峙する。

群れの中に飛び込んだ私の周囲を旋回する斬撃型と分銅型のペンデュラムが不用意に近づいた獣人たちの首を裂き、頭蓋を砕き、黒いナイフが致命的な傷を与えていく。

〝血の結界〟――恐怖は意志を鈍らせ、旋回するペンデュラムを弧とした空白を生み出す。

群れの狩りとは、効率的に強敵を倒すための〝生き残るため〟の戦術だ。

バティルは自分たちを群れであり個であると言ったが、群れという個を生かすために自分を犠牲にできる者がどれほどいるだろうか？

生き残るために群れを選んだ彼らにその覚悟はあるのか？　その少ない覚悟を持った者たちは最初に飛び出し、私に殺された。

けれど、恐怖は与えすぎてもいけない。過ぎた恐怖は心を麻痺させて自暴自棄にさせる恐れがあった。わずかな希望こそが真の恐怖となる。私は恐怖の一線を意識しながら取り囲む人波を突き抜け、周囲の小屋にあった窓の木戸を蹴り砕くようにしてその中に飛び込んだ。

人質が取られたままではできなかった。私が何かしらの戦術を行おうとすれば、バティルは人質を使って私の動きを封じようとするだろう。

けれどもう私を縛る枷はない。群れで狩るのが彼らの生き残りの戦術なら、個で群れを狩る私の〝生きる〟ための戦いを見せてあげる。

「お、追え！」

群れの中から逃れた私に素早く正気に戻った誰かが叫ぶ。

一方的に殺される恐怖を数の暴力という優位性が覆い隠す。でもそれが錯覚だと思い知らせるように、同じ窓から追おうとした男の眉間を汎用型のペンデュラムが貫いた。

再度の恐怖が群れに走る。それでも小屋の中まで追ってきた者たちの首を、暗闇の中で正確に斬り裂き、確実に殺していく。

そのまま小屋を取り囲まれる前に違う窓から飛び出し、他の小屋の窓を突き破って侵入する。そしてその勢いに呑まれて追ってきた〝比較的できる者たち〟を暗闇の中で斬り殺す。

種族的に猫種の獣人は暗闇に強く、犬種の獣人は匂いで敵を察知できる。

けれど野生の獣ではなく〝亜人〟という人間種である彼らは、大部分の情報を視覚に頼ってきた。ランクが高ければ危険を察知して動くこともできようが、魔力制御のレベルも低い彼らは瞬間的な暗視の切り替えもできず、戦場を昼に選んだ最も明るい陽の下から明かりのない室内に誘い込まれ、暗闇の中で何も出来ずにその命を散らした。

同じことを繰り返し殺した数が覚えきれなくなった頃、追っ手の数が減ってきたことを察した私は朽ちかけた天井を蹴り破って屋根に登る。

そんな私の姿を見つけて再び獣人たちが気勢を上げて迫ってきた。けれど私はそれを待つことなく、まだ百人以上いる獣人の群れに向けて全力の身体強化で飛び出した。

宙を舞う私へ、出てくる瞬間を待ち構えていたのか幾つかの攻撃魔術が放たれる。

基本的に獣人は属性魔術が苦手とされるが、彼らは近接戦闘に適した肉体を誇りにしているだけで、あの影使いラーダのように決して不得意なわけではない。

数の割合として低くても、発動速度に難があろうとも攻撃魔術は必殺になる場合がある。私が空に飛び出したのは〝炙り出し〟だ。

今まで誤射を恐れて表に出てこなかった魔術師を身体強化の思考加速で確認した私は、迫り来る【火矢《ファイアアロー》】や【飛礫《ストンブリット》】の攻撃魔術を最小限の【魔盾《シールド》】で受け流し、空中を蹴り上げる反動で姿勢を変えながら身を捻るように回避してみせた。

避けられないはずの必殺の一撃を回避する私に、獣人たちが動揺を見せる。

その瞬間に私は用意しておいた粉末を生活魔法の【流風《ウィンド》】で撒き散らすと、それを浴びた獣人たちから悲鳴が響き渡る。

使ったのは〝毒〟じゃない。この地方にある胡椒に似た香辛料の一種を粉になるまで磨り潰した物だ。

この地の料理に使われ、金さえあれば誰でも手に入る。単なる刺激物でくしゃみや涙を誘発する程度の効果しかないが、視覚や嗅覚が他種族より鋭敏な獣人には効果的だ。

私は首に捲いていたショールで口元を覆い、目を閉じて獣人たちの群れの中に飛び込んだ。

「――【幻影《シャドウ》】――」

数体の私の形をした魔素が獣人たちの中を駆け抜ける。

一時的とはいえ視覚と嗅覚を奪われた獣人たちは、何人もの仲間を殺され、私に調整されていた恐怖が限界を超え、側を駆け抜ける〝敵〟の気配に怯えて、ついに同士討ちを始めた。

レベル3や4の闇魔術に【恐怖《フィア》】や【錯乱《コンフュージョン》】もあるが、【幻影《シャドウ》】のほうが消費魔力は安く済む。

包丁や鉈で斬られて血を噴き出し、棍棒や鎚で打ちのめされて倒れていく獣人たち。

もはや個として獲物を狩る群れは存在せず、互いが殺し合う群れの中を気配だけで敵を定めた私が次々と斬り殺し、確認していた魔術師たちを殺していった。

「――が、【突風《ガスト》】っ!」

私の認識から漏れていた魔術師が香辛料の粉を吹き飛ばす。その瞬間に敏捷値寄りに身体強化をかけた私が飛び出し、その猫獣人の女をダガーで刺し殺すと、辺りでは傷ついた獣人たちが怯えた瞳に私を映していた。

だが、その状況を〝良し〟としない者がいた。


「――トゥース兄弟ッ!!」

その時、屋敷のテラスにいたバティルが立ち上がり、声を張り上げる。

その声に、傷ついた獣人たちから一瞬の希望と――それと同時に恐怖と怯えの色が浮かぶのが見えた。

屋敷の奥から目に見えるような殺意が放たれる。

『ガァアアアアアアアアアアアアアアアアアアアアアアアアアアッ!!』

歓喜に打ち震える獣の咆吼。

鎖を引き千切る音に、放たれた巨大な気配。

屋敷の玄関や窓を打ち破り陽の光の下に姿を見せたものは、異様なほど肥大化した筋肉を纏った四人の熊のような獣人たちだった。

「……やってくれたな女。トゥース兄弟ども、この女を殺せっ！」

歯を食いしばるような憎しみを向けるバティルが、それでも優位を示すように歪な笑みを浮かべ、彼の声にトゥース兄弟と呼ばれた獣人たちが血の臭いに歓喜の叫びをあげた。

「………」

なるほど……バティルの余裕はこんな隠し玉があったからか。

熊のように見えるけど、それは肥大した筋肉のせいで元は猫種の獣人だろう。そしておそらくは……薬物で理性を奪われている。

暗殺者ギルドにいたゴートのように薬物で強化され、崩壊しかけた精神をさらに薬物で縛られている。

四人の戦闘力は１０００前後……《体術》と《格闘》レベルだけを無理矢理に上げて、ランク４ほどの戦闘力を付与しているのだと察した。

「殺《や》れっ!!」

『ガァアアアアアアアアアアアアアアアアアアアアアアッ!!』

バティルの命令にトゥース兄弟が無手のまま爪と牙で襲いかかってくる。

私はそれを見てスッ……と冷たく目を据え、迫り来る彼らにそっと指先を向けた。

私と師匠が求めた〝強さ〟は単純なものだ。

すべての力を均等に上げる。ただそれだけだが、命が安いこの世界では誰よりも早く力を得るために、一つの力を上げるのが常識だった。

魔術だけ。近接武器だけ。遠隔武器だけ。隠密だけ……と、どれも極めればそれだけで武器になる。だからこそ人々は自分の有利な展開にすることに力を惜しまず、その状況下において無類の強さを発揮した。

今では冒険者ギルドや暗殺者ギルドでさえも、一つの力を伸ばすことを最上として、複数のことをこなそうとする者を半端者と呼んで蔑んだ。

確かに低レベルのスキルを揃えても、武器が増えるだけで強くなるわけじゃない。そこで強敵を倒すにはそれこそ命を懸けなくてはいけなかった。

けれども戦場では違う。あらゆる局面で個対多数の戦いを強いられていた師匠は、安定した本物の強さを求めた。

敵を葬る威力。敵の攻撃をいなす回避力。回復や攻撃で地力を上げる魔術。

魔術を鍛えれば高い魔力を得て継続戦闘力が上がる。鍛えた探知や隠密技能は生存率を上げてくれる。

四属性の魔石に心臓を圧迫された師匠は近接戦闘を極めることができなかった。

でも、私は違う。初期から取捨選択したスキルを均等に鍛え、鍛えられた技能は他の技能を向上させた。

すべての力を扱うために、私と師匠はその技能の中で最も重要なスキルは『魔力制御』だと考えた。すべての技能は魔力によって制御される。戦技の威力は向上し、身体強化の精度にも影響する。魔術においては言うまでもなく、隠密や探知系スキルでさえも大きな影響を受ける。

私の一つだけレベルが5になったスキルが魔力制御だったのは、それを意識して鍛え上げてきたからだ。私が身体強化で筋力や敏捷に寄った強化ができるのもそのおかげで、体術や無属性魔法はレベル4の限界にまで達しているはずだ。

私は幸運だった。

その力を得る機会を与えられたのだから。

私はここで、本当の力を手に入れる――


「――【幻痛《ペイン》】――」

『――――ッ⁉』


レベル5に達した魔力制御は複数の敵に同時に魔法を使うことを可能にした。

トゥース兄弟の四人が一斉に動きを止める。その瞬きをする程度のわずかな時間……魔素を視る私の目が、彼らの身体強化が解かれて防御力が下がったことを確認した。


「――【鉄の薔薇《アイアンローズ》】――」

虚と実――闇と光――相反する二つの魔術。

師匠が求めた、すべてを均等に上げることで得られる力――。

今の私ではまだ、それを扱う段階にいない。けれど、身体能力を倍加させる戦技、鉄の薔薇《アイアンローズ》を使う今なら……一瞬だけなら見せてあげる。

鉄の薔薇《アイアンローズ》で纏う光の粒子が、放たれた四つのペンデュラムを覆い隠す。

その次の瞬間、防御力が低下したトゥース兄弟を、彼らの意識外から強化された汎用型が脳を貫き、斬撃型が喉を斬り裂き、刃鎌型が延髄を掻き斬り、最後の一人は分銅型が頭蓋を打ち砕く。

倍加された思考加速の中で血飛沫が舞い散り、何も理解できないまま瞬殺されたトゥース兄弟が乾いた大地に崩れ落ちる。

戦場の時が止まったかのような静寂の中、微かな物音がして、それが自分たちの後ずさる足音だと自ら理解した獣人たちは、恐怖に引き攣った絶望の顔で手に持った武器を落とし、残った百余名の獣人たちが仲間たちを押しのけるようにして逃走を始めた。

「――ひぃいいいいいいいいいいいいいっ!?」

「トゥース兄弟がっ!?」

「こんなバケモノと戦うなんて聞いてねぇ!!」

「どけっ！　どいてくれ!!」

群れの意味を無くした獣人たちが我先にと逃げ惑う。

鉄の薔薇《アイアンローズ》を解除した私は襲いかかる精神と肉体の疲労感に息を吐きながら、静かに戻りつつある桃色がかった金髪に滴る汗を振るい落として、手にした黒いナイフを残敵へと向けた。

「お前の手札はこれで終わりか？　バティル」

私の挑発の言葉にわなわなと怒りを堪えるように身を震わせたバティルは、憎悪の瞳で二本の手斧を掴み、テラスの手摺りに身を乗り出した。

「……小娘が、そのはらわた俺が食い千切ってくれるわっ!!」

＊＊＊

（なんだ、この小娘は……？）

バティルは考える。自分に刃を向けるこの人族の女は何者なのか――と。

始まりはキルリ商会の番頭の一人が持ってきた依頼だった。

この町を統べる四つの勢力は、牽制しあっていても敵対状態ではない。この町に生きている以上ある程度の妥協は必要であり、それぞれの得意分野で棲み分けてきた。

それ以上に、この町を軍事拠点として狙っている『カルファーン帝国』や『魔族国ダイス』などの輩に隙を見せるわけにはいかなかったからだ。

この町は砂漠に住む自分たちの物だ。欠片たりともくれてやるつもりはない。

そんな微妙な力関係の中で、キルリ商会の薬関連を扱う番頭から、若い錬金術師の女とその護衛を捕らえてほしいと依頼された。

キルリ商会でも荒事専門に雇われている連中はいるが、その番頭が動かせば、他の者にもその情報が漏れて利益を失う可能性がある。そして、その時点でその護衛の力量が、素人である番頭の目からしても異様だったのだ。

ランク5のような本物のバケモノは滅多にお目にかかれないが、ランク4の猛者ならこの人口数万人程度の町にも十数名存在する。仮に相手がランク5だとしても、たった一人では個であり群れであるムンザ会の敵ではない。

それでも少なくない被害が出ることを考え大金貨数十枚の報酬を吹っかけたが、キルリ商会の番頭はそれを了承した。

おそらくその女たちにはそれ以上の価値があるのだろう。これまでも腕のいい旅の錬金術師を拉致して薬漬けにする程度のことはキルリ商会の常套手段だった。

若い女、しかもここでは珍しいメルセニア人の女で見目もいいなら、大金貨数十枚の値は軽く付く。もし使い潰したとしても充分に元は取れるだろう。

その金のなる木の情報を伝えず、危険だけを押しつけようとする番頭に、バティルは不快感を覚える。ならばどうするか？　それならば……奪ってしまえばいい。

もしもその女たちに想定以上の価値があるのなら、片方を人質として薬を作らせ、見目もいいなら最終的にキルリ商会の長老連中に売りつければ、バティル個人と薬部門の番頭が一時的に不仲となっても問題はないと考えた。

それに薬部門の番頭から受けた印象では、女たちに恥をかかされた恨みもあるようなので、逃がさない限りはそれほど印象も悪くならないはずだ。

ムンザ会は裏社会の武力を提供し、キルリ商会は食料や生活必需品を提供する。たかが若頭と番頭の諍い程度で、組織の全面戦争になどなるはずがない。

その女が薬で癒したという子どもの一人を捕らえ、それを人質として女たちを迎えに行かせたが、その護衛らしき女は迎えにやった男の部下を殺し、手足をへし折って真正面から乗り込んできた。

この町でムンザ会に逆らうなど愚かで――胆力のある女だと思った。

それでも所詮は人質を見捨てられない甘い女だ。そう考えたが、ランク2やランク3の手下どもに叩きのめして連れてこいと命じてみれば、わずか数秒で手下たちが逆に殺される結果となった。

危険だな……と即座に理解する。理性のたがが外れた狂犬はムンザ会にもいるが、この女はそれ以上に危険な存在だと理解した。

二百人もの獣人の群れに臆することなく飛び込み、冷酷に、冷徹に、わずかな躊躇もなく敵を殺していく様は、ある種の美しさがあった。

まだ幼いともいえる人族の女がここまで強くなれるのかと、思わず感動すら覚えた。

バティルは思う。

自分に同じことが出来るのか――と。

桃色の金髪を靡かせる女の実力はランク4の上位で、同じくランク4のバティルよりも総合戦闘力では上だろう。

でも、その差は魔力量の差に過ぎない。魔力が多ければ継続戦闘力が増し、放てる戦技の数も多くなる。だがそれでも、体力や筋力値、耐久値はバティィルのほうが上のはずだ。真正面から戦えばバティィルのほうが有利に立つ。

バティィルは二百人と戦うことは出来ない。それでも個人の戦いは別だ。

トゥース兄弟を倒した力は不明だが、それでもこの危険な女を無事に帰すわけにはいかない。百人以上殺されて帰したとあってはバティィルの面目は地に墜ちるだろう。それ以上に自分から何かを奪おうとする女を、バティィルは生かしておけなかった。

このスラムのような町のゴミ溜めで育ち、同じような獣人の浮浪児を集めてバティィルは幼い頃からずっと、他者から奪うことで生きてきた。

幾人もの仲間が死に、幾人もの仲間が加わり、力だけでムンザ会若頭の一人とまでなった。

その自分の〝群れ〟が殺された。たった一人の女に。

もう誰にも奪わせない。地位も群れもすべて自分の物だ。

それを奪おうとする敵を前にして、バティィルの心中は、砂漠に湧くというどす黒い油に火を放ったかのような尽きることない怒りに燃えた。

「……小娘が、そのはらわた俺が食い千切ってくれるわっ!!」

＊＊＊

浅黒い肌の黒豹のような印象を抱かせる獣人――ムンザ会若頭の一人バティィルがテラスの手摺りを蹴って飛び降りた。

▼バティル　種族：猫種獣人♂・ランク4
【魔力値：187／200】【体力値：452／470】
【総合戦闘力：1203（身体強化中：1446）】

浅黒い裸の上半身を日に晒し、両手に魔鉄製らしき黒い手斧を二本構えてゆっくりと近づいてくる。

「殺すぞ、女」

「やってみろ」

ガキィインッ！

その瞬間、同時に踏み込んだ私の黒いダガーとバティルの黒い手斧がぶつかり、甲高い音を響かせた。

筋力の差で押される。手首と筋力で受け流し、素早く振るう黒いナイフの刃がもう一つの手斧に阻まれ、すかさず放たれた彼の蹴りを足の裏で蹴り返すように距離を取る。

「うらぁあっ！」

瞬時に飛び出したバティルの斧が迫る。私はそれに合わせて後方回転するように後退しながら腿から引き抜いたナイフを投げ放ち、バティルがそれを躱した刹那、真横から襲うペンデュラムの刃が彼の肩を掠めて、バティルも一旦距離を取った。

やはりステータス面ではバティルの方が上か。

技量は同等。速度は私がやや上だが、それ以外はバティルが上。総合戦闘力では私のほうが上だけど、短時間の正面戦闘では私のほうが分が悪い。

それと私は二百人と戦った疲労感が酷い。まぐれ当たりの一撃でも受ければ即座に死が見える戦場で、糸の上を目隠しで綱渡りするような戦いは思ったよりも肉体と精神面に負荷がかかり、じっとしていても汗が噴き出してくる。

だけど——それでいい。

「っ⁉」

疲憊《ひはい》した身体を引きずるように極限まで無駄を省いた歩法を使い、一瞬で距離を詰めた私にバティルが目を見張る。

掬い上げるような黒いナイフの一撃。瞬時に対応したバティルが体重と重力を味方にして黒い斧をナイフに叩きつけた。

カンッ！

一撃の強さに反して響く軽い音にバティルが驚きを見せた瞬間、その反動をそのまま使って私のダガーが襲う。

「ちっ！」

だが、それでもバティルは退くことなくもう片方の斧を振るってきた。

「——っ」

私もナイフでそれを受け止めるしかできず、受け止めきれずに斧が腕を掠めた。

けれど私のダガーもバティルの肩を抉り、それに構わず血が噴き出したまま振るわれた豪腕を私は四つん這いになるようにして躱し、全身を弓の如くたわめた矢のような蹴りをバティルの足元に放つ。

「はぁあっ!!」

「うらあぁあ!!」

互いに気勢を放ち、バティルの蹴りと私の蹴りが互いの腹を蹴ってお互いを吹き飛ばす。

「……けふ」

「……ちっ」

私は軽く咳き込み、バティルは胃液混じりの唾を吐き捨てる。

どちらもダメージがあるが、身体強化をしているので戦闘不能になるほどではない。

同時に構えを取り、今度は相手の隙を窺うようにすり足でジリジリと距離を詰めていく私たちを、生き残りこの場に残った獣人たちが息をすることもできずに見守っていた。

強いな……。私が戦った同じランク4でも、身体能力に頼り切った吸血鬼たちとはひと味違う。

私と師匠の戦闘スタイルは疲弊した状態でも最善の戦闘を行える。極限まで無駄を省き、相手の力さえ利用して必殺の一撃を放つ。

だから相手が幾ら強くても、私が敵を倒せないのは私の練度が低いからだ。

「――ふぅ」

息を吐く。身体に溜まった熱と微かに湧いた焦燥感を息と共に吐き捨て、静かにナイフを構え直した私に何を感じたのか、バティルが何かに押されるように飛び出した。

「うるぁあああっ!!」

「…………」

鋭い刃閃。触れるだけで灼けつきそうな斧の刃。その刃をナイフで受け流しても筋力の差で私にわずかな傷を作った。

「そのまま死にやがれっ!」

「…………」

まだ足りない。何が足りない? いや、そうじゃない。答えは私の中にある。

豪腕を以て振るわれるバティルの斧。

私はその鋭い刃の腹に手で触れるようにしてわずかに受け流し、刃を押すような反動と歩法を使って半歩だけ横にずれた私の横を斧の刃が擦り抜けた。

「――なっ」

バティルが思わず声を漏らす。

それでもすかさず下から斜めに斬り上げられる斧を、膝で斧の柄を蹴り上げるようにしてわずかに逸らし、蹴り上げた反動すら使い半歩下がって回避する。

疲弊した筋力は極力使わない。これまで習った技と戦場で会得した技術、そして高レベルに鍛え上げたスキルでそれを躱す。

目が魔素の流れを観る。探知が敵の気配を読む。微かに放つ威圧が敵の行動を阻害する。隠密スキルが私の次の動きを隠す。

私の中で何かが嵌まった気がした。

筋力を使わない技と技術のみの応酬。単純で複雑な技のみで攻撃を受け流していく私に、ついにバティルの額に汗が流れはじめ、獣のような叫びをあげた。

「貴様は……なんなんだっ!?」

▼アリア（アーリシア）　種族：人族♀・ランク4
【魔力値：213／330】△10UP　【体力値：103／260】△10UP
【筋力：10（14）】【耐久：10（14）】【敏捷：17（24）】【器用：9】
《短剣術レベル4》《体術レベル5》△1UP
《投擲レベル4》《弓術レベル2》《防御レベル4》《操糸レベル4》
《光魔法レベル4》△1UP　《闇魔法レベル4》《無属性魔法レベル4》
《生活魔法×6》《魔力制御レベル5》《威圧レベル4》
《隠密レベル4》《暗視レベル2》《探知レベル4》
《毒耐性レベル3》《異常耐性レベル2》△1UP
《簡易鑑定》
【総合戦闘力：1497（身体強化中：1853）】△69UP

私はもっと強くなりたい。

約束を果たすために……。

エレーナの希望を叶えるために。

カルラの望みを……あの子を殺してあげられるようになるまで……。


「小娘がぁあああああっ‼」

怒りに顔をどす黒く染めたバティルが斧を振り下ろす。私はその刃の腹にナイフを持ったまま手刀を当て、そこを支点として身体ごとくるりと回り――私は回避行動を攻撃に転じる。

「ぐおっ⁉」

真横に並んだバティルの脇腹を肘で打つ。

突然反撃し始めた私に、バティルが呻きながらも即座に蹴りを放ってくる。

私はそれを右脚で受け止め、力を逃がすようにわずかに浮かした左脚で地面を流れるように滑りながら、黒いダガーでバティルの喉を狙う。

「ぐぉ！」

バティルが仰け反るようにダガーを躱す。彼の意識は私が持つナイフとダガーに向いているとみた私は、滑らせていた足を止めて、わずか一歩で間合いに踏み込んだ私の右膝がバティルの脇腹を抉るように打つ。

仰け反っていた顔を驚愕で引き攣らせたバティルが苦し紛れに放った横薙ぎの刃を、私は手の甲で持ち上げるように逸らし、そのまま肘で心臓辺りを打ち抜いた。

武器で急所を狙っても躱される。私が持つ小さな刃でバティルの強靭な筋肉を貫いて内臓まで届くかわからない。だから私は掌打《しょうだ》を使って直接内部にダメージを浸透させる。

「——うがぁぁあああああ!!」

バティルは自分が攻撃を受けることすら無視して、左右に持った斧を同時に叩きつけてきた。

私はその斧に黒いダガーと黒いナイフを合わせるようにして左右に流し、そのまま突っ込んでくるバティルの鼻柱に膝を打ち込み弾き飛ばした。

バティルの内部にダメージが蓄積する。攻撃に転じたわずか数秒の攻防で、あれほど体力があったバティルに溜まっていた疲労が噴き出し、刃で受け流せる程度の攻撃しかできなくなっていた。

でも彼の目はまだ死んでいない。怒りで冷静さを欠きながらもバティルの闘志が衰えていないことがわかった私は、さらに彼を削るために刃を構え直す。

でもその時——


「双方、そこまでじゃ!!」

砂漠に老人らしき声が響き、いつの間にか戦場の隅に新たな十数名の獣人たちが姿を見せた。

ほとんどの獣人はランク3かそれ以下だが、その中央にいる小柄な老人の左右にいる二人の獣人からはランク4ほどの戦闘力が感じられた。

目も口元も真っ白な毛に覆われた狼らしき老人は、じろりと私を睨み付け、顔を顰めたまま肩で息をするバティルへ視線を移した。

「長老……っ」

「バティル……随分と勝手に動いてくれたの。おぬしが依頼で動くならまだしも、勝手に殺すとなると面倒じゃ。その娘御には手を出すな」

「何を言ってやがる、長老!!」

「そやつはジルガンの奴めが先に目を付けておる。理由はそれだけではないが、お前も気付いておるじゃろう。手を出すと厄介な奴だ」

「………………」

私は武器を構えたまま油断なく彼らを観察する。

獣人たちの長老? ジルガンとは冒険者ギルドにいたランク4の老ドワーフか。この老人……何を知っている?

「そんなこと知ったこっちゃねぇ! 俺の群れが殺されたっ! 生かして帰す真似なんてできるかっ!」

「……それが、ムンザ会の〝群れ〟から抜けることになっても――か?」

「――っ、当然だ!」

面子と誇りのために地位さえ捨てる。

獣人にとって群れというのは重要なものなのだろう。これ以上やるのなら巨大な群れから放逐すると言われ一瞬バティルは顔色を変えたが、自分の誇りが勝った彼が私に向けた顔はどこか晴れやかだった。

「……先ほどの〝力〟を使え、小娘」

「…………」

バティルが斧を構え直して言葉を吐き捨てる。

あの力とは鉄の薔薇《アイアンローズ》のことか……。

「トゥース兄弟を殺したあの力だ。俺様を相手に手を抜くとはふざけてんのか？　俺はこいつらの〝長〟だ。俺がそこら辺の女に負けるわけにはいかねぇんだよ！　本気を出しやがれ‼」

「……勝手なことを言ってくれる」

私は刃を構えたまま一瞬だけ老人に視線を向けると、長老はニタリと笑ってバティルの行動を黙認した。

冒険者ギルドであるホグロス商会がどう関わっているのか？　面倒になると言いながら、バティルを私の力を見るために切り捨てたこいつらも気に入らない。

でもバティル。お前の誇りには応えてあげる。

「わかった。全力でお前を殺す。バティル。お前も次の一撃に命を懸けろ」

「はっ、……生意気な小娘が」

鼻で笑い口ではそう言いながらも、バティルは全力の身体強化で防御を捨てた構えを見せた。

私もそれに応えて左手のナイフを仕舞い、右手のダガーを後方に引き絞る。

「……使わねぇのか？」

「アレは私の武器だ。自分の武器の使いどころは私が決める」

「はっ、違いねぇ。それなら――」

バティルも同様に身体を捻るように右腕を引き、全身のバネを使って一気に飛び出した。

「使う前にお前を殺せば俺の勝ちだっ!!」

斧を大きく振りかぶり、真上から一瞬で叩きつける。

「――【狂怒《レイジング》】――ッ！」

片手斧の戦技【狂怒《レイジング》】。短剣の【神撃《クリティカルエッジ》】と同じく直撃すれば必殺の威力となる強力な戦技だ。

私は戦技が放たれるその直前に左手からペンデュラムを放ち、振りかぶったダガーを迫り来るバティルに向け同じく全力の戦技を撃ち放つ。

「――【暴風《サイクロン》】――」

「――!?」

私の放った戦技にバティルが目を見開いた。

【暴風《サイクロン》】は威力に乏しい魔術系の範囲型戦技だ。同じ一撃必殺の戦技を使っても相打ちにしかならず、範囲系の【暴風《サイクロン》】では【狂怒《レイジング》】をわずかに逸らせても威力を減じることはできない。

でも、それで充分だ。

互いに戦技を放ち、その影響で一瞬身体が硬直する。けれど放っていた分銅型のペンデュラムの重みが動かない私の身体を少しだけ横にずらした。

「ぐおっ！」

私の右肩から鮮血が飛び散り、範囲型戦技を躱すこともできずに上半身に受けたバティルが、自らの血煙に視界を塞がれ呻きを漏らす。

「――【鉄の薔薇《アイアンローズ》】――」

私の桃色がかった金髪が灼けた灰鉄色に変わり、硬直から一瞬早く解けた左脚で大地を蹴り、バティルの頭上を飛び越えながら彼の首にペンデュラムの糸を巻き付け、全身の体重と勢いを込めて背中合わせになったバティルの首を一気にへし折った。

グキン……ッ！

「……ちっ」

「…………」

最期に……糸が緩み微かに漏れたバティルの息から、舌打ちが聞こえたような気がした。

首がへし折れて崩れ落ちるバティルからペンデュラムの糸を外し、ただ一人立つ私の姿にそれを見ていた獣人たちから悲鳴のような呻きが漏れた。

「……まだ来るか」

周囲に威圧するような視線を向け、そのまま長老に刃を向けると、彼の護衛たちが一斉に武器を構える。

「やめい！　見た目に騙されおって、馬鹿どもが。戦闘力などという曖昧な指標でしか測れぬ、おぬしらの敵う相手ではないわ」

「…………」

ゆっくりと目を凝らすように半眼で睨む私に、長老は好々爺のように笑う。

この老人は何を知っているのか？　どうして初めて会った私をそこまで警戒するのか？

「ジルガンとは古い知己でのぅ。あやつが一目見て警戒するような者がまともなはずがなかろう。気紛れに来て正解だったわ。まだホグロス商会とは事を構える気はなかったのでな」

私の無言の威圧に長老はニタリと嗤う。

「儂はムンザ会西の長老、クシュムじゃ。商談じゃ、娘御よ」

「……商談？」

「左様。おぬしのような狂犬と事を構えることも面倒じゃが、ジルガンが目をつけた冒険者を殺すことも、のちのち禍根を残す。おぬしは薬をホグロス商会へ卸せ。キルリ商会へは儂らが話をつけてやる。それで手打ちでどうじゃ？」

「長老っ⁉」

この町を支配する四勢力の一角ムンザ会。そのムンザ会の長老の一人が自ら折れるような提案をしたことに護衛の獣人たちが思わず口を挟み、クシュムはそんな若い獣人たちをギロリと睨む。

「まだ分からぬか。強さとは力や技ではない。最後に残るのは〝意志〟よ。それが分からぬうちは手を出すだけ無駄じゃ。……で？　どうする？」

「……了解した」

私を襲撃したことと、ホグロス商会のジルガンが目をつけた者に手を出したことへの〝手打ち〟

として、私たちはポーションの卸先を得て、ホグロス商会は上級ポーションを得る。

「おぅ、これで手打ちじゃな。またな、娘御よ」

そう言って伴を引き連れて踵を返したクシュムだが、その途中でわずかに振り返る。

「そうそう、知っておるか、娘御よ。カルファーン帝国から来た商人が言っておった。遠い異国の地で、盗賊ギルドと暗殺者ギルドを敵に回し、皆殺しにして回っている小娘がいるそうじゃ。その小娘は灰をまぶしたような髪をしていることから〝灰かぶり姫〟と呼ばれているらしい。――先ほどのおぬしのようにな」

「…………」

裏社会を威圧するための〝威名〟がここまで届いていたのか。私を警戒していたのはクシュムだけでなく、ジルガンというホグロス商会の老ドワーフも気付いていたのかもしれない。

クシュムはバティルを切り捨て、私の正体を見破るだけでなく、私との敵対を避けると同時にホグロス商会への駒とした。

エレーナのことも知られているのかわからないが、クシュムたちの背を見送った私はムンザ会……いや、この町を仕切る四つの組織への警戒を強くした。

けれど――その二日後、私はムンザ会がリーザン組の襲撃を受け、クシュムが死んだ噂を聞くことになる。

足掻く者たち

安全であるはずの王立魔術学園は魔族の襲撃を受けて一時的な休学となった。王女の行方を捜すために大人の目が行き届かなくなった学園では、王太子エルヴァン・正妃候補クララ・第二妃候補カルラ……そして上級貴族でもない一人の子爵令嬢によって、水面下における混沌の争いが始まっていた。

それは命懸けで王女の誘拐を企て、次代の国力低下を目論んだ魔族の思惑さえも超える結果となり、王国内に仄かな暗雲となって広がり始めていた。

その学園内を歩く二人の少年がいた。

少年――そう呼ぶには少し語弊がある。この国では十五で成人となり、今年十五歳となった彼らは法律的には大人だが、学生は一般的にまだ少年として扱われる。

だが、多すぎる魔力によって成長が早まった彼らの外見は十七歳ほどになり、『乙女ゲーム』と呼ばれる物語で〝主人公《ヒロイン》〟だけが王太子の目に留まるような『目立つ幼い容姿』をしていたのはこれが原因だった。

その乙女ゲームの中であっても、彼ら二人は最初こそエルヴァンや主人公《ヒロイン》に苦言を呈していたが、最終的には傍観する立場になった。けれどそれは主人公《ヒロイン》であるアーリシアの成長と人となりを見て、彼らが彼女を認めたからに他ならない。

だが現状はそうなっていない。

何を考えているのか分からず、人の心に容易に入り込んでこようとするその少女――自らを〝リシア〟と名乗るアーリシア・メルシスに、二人の少年は強い警戒心を抱いた。

物語ではなく現実のこの世界でも彼らはエルヴァンを諌めようとした。しかし、すでに心の深い部分――彼の劣等感をすべて〝女〟として許容されることでリシアに籠絡されていたエルヴァンは、側近候補であり友人でもある二人の忠言を拒絶し、リシアにより深く依存することになったエルヴァンの下から、二人の少年は離れる結果となった。

本来なら二人は、それでもエルヴァンを見捨てられず、まるで何もかも知っているようなリシアの言動に侵食されるように取り込まれていた可能性もあった。

だが、それと同時に出逢うことになった〝アリア〟という少女によって、二人は物語の彼らよりも現実的な思考が出来るようになっていた。

アリアという少女は良くも悪くも苛烈な人物であった。その存在は薬にも毒にもなり、学園入学前に少年が出逢っていなければ……その彼が友人として一線を引いてくれなかったら、王弟アモルやナサニタルのように、耐えきれずに彼女を毒として拒絶していたかもしれない。

けれど、彼女の在り方を受け入れた二人は、一時の感情に流される『夢見る少年』ではなく、王国全体や国外情勢から判断できる広い視野を持つことができた。

だからこそ、今の混沌を払拭するためには、彼らの個人的な好意を別としても、王女エレーナとアリアの二人が必要だと、少年たち――ミハイル・メルローズとロークウェル・ダンドールはそう結論を出した。

「……彼女が素直に教えると思うか？」

「カルラ嬢はアリア嬢を気に入っていると聞いている。城の貴族ではなく同じ学園の私たちになら、何か話してくれるかもしれない」

隣を歩くロークウェルの言葉にミハイルが眉間に皺を寄せながらそう答えた。

王国内に魔族を引き込んだ貴族家はまだ判明していない。

正確には直接動いた下級貴族や裏社会の組織は判明してすでに処分されているが、その者たちに指示を出した者たちがわからなかった。

数十にも及ぶ貴族の容疑者名簿は出来ている。その中に一つ下の実妹であるクララの名があったことで、ロークウェルは暗い気分になる。

クララは入園時から子爵令嬢アーリシア・メルシスの危険性を説いていた。

常に王族の近くにいるリシアを排除するために魔族を引き込むなど確率的に分の悪い賭けに思えるが、〝未来予測〟の【加護《ギフト》】を得たクララならそれが可能であり、妹を信じてやりたいのと同時にその加護のために追及は無駄であるとロークウェルにも分かっている。

そして容疑者候補の中にカルラ・レスターの存在もあった。

クララ同様王太子妃に内定しており、どちらも年齢的に容疑者としての可能性は低いと思われているが、カルラは齢十三歳で貴族たちからも危険人物として知られており、現在は王都にある聖教会の礼拝堂を破壊したとして、学園内で謹慎を申し渡されている。

本来ならもっと厳重な処罰がされるはずだが、被害を受けた聖教会側が不問にしたことと、ランク6の魔物を焼き尽くすカルラを捕らえるためには、騎士隊に千人規模の被害が出ると、国王陛下がそう判断したからだ。

それ以前に彼女が王妃候補から外されることになれば、国内情勢はさらに荒れる。その現状を引き起こした現国王は、レスター伯爵家の派閥を切り捨てることができず、結果的に王国としても謹慎を申し渡す程度のことしかできなかった。

その裏には、ある程度のことには目を瞑るという国王陛下とカルラとの密約があるのだが、それを知る者は限られている。

現在は大人しく謹慎しているが、気分で何をしでかすかわからない危険なカルラに好んで関わろうとする貴族はいない。

けれどミハイルとロークウェルは、危険な人物だからこそ同じ世界に住むアリアの行方を知る手掛かりが得られるのではと考えた。

実際にカルラはその情報を有しており、王城から派遣された貴族では話にもならないが、行方不明になった少女たちを心から想う彼らにならその可能性はあった。

「ミハイル、お前はカルラ嬢に頭を下げられるか？」

「……ああ。宰相である祖父や総騎士団長である君の父君は無理でも、一人の男としてアリア嬢のために跪くことくらいわけはないさ」

ミハイルの脳裏に桃色髪の少女の姿が浮かぶ。

アリアのミハイルに対する印象は、出会いが悪かったこともあり歯牙にもかけられていないと理解しているが、それでも孤高に戦い続ける彼女を男として支えてあげたいと想う気持ちは前よりも強くなっていた。

「おい、ミハイル。アリア嬢を救いたいのは私も同じだが、エレーナ殿下の救出が最優先だとわかっているのか？」

「それはわかっている。だがな――」

「いいや、わかっていない。彼女は戦士として尊敬に値するが、この国を正常な状態に戻すには、エレーナ様の存在が欠かせない。あの方の視野の広さや高潔さに、私はこの剣を捧げても……」

「〝エレーナ様〟って、ロークウェル、お前……」

自分の言葉を遮ってまで連ねたロークウェルが漏らした言葉にミハイルは目を見開いた。

ロークウェルは高潔が過ぎる騎士であり、自分が心を許した存在しか名で呼ぶことはない。彼の隠された想いを知って思わず呟きを漏らすと、ミハイルの視線の意味に気付いたロークウェルは、ハッとした表情を浮かべ片手で口元を覆うように少しだけ朱に染まった顔を隠す。

「……悪いか？」

「いいや」

ロークウェルの問いにミハイルはニヤリと笑う。

人が人を想うことに理屈はない。物語のロークウェルは実力を隠して王太子の補佐をしていたエレーナに従姉妹という意味以外の想いを持っていなかったが、エルヴァンから距離を置いたことで彼の代わりに王族として実務をこなす王女の姿に、仕えるべき王の姿を見て、騎士として彼女を支えたいと思うようになっていた。

どちらも報われるとは思えない相手だが、共に道を歩く二人は無言のまま拳を出して軽くぶつけ合う。

「行こうか」

「ああ」

個人的な感情はひとまず置いて、二人は国を愁う貴族の顔を見せる。

物語では気を許した友人同士ではあっても貴族としてどこかで一線を引いていた二人だったが、今の彼らは心を寄せる少女と出会ったことで成長し、互いの想いを知り、貴族家同士の繋がりを超えた親友として共に目的のために歩み出した。

＊＊＊

クレイデール王国を離れて一ヶ月余り。ランク5の魔物が跋扈する魔物生息域の危険な森を抜け、人気のないセルレース王国の国境沿いを走る獣と、その背に乗った女性らしき人影があった。

「ネロ。今日はここまでだよ」

艶やかな黒曜石のような肌を持つ一見妙齢の女性——セレジュラが声をかけると、ネロと呼ばれた漆黒の幻獣クァールが不満そうにしながら足を止めた。

〈──進──〉

「まだ進もうって言うのかい？　まったく年長者に優しくない獣だね」

口調こそ年寄りくさいが闇《ダーク》エルフであるセレジュラの精神年齢は、外見通り人族の三十歳ほどだ。闇エルフの中で生活するか複数の人間と関わっていれば問題はなかったが、ごく少数の人族だけと関わり、彼らが老いていく姿を見続けてきたセレジュラの精神は、彼らの老いと共に口調や意識すら変えていた。

そんな彼女の生活にも変化はあった。数十年前にセレジュラの押しかけ弟子となった人族の女性は、その奇妙な妄想とも言える発言共々セレジュラの頭痛の種だったが、それでも出来の悪い弟子の存在は嫌いではなかった。

数年である程度の魔術を覚えた弟子は冒険者になると言って飛び出し、何度か戻ってもきたが、六年前にセレジュラの本や薬を盗んで姿を消し、それ以来姿を見ることはなかった。

だが、その馬鹿弟子がいなくなって二年後、異様な気配を纏う少女アリアが現れた。

話を聞けば馬鹿弟子に命を狙われ、返り討ちにしたと言う。

馬鹿弟子らしい最期に呆れると同時に悲しい気持ちも生まれたがアリアが悪いわけはなく、自分の教えを受け継いでいるのなら、彼女を新たな弟子として、せめて死なないように鍛えてやろうかという気持ちになった。

そんなアリアと暮らしているうちに、セレジュラは新たな気持ちが芽生え始めていた。

子どもとは思えない力がある。胆力もある。けれどその中身は馬鹿弟子のせいで純粋さの方向を歪められたただの子どもだった。

知っていることと知らないことの差がありすぎる。わずか七歳で他者を殺す意味を理解していながら、アリアは子どもが大人に甘える意味さえ知らなかった。

だからセレジュラは厳しく指導しながらも、大人としてアリアを子どものように扱った。虐げられた野良猫のようなアリアも次第に心を開き、セレジュラは心のどこかで諦めていた娘を持ったような気持ちになった。

互いにそれを言葉にはしない。けれども〝家族〟としての絆は生まれていた。

ならば、〝娘〟のために〝親〟が出来ることは何か？

〈――征――〉

「まだ行けるって？　そんななりでよく言えたもんさ。いいから今日は止まりな」

危険な魔物生息域を抜けるために、セレジュラとネロはほぼ休むことなくここまで来た。特にずっと走り続けの上、ランク5のグリフォンやゴブリンロードなどと戦ったネロも無傷ではない。

ネロはアリアを『月』と呼ぶ。孤独に生きてきたネロにとって、アリアという存在は光明に近いものなのだろう。

けれど、幻獣と人間という在り方さえも違う存在が、互いに心を通わせるなどあり得るのだろうか？　現在は協力態勢ではあるが、セレジュラは娘と思う少女のためにネロを警戒し、ネロはアリア以外の存在に心を開くことはない。

それでもアリアの家族枠であるセレジュラの意見を無視するつもりはないらしく、ネロは自分の体調などを冷静に判断して身体を休めることに同意した。

食事は各自が勝手に摂る。セレジュラは野鳥を捕らえて火で炙り、ネロも若い牝鹿を狩って食らいつく。必要なこと以外会話もない関係であったが、森の中とはいえ久しぶりのまともな食事と休息は、少しだけ互いの警戒を緩ませた。

「……あんた、どうしてアリアのためにそこまでする？」

何気なく尋ねた言葉に、食事を終えて目を閉じていたネロが薄く目を開いた。

〈──不──〉

〈──明──〉

「は？　分からないって？　自分が何をしているのか、分からないって言うのかい？」

〈──意──〉

〈──不──〉

「わからないんじゃなくて、質問の意味が分からないって？」

〈──是──〉

〈──月──〉

〈──然──〉

「アリアのためなら当然って、私はその意味を聞いているんだけどねぇ」

〈──汝──〉

〈──愚──〉

「ちょっと待ちな」

〈──月──〉

〈──我──〉

〈──同──〉

「アリアが自分と同じだって？　私はあの子を獣に育てたつもりはないよ！」

〈──娘──〉

〈──否──〉

「あんたなんか種族さえ違うじゃないか。あんたがアリアの何を知ってるんだい？」

〈──全──〉

〈──知──〉

「はぁ⁉　全部知ってる⁉　ふざけんじゃないよっ」

〈──愚──〉

ゆるりと立ち上がった一人と一頭が、焚火で照らされた夜の森で睨み合う。

「あんたとは決着をつけないといけないようだね……」

〈──応──〉

そうしてセレジュラとネロは自分がどれだけアリアを知っているか激論を交わし、これまでの旅

で疲労が溜まっていた二人は明け方になって折り重なるように眠りにつき、出発は丸一日ほど先延ばしとなる羽目になった。

（不思議なもんだね……）

魔族軍を抜け、敵対していた人族の国で隠遁していた自分が、弟子を取り……そのうちの一人は馬鹿な理由で死んでしまったが、もう一人の無愛想弟子は闇エルフであるセレジュラを親のように慕ってくるものだから、こうして〝娘〟を救い出すために幻獣と旅をして、避けていた魔族の領域に向かっている。

その幼い頃から見てきた無愛想弟子の姿が、ある〝少女〟と被る。

（……アイシェ）

たった一人、血の繋がった、歳の離れた妹……。

親を亡くしたセレジュラは幼い妹を養うために魔族軍の戦士となった。それから数多の戦場を駆け抜け、時には敵の中に顔見知りも出来て、戦う意味を見失っていたセレジュラは懇意にしていた夫婦に妹を預け、戦場で死んだことにして魔族軍を抜けた。

セレジュラと共にいたら、アイシェも姉の真似をして魔族軍の戦士になるかもしれない。実際、幼児から少女へと成長し始めたアイシェは、魔族軍の〝戦鬼〟と呼ばれた姉に強い憧れの瞳を向けていた。

今頃はもう大人になっているだろうか……。せめて妹は戦いとは無縁の人生を送っていることをセレジュラは切に願う。

＊＊＊

「メルローズ伯より新たな情報と正式な依頼が来た。これより我ら〝虹色の剣〟は、王女殿下の探索のため、船により国外に出る」

王都にあるドルトン所有の屋敷にて、ミランダ、フェルド、ヴィーロのランク5冒険者パーティー〝虹色の剣〟のメンバーが集まっていた。

だが、その最年少メンバーであるアリアは、護衛に就いていた王女エレーナと共に行方不明の状態にあり、たとえ王国からの依頼がなくても探索をするつもりでいたが、リーダーであるドルトンは行動に制限を受けることより、正確な情報と支援を得られる依頼として受けることを選んだ。

「明日には王都を出立する。東にある港町にメルローズ伯所有の船舶が来ているはずだ。それに乗ってカルファーン帝国へと向かう」

転移によって消えたエレーナとアリアの行方は今尚判明していない。だが、比較的可能性が高いものとして、メルローズ伯の縁者が宰相である彼にその情報をもたらした。

情報源は秘匿とされているが、その情報はこのようなものだった。

『ダンジョンの秘宝でも魔術でも、それが空間転移で、発動途中で術者が死んだのなら、途中で落ちた可能性が高いわ。あの子がついているのなら、どこからでも帰ってこられるとは思うけど、いまだに連絡がないのなら、落ちたのは魔族国への途中にある砂漠ではなくて？　とりあえず魔族国に近いカルファーン帝国から魔族国方面へ捜すことをお勧めしますわ』

それを語った少女は、最も可能性が高い〝死亡〟という可能性を考慮せず、生きていることを断言するようにそう告げた。

実際にそれを話した少女は、秘宝に関する情報も転移をする目的地も把握しており、その程度なら、アリアは必ず戻ってくると欠片も疑ってはいなかった。

常人とは掛け離れた精神性を持つその少女が自らの持つ情報を与えたのは、単純にアリアと再会する時間を早めたいだけという個人的な理由だった。

未確定の情報ではあるが、ダンジョンの秘宝である〝宝玉〟に関しては、魔術師ギルドや宮廷魔術師団の考察と一致しており、王家としてはその情報だけで国外に探索隊を出すことはできなかったが、外部であり当事者でもある冒険者パーティーに、国王陛下の私費によって依頼をされることになった。

ドルトンの号令と共に各自が動き出し、その中でフェルドは屋敷に割り振られた部屋から実戦用の魔鋼の大剣を取って、手に力を込める。

「アリア……」

フェルドにとってアリアは、頼れる仲間であり、可愛い後輩であり、実年齢に気付くまでは妙齢の異性でもあったが、今では妹のような存在だった。

フェルドは、ヴィーロからある事柄を教えられた。

鈍感なフェルドが自分で気付くまで黙っていたらしいが、アリアはフェルドが使っていた鋼のナイフを持っていたらしい。

そのことで思い出したのは、何年も前、フェルドがガルバスに製作を依頼していた魔鋼の大剣を受け取りに行く途中、街道沿いの森で出会った浮浪児の子どもだった。

魔物と間違えて追い回し、短い時間だが生きていく術を教え、折ってしまったナイフの代わりにフェルドは自分の解体用のナイフを与えた。

そのナイフもガルバスの作であり、それに気付いたガルバスがこれも縁だと自作の魔鋼のナイフを与える切っ掛けにもなったそうだ。

フェルドからすれば忘れかけていた記憶だったが、アリアは今でもそのナイフを無くさずに使っているらしい。

今にして思えばこれまで見たアリアの気安い距離感も、初めから信頼できる人物——家族のように想ってくれていたからではないだろうか。

少年だと思い込んでいたあの小さな浮浪児が、目を見張るような美少女になっていたのだから、気付けなくても仕方ないとヴィーロは言うが、フェルドはそんな家族同然の少女の危険に何も出来なかった自分が情けなかった。

「必ず見つけてやるからな……アリア」

フェルドが気合いを入れ直していた頃、同時期に知り合ったもう一人の師匠は――。

「……どうすっかな」

ヴィーロは悩んでいた。もちろん尊敬される師匠として愛弟子であるアリアを救いに行くことに異論はない。それどころか、パーティーの中で一番付き合いが長く、率先して情報を集めるため奔走していたのは彼だった。

ヴィーロは重い足取りで王都に新しく購入した自宅へと向かう。

ドルトンの屋敷に比べれば小さな物だが、それでも一般的には『館』と呼ばれる類の物で、下級貴族が家族と住んで住み込みの使用人を数名雇えるほどの広さがある。

「ただいまぁ……」

ヴィーロは数ヶ月前から一人の女性と暮らすようになった。以前より面識があった冒険者ギルドの受付嬢で、まだ幼かったアリアを連れて行ったときに誘拐犯と疑われ、冷たい視線を受けたことで惚れたヴィーロが何年も掛けて口説き落としたのだ。

ヴィーロが冒険者基準でまだ若いにも拘わらず、引退して暗部の誘いに乗ったのは、彼女が安定した職とお給金を求めたからだ。

女に弱くこれまで何度も夜の女性に貢いできた彼は、一流冒険者とは思えないほど金銭に疎く、この屋敷の購入もドルトンからの借金であり、今では同棲中の彼女の尻に完璧に敷かれていた。

「あら、早かったのね」

「ああ、ただいま、メアリー」

奥より白いエプロンを着けた長い髪の綺麗な女性が現れる。

まだ受付嬢を続けている彼女が家にいるのは、最近忙しくしているヴィーロのために溜まった有給休暇を使って料理の腕を振るうためだった。

そんなメアリーに、明日から何ヶ月も国外に行って居なくなると伝えればどうなるのか？　きっと機嫌を損ねて冷たい視線を向けてくるに決まっている。

ヴィーロは妙齢の美人に蔑まれるのは嫌いじゃないが、本気で怒られるのは好きじゃない。たとえアリアのように美少女でも、本気で命を狙ってくるようなことまで受け入れられるほど心が広くもなかった。

けれども、その愛弟子のために男としてビシッと決めなければいけないときがある。

それが今だ、とヴィーロは気合いを入れる。

「メアリー、よく聞いてくれ」

ヴィーロが汗をかきながら、これまで黙っていた事柄とこれからのことを話すと、朗らかだったメアリーの視線が一瞬で氷点下にまで下がった。

「どういうこと？」

「いやまてメアリー、これは師匠として俺が――」

「当たり前よ！」

想像通り怒られた。メアリーは休日をヴィーロと過ごせないことを怒るのかと思ったが、その方向性が違っていた。

「え？」

「どうしてアリアさんのことを黙ってたのっ⁉　あの子はまだ十三歳なのよ！」

「いや、俺もそうは思うが……」

「もぉ、本当に不器用な人ね。食事をすぐ作るから待ってて。ちゃんと食べて、ちゃんとあの子を連れて帰ってきてね」

「メアリー……」

結果的に許してもらえて、美味しい食事もして幸せを感じたが、どこかメアリーの優先順位の中で自分よりもアリアのほうが上にいると感じて、腑に落ちない気分で食事を口にかき込んだ。

戦乱の序章

私とエレーナが砂漠の町カトラスに来てからもうすぐ二ヶ月になる。

獣人の群れであるムンザ会とは『出来る限り不干渉』という曖昧な関係になった。出来る限りとなっているのは、血の気の多い末端構成員が絡んでくるからで、何かあった場合は、死体の処理をムンザ会が無償でやってくれることになっている。

ムンザ会との約束で、私たちが作る上級ポーションはホグロス商会へ直接卸すことになり、金銭を集める目処は立ったが、キルリ商会と意図せず敵対した形になった私たちが彼らの商隊でカルフアーン帝国へ渡る伝手は無くなった。

私は今、カトラスの表通りを一人で歩いている。

照りつけるような日差しの中、浅黒い肌のクルス人や日に焼けたドワーフや獣人たちが忙しそうに働いていた。

活気があるのとただ忙しいことは違う。この砂漠の町で食料は高価であり、安価で手に入れようとすれば組織の傘下に入るしかなく、傘下に入ればみかじめ料を払う必要があり、結果的に高価となる食料を手に入れるために、人々は必死で足掻かなければいけなかった。

こんなスラムのような町だが貧困者や浮浪児がスリや盗みをすることは稀だ。この町で捕まれば問答無用で殺され、飢えて命懸けの行動に出るくらいなら最初から強盗をするほうがマシと考えるだろう。

この町で生きるのは〝力〟がいる。力さえあれば盗みをする必要さえなく、すべてを弱者から奪い取れる。

ただ……そんないつも通りの町に仄かな緊張感を覚えるのは気のせいじゃない。


ざり……と、革ブーツの底が石床と砂で音を立て、目的の場所に到着する。

外套のフードを外してあえて素顔を晒した私に、ホグロス商会の冒険者ギルドにいた冒険者たちのざわめきが一瞬大きくなり、波が引くように音が消えていった。

張り詰めるような静寂の中、おそらくはムンザ会との取り決めを知っている獣人たちが、わずかな敵意と……それ以上の怯える気配を見せて私から視線を外す。

事情をよく知らないクルス人の冒険者たちは、そんな獣人たちと私を訝しみながらも異様な雰囲気を察して黙り込む。

そしてこの地の冒険者ギルドで最も大きな勢力を誇るドワーフたちは……。

「何用だ？　メルセニア人の女」

身長は私と同程度でも体重なら三倍はありそうな若いドワーフが、奥へ進もうとした私の前を塞ぐように立つ。

「ポーションの件で話は通っている。確認して」

「知らんなぁ、そんな話は。生っ白い人族の女がここで我を通せると思うなっ！」

甲虫の殻を使ったガントレットの拳が、いきなり唸りをあげて繰り出された。

戦闘力で４００ほど……ランク３の中位から上位といったところか。

腕試しか、単に気に入らないのか、いきなりだが本気で振るわれた拳を見るに、ある程度は相手の力量を読めるのだろう。

その太い腕を見るだけでも身体強化をした私よりも筋力は上のはずだ。力量はある。相手が女でも油断しない心構えもある。でも、それだけだ。

「がっ⁉」

迫り来る拳を躱してカウンター気味に打ち込んだ掌底が、短く刈り込んだ黒髭の顎を打って、男を仰け反らせる。

魔鉄の鉄板を仕込んだグローブでも頑強なドワーフの顎は砕けず、男は口から血を零しながらもニヤリと笑い、再び拳を振り上げる。けれど、私も敏捷値の低いドワーフの攻撃を待つつもりはない。私はそのまま男の腕に両腕を絡ませながら、仰け反るように身を引いて男の腕を伸ばし、渾身の膝を肘関節に打ち込んだ。

グギュンッ！

「ぐあぁあああああああああっ⁉」

逆側に腕をへし折られた男が、激痛に腕を抱えて転げ回る。

それを見て傍観していたドワーフたちがいきり立つように立ち上がる。だが――。

「貴様ら、何事だ」

ドワーフたちを震わせるような重々しい声がギルド内に響く。

ジルガン。ランク４のドワーフの重戦士。

ホグロス商会の重鎮でもある彼が、ズシンと地響きを立てるような足音で現れると、ドワーフたちだけでなくすべての冒険者が顔色を青くした。

そのまま近づいてきたジルガンが私を見て、その次に腕を折られた男を見下ろすと、若いドワーフは痛みか恐怖か、顔中に脂汗を流し始めた。

「ま、待ってくれ、ジルガンさんっ、俺はこの女に――」

「儂は言った。桃色髪の人族の女が来たら呼びに来いと」

「ち、違うんだ！　俺はっ」

「同族でも馬鹿はいらん」

グキンッ！　とジルガンが倒れた男の膝に足を乗せ、そのまま膝を踏み砕いた。

男の叫びとは逆に静まりかえるギルド内で、ジルガンは男に一瞥することもなく、私に向き直って顎先で奥を指す。

「話は聞いている。〝薔薇〟よ。ついてこい」

「わかった」

あれではもう冒険者を続けることは無理だろう。仲間の人生を潰して顔色ひとつ変えないジルガンに続いて私がギルドの奥へ進む。

無言のまま先を進む男の後を歩いて石造りの階段を上がり、また薄暗い廊下を進むとこの町では珍しい木製の扉の前に着いた。

「ギルド長、例の客人だ」

『――入りな』

扉の向こうから聞こえた声にジルガンが扉を開けて中へ入り、続いて私が入るとそこには一人の人物が待ち構えていた。

ジルガンがその人物の背後に回って立ったまま腕を組み、革張りの応接ソファーで一人の女性ドワーフが口元だけで笑みを作る。

「お前さんが〝薔薇〟か。まぁ、座れや」

「…………」

ムンザ会西の長老クシュムは、私が〝灰かぶり姫〟だと気付いた。

けれど、その下の生き残った獣人たちが何を伝えたのか、私は『灰かぶり姫』ではなく『砂漠の薔薇』と呼ばれるようになっていた。

おそらくは『灰かぶり姫』の威名自体が面倒なものなのだと推測する。他国の話なのであまり重要視はされないと思ったが、普通は手を出さない相手を敵に回し、尚かつ生き残るような高ランク暗殺者など、存在自体が厄介で面倒なのだ。

今はまだ敵対する不利益のほうが大きいので、ムンザ会とホグロス商会では不干渉となっているが、どちらもなんの拍子で敵対するか分からない。

私を見定めるように女性ドワーフから滲み出るような威圧が零れる。

それを無視して彼女の真正面に座って視線を合わせる私に、女性ドワーフはフッと笑うように息を吐く。

「オレはジェーシャ。ジェーシャ・ホグロスだ。お前さんのことはクシュムの爺さんから、聞いていた」

「アリアだ。商談が出来ると聞いた」

「ああ、そうだ。だが、本当にお前さんが上級ポーションを納品できるのか？」

「問題ない」

私が鞄から出す振りをして【影収納《ストレージ》】から取り出した上級ポーションをテーブルに置くと、ジェーシャは身を乗り出すようにしてそれを見つめた。

ジェーシャ・ホグロス……ホグロス商会長の縁者か、娘といったところか。

たてがみのような真っ赤な髪に大柄な体格をした女性ドワーフ。

通常のドワーフ女性は小柄で、大人でも骨太な人族の少女のような容姿をしている。ドワーフの男性が顔中に髭を生やしているのは、幼く見える顔立ちを隠すためだと言われているので、種族的にそうなのだろう。

だがジェーシャは通常小柄な人族女性程度の身長しかない一般女性ドワーフと違い、一般的な人族女性より少し高い私と同じくらいの背丈であったが、その体格は横幅で私の倍近くもあり、筋肉の鎧を纏う歴戦の戦士を思わせる雰囲気を醸し出していた。

「爺《じい》。使ってみろ」

「御意」

ジェーシャの言葉にジルガンが答え、おもむろに短剣で自分の手の甲を突き刺すと、テーブルのポーションを手に取り、毒の可能性を疑いもせずに傷口にかけた。

「……どうだ？」

「良い品質だ。キルリの連中が売りつけてくる熱と時間で劣化した品とは違う。いや、元の品質自体もこちらが上だな」

ジルガンが布で血糊を拭き取り、塞がるどころかほとんど消えかかっている傷口を見せると、ジエーシャが満足そうに頷いた。

「よし。これでキルリ商会の強みを一つ潰せた。おい、アリア。何本持ってきている？　月に何本納品できる？」

機嫌がいいのか、いきなり気安く名を呼ぶジェーシャに対して、私は表情も変えずにさらに取り出した上級ポーションをテーブルに並べた。

「今あるのは十五本。月に五十本なら可能だ」

「少ねぇな……と言いたいところだが、売り物じゃなくてうちで使うだけなら問題ねぇか。それでいいぜ。おい、爺。色を付けて払ってやりな」

「御意」

ジルガンが懐から革袋を取り出し、そこに幾つかの金貨を入れて私へ投げ渡す。

中にはカルファーン帝国の貨幣でキルリ商会が買い取るより二割ほど多い金貨が入っていた。

冒険者ギルドが上級ポーションを確保したいのは、他組織との抗争のためだけじゃない。古代遺跡レースヴェールの奥には上位の魔物がいる。そのうちの一体……ランク6の下位地竜《ドラゴン》が奥から出てくることを考えれば、最低でも百本は確保しておきたいところだろう。

「確認した」

そう言って席を立とうとした私をジェーシャが気安く呼び止める。

「おいおい、もう帰るのか。せっかく美少女が二人も揃ったんだ。火酒でも呑み交わしながら女子会話《ガールズトーク》くらいしても罰《バチ》は当たらないぜ？」

「面白い冗談だ」

真顔でそう返す私に、ジェーシャは呆れた顔で背後のジルガンを振り返り、彼が瞑想でもするように目を瞑っているのを見て彼女は顔に片手を当てて天を仰いだ。

火酒はドワーフが作る酒精の強い蒸留酒だ。まさに火をつければ燃えるようなものを呑みたいとも思わないが、とりあえず腰をソファーに戻した私を見てジェーシャは少しだけ低くした声を漏らした。

「……アリア。あの話は知っているな?」

「ああ」

彼女の言葉に私も言葉少なく頷く。

「クシュムが死んだ。リーザン組の仕業だ」

ムンザ会とホグロス商会、そして私との間を取り持ったムンザ会西の長老クシュムが、リーザン組の襲撃を受けて亡くなった。

協定自体は組織同士のことなので今更反故にされることはないが、クシュムと面識があるジルガンは不快そうに顔を顰めていた。

町の雰囲気がおかしいのはそのためだ。いつどこで抗争が始まってもおかしくない。

種族もバラバラで色街を取り仕切るリーザン組が、どうして武装組織であるムンザ会に喧嘩を売ったのか。私やロンたちが集めた情報でも理由は定かでなく、すでに犯人はリーザン組が捕らえて十人ほど公開処刑されているが、それをそのままの意味で受け取っている者はいない。

「トカゲの尻尾切りに用はねぇ。あいつらが何を考えているのか……お前さん、気付いたか？」

「ギルドの闇エルフたちはどうした？」

私の言葉にジェーシャがわずかに目を細くする。ドワーフが中心だがすべての種族がいるはずのギルドで、闇エルフの姿だけがいなかった。

「クシュムがやられた数日前からギルドの闇エルフどもが消えた。残っている連中もいるが、この町で生まれた若い奴らだけだ」

「…………」

一定以上の力を持った……この町出身ではない闇エルフたちはどこへ行き、それがどういう意味を持つのか……。

ジェーシャは話は終わったとばかりに手酌で火酒を呑み始め、ジルガンが頷いたのを見て私が席を立つと、部屋を出ようとした私の背中にジェーシャが一言だけ漏らした声が届いた。


――〝魔族〟に気をつけろ――と。

＊＊＊

魔族《エビルレース》。それは闇《ダーク》エルフに対する蔑称のようなもので、一般人の闇エルフもいるこの町では使われない言葉だった。

ジェーシャが敢えてそう言った意味は何か？　推測はできる。けれどジェーシャが言葉を濁した以上、その推測も確定ではない。

通りに戻った私は再び外套で姿を隠して必要なものを買い求めた。

布類に食料、ここら辺で集めにくい錬金材料などだが、この町の住民が買うような砂が混じった安い麦など買わない。

狙い目はこの町に来る小規模な商隊だ。警戒心の強い彼らと旅慣れない私たちが共に移動することはできないが、まともな食料や素材が手に入ることもある。

高価だが砂の混じらない少量の麦と塩、モロコシを粒のまま大袋で買い込み、外套の下で【影収納《ストレージ》】に仕舞い込んで、私はそのまま町を離れた。


私の後をつけてくる幾つかの気配があった。キルリ商会かホグロス商会か……。この稚拙な尾行だと単なる金銭狙いのチンピラか。

私の力を知る連中ならランク3以下の尾行をつけるはずがない。そもそも今の私ならランク4以下の斥候でもその存在を気付けるので尾行の意味はない。

それでも念のために走って砂漠を渡り、半刻ほど大回りをしてまた町に近づき、気配を消して町の外れにある朽ちかけた見張り塔へ向かった。

町が出来た時からある崩れそうな石造りの塔に近づく者はいない。それでも私は、この塔がまだ崩れないことを知っている。

「おかえりなさい、アリア」

扉代わりのボロ布を潜るようにして塔の中に入ると、彼女の声で気付いた犬獣人の幼児が尻尾を振りながら私の足に縋り付き、ドワーフの幼児と遊んであげていたエレーナが、私を見てふわりと微笑んだ。

「ただいま、〝レナ〟」

この場所が……現時点で私たちがこの町を脱出できる一つの希望となる。

脱出への道

砂漠の町カトラスから離れた夜の砂漠で六人の男女が会する。

片側には三人のクルス人。そんな彼らと向かい合うようにして外套で姿を隠した三人の者たちがいた。

「――では手筈どおりに」

「あんたたちの本隊はどこまで来ているんだ？　あまり時間が掛かると……」

「案ずることはない。だが、状況次第だな」

「おい、俺たちはあんたたちの話を信じて――」

「次の手は打ってある。お前たちもせっかくの好機を無駄にしたくないだろう」

「約束は守ってくれるんだよな？」

「ああ、約束は守るさ。だが、そちらもわかっているな？」

「わ、分かっているんだが……」

クルス人たちにとってこれは逃すことのできない好機だった。

この計画自体は以前から話はあった。だが、カトラスの町を支配する四つの派閥の中で、他の派閥すべてを相手にすることは危険だった。

それでも急遽この話に乗ることにしたのは、その派閥の一つ――ムンザ会の長老の一人を始末できたからだ。それというのもムンザ会の戦力であるランク４の戦士が死亡したことで、一時的にだがムンザ会の警備態勢に不備が起きたことに起因する。

だが、どうして慎重に機を狙っていた彼らが突然敵対派閥の暗殺などしたのか？　それを指示した者もこの場にいるクルス人たちだが、その時までは直接ムンザ会の長老を狙うことなど考えてもいなかった。

それでも彼らは事を起こした。それは、たとえムンザ会の戦力が一時的に低下していなくても何かしら行動を起こしたであろう、原因があったからだ。

この会合は毎回町の外で行われている。その中の一人……前回より参加した若い女がまるで夢から覚めたように及び腰になっているクルス人たちの前で、そっとフードを外して夜気に素顔を晒した。

「――案ずるな。上手くいく――」

黒い肌に長い耳……まだ幼いとも言える少女の〝声〟と、その真っ赤に輝く〝光〟を見た瞬間、クルス人たちはまるで暗示にでも掛かったかのように顔から不安が消えていた。

それからクルス人たちと外套の集団は二手に分かれ、仲間たちからも距離を置かれた吸血氏族の長である少女は遠くに見える町を見つめ、鋭い牙を剥き出すように暗い闇へと歩き出した。

＊＊＊

「戻ったか」

崩れかけた見張り塔の上階から階段で下りてきたカミールが、戻ってきた私を見て安堵するように微かな笑みを零した。

この見張り塔はカミールとロンの隠れ家だ。彼らとは完全に味方となったわけではないけれど、この状況を生き抜くために手を組むことになった。

互いに話してないこともある。話せないこともある。エレーナや私の立場がそれだ。今更彼らが私たちを害するとは思っていないが、その情報が足を引っ張ることもある。

エレーナがクレイデールの王女だと知られたら、今は商談相手であるジェーシャも、いざとなればエレーナの身柄を確保しようと動くかもしれない。

私が〝灰かぶり姫〟だと知られてはいるけれど、そこから〝行方不明の王女〟と結びつけるにはまだ時間は掛かるはずだから、今は不用意に情報を漏らすことは避けるべきだ。

同様に私たちはロンとカミールの正体にも言及しない。彼らの正体を知ってしまえば私たちの行動を縛られる結果にもなり得るからだ。

「食料を買ってきた。チャコに渡しておく」

「すまん……助かる」

「ありがとうございます。アリアさん」

カミールが頭を下げるとその後ろから猫獣人の少女チャコが現れて、私が取り出した食料を申し訳なさそうに受け取ってくれた。

私が戦っていた陰でチャコをムンザ会から奪い返した彼らだが、何度もムンザ会と敵対してきたカミールたちまで和解するには至らず、ここでチャコと子どもたちを匿っている。

ムンザ会もクシュムが死んでそれどころではないだろうが、二人が町を歩くのはまだ控えたほうがいいと判断した。カミールなら隠れて食料を手に入れることも出来るとは思うけど、ここまでの距離と増えた食い扶持を考えると【影収納《ストレージ》】がある私が運んだほうが効率はいい。

それに彼らには、それよりも優先してほしいことがある。

「カミール。素材は集まっている？」

「ああ。それなりには集まっている。だが、ここら辺ではもう成体が少なくなっているので、遠くに行かないといけないが……」

「そちらは私も考慮する。魔石はロンに渡したほうがいい？」

「上にいるからついでに顔を見せてやってくれ。それと……無理はするなよ。食料やレナがここにいるだけでも助かっているんだ」

「わかっている」

何か言いたげでそれでも何も言えずにいる、微妙な顔をしたカミールの肩を軽く拳で叩いて、私は彼とすれ違うように階段を上りはじめた。


塔の内壁に沿う螺旋状に伸びた階段を上がる。外から見た見張り塔はいつ崩れてもおかしくなかったが、内側の崩れた階段も罅割れた壁も漆喰や煉瓦を積んで補強されていた。

彼らは一年以上、ここで〝ある物〟を修理していた。

この地に来たロンがこの塔に辿り着き、それを見つけたのがカミールだったと聞いている。

偶然か必然か似たような境遇の二人は、最初は互いを警戒し、それでも共感し合える部分を感じて行動を共にするようになった。

ロンがどうしてこの塔に辿り着いたのか。この先に、彼がこの塔の上に辿り着いた理由がある。

「ロン、修理は上手くいっている？」

「やあ、アリア。……九割くらいかなぁ」

塔の屋上が崩壊し、雨ざらしとなったその場所にそれはあった。

熱気球――私の中にあるあの女の〝知識〟がその正体を教えてくれた。

大きなものじゃない。数名の大人でいっぱいになるような小さな物だが、ここにいる全員でこの砂漠を脱出することは出来るはずだ。

熱気球のような物はクレイデール王国でも見たことはない。それは単純に技術がないのではなく、空の魔物に対抗する手段が少なく移動手段の選択肢に入っていなかったからだろう。

でも、この地方ではグリフォンやワイバーンのような空を飛ぶ大型の魔物は少ないらしく、ランク2の大鷲程度しかいない。それでも私の知識にある熱気球なら充分に脅威だけど、素材に魔物の革を使い、強度を増すことでそれに対応していた。

だが素材に魔物革を使えば当然重くなる。そのために通常の燃料ではなく、火属性の魔石を用いた魔道具で熱を作って浮力を得るらしい。

私が持ってきた魔石はそのための物だった。

「火属性の魔石を持ってきた」

「ありがとう、助かるよ。こいつは結構燃料食うからね」

「あとどのくらい集めればいい？」

「う～ん……」

熱気球の修理作業をしていたロンは、手持ちの素材や行程を考えながら自分の頭を軽く掻く。

「カルファーン帝国の安全地帯までならもう少しいるかな。逆に言うと、辿り着くだけなら今のままでもいいけど、余裕はないって感じ」

「了解。見つけたら狩るか買うかしてくるから」

私たちはこの熱気球でカルファーン帝国へ向かうことを決めた。幸いロンたちも、きなくさくなってきたこの町を出ることを望んでいた。

それで私たちは協力することになり、カミールは遺跡で熱気球の修理素材と私の錬金術に必要な素材を集め、私は町でポーションを売り火属性の魔石や食料を買う。

ロンは私たちが集めた素材で修理に集中してもらい、エレーナはチャコと一緒に子どもたちの面倒を見て、光魔術や水魔術で生活基盤を整えることになったのだ。

彼らにも利点があり、私とエレーナにとってもキルリ商会と敵対して町の宿を使えなくなったので、このような隠れ家はありがたい。

方針は決まった。けれど、その熱気球を修理すること自体が問題だった。

熱気球の維持には金がかかる。熱気球本体には『砂漠トカゲ』という熱に強い鎧トカゲ系の革が必要なのだが、柔らかな腹の部分しか使えず、ある程度の大きさがないと縫い目が多くなって強度が下がる。

しかも、熱に強いトカゲといっても魔石は土属性なのだ。だから火属性の魔石を得るためには、別の魔物を狩るか町で買ってくるしかない。

空の魔物に対抗するためには、ランク3以上の魔術師が二人は必要になるので、そんな物を運用できるのは貴族しかいない。

それを所有してこの町まで来たロンは、おそらくカルファーン帝国の貴族だ。

でも、私たちはそれを詮索するつもりはない。そんな重要なものを彼らが所有していると教えてもらえるほどには、私たちは信頼してもらっている。

貴族のロンが何を調べにこの町に来たのか、そんなことを詮索して信頼関係を壊すほど、私たちも馬鹿じゃない。

彼らも私たちも自分たちの目的のために行動している。けれど……。

（……彼らは甘い）

屋上から戻って再度出掛ける準備をしていると、エレーナが心配そうな顔で近づいてくる。

「アリア……また出掛けるの？」

「うん。もう少し出来ることがあるから」

時間はいくらあっても足りない。私たちが行方不明になってから二ヶ月——私とエレーナは、国が王女の生存を諦めるまで三ヶ月から半年とみているが、時間が経てば良からぬことを考える輩が出てくる。だから最低でも三ヶ月以内にエレーナをカルファーン帝国へ送り届け、クレイデール王国と連絡を取らなければいけない。

「待って——【治癒《キュア》】——」

呼び止めたエレーナの手が私の頬に触れると、優しい光が砂漠の熱に灼かれた頬の熱を消し去ってくれた。

「ありがとう」

「いいえ……アリア、気をつけてね」

外套とフードを被り直して私は一人、砂漠を歩く。

エレーナたちがいる見張り塔を離れて——微かな〝何か〟を感じた私はその方角へ指を向ける。

「——【幻覚《イリュージョン》】——」

私が作りだした幻覚の炎、カルラが得意とした【竜砲《ファイアブレス》】の火線が岩場を舐めると、熱さえ表現した幻覚に岩場から二つの影が飛び出した。

「――待てっ！」

砂色の外套を纏う二つの影――大柄なほうが何かを訴えるように声を出すが、小柄なほうが私から攻撃を受けたことで、地面を転がりながらクロスボウのような武器から矢を撃ち放った。

私がその方角へ走りながら放たれた矢を広げた外套で巻き込むように絡め取ると、最初の大柄なほうが意を決したように腰から短剣を引き抜いた。

敵じゃないかもしれない。でも、敵かもしれない。

どろりとした毒のような物が付着した短剣を構えた大柄な男が、もう一人を庇うように前に出る。

私はその毒の短剣を躱しながら、絡め取った矢にも毒がついていることを確認してそのまま男の首筋に突き刺した。

「――――っ！」

その男が悲鳴をあげることなく崩れ落ち、その陰に隠れるように放った分銅型のペンデュラムが矢を撃った奴の頭部を横から打つと、そいつは甲高い悲鳴を上げて吹き飛ばされた。

女か――すかさず飛び込んで武器を取り出す前に蹴り倒し、その喉元に黒いダガーを突きつけると、女は呻くような声をあげる。

「き、貴様はっ」

「聞くのは私だ。誰を狙っている？」

「っ！」

私が威圧を放つと同時に女が息を呑む。

その拍子に女が被っていた外套のフードが落ちてそこから現れたのは、私とそう変わらない年回りの、睨みつけてくる闇エルフの少女の顔だった。

「闇《ダーク》エルフ？」

私の零した言葉に闇エルフの少女はハッとした顔をして自分のフードを掴む。でも、もう今更無駄だと気付いたのか、私にナイフの切っ先を向けられながらも気丈に私を睨み付けた。

「よ、よくも……」

「あの男はまだ生きている」

「――っ」

私の言葉に闇エルフの少女が息を呑む。

私が首に矢を突き立てた男はまだ生きていた。

少女が放った矢にも男の刃と同様の毒が塗ってあったはずだが、それでもまだ生きているということはあの毒自体が即死系ではなかったことになる。

私の目で視てあの男の生命力が消えていたら、この少女にも容赦をするつもりはなかった。

でも、わざわざ即死系以外の毒を使うということは、敵ではない可能性のほうが高くなる。

それなら、その目的は何か？　私達の中の〝誰〟が目的なのか？

「だが、お前が口を割らなければ、あの男から死ぬことになる」

「くっ」

先ほどの様子から見てもこのほうがこの子には効くだろう。……それでも何も話さないなら。

「…………」

「……っ」

軽く咽に当てたナイフを押し込むと彼女の黒い肌から血が零れた。

私が本気だと悟らせるために決して目は逸らさない。切っ先を揺らしもしない。さらに私が追い打ちをかけようとしたそのとき――。

「……お待ち……を」

荒れた大地に血で濡れた矢が落ちて、首を矢で刺されたあの男が立ち上がっていた。

「父様っ！」

闇エルフの少女が思わず声をあげる。血を流す首筋を手で押さえた男は正体をバラすような声をあげた娘を一睨みして、私へと顔を向けた。

だが、晒したその顔は闇エルフではなくクルス人だった。義理の娘か？　それとも意外と混血は多いのか？　尚更派閥の特定は困難になったがそれはこれから聞けばいい。

「ぐっ」

倒れた少女の胸を押し倒すように強く踏みつけ、男への人質にすると同時に、まだ毒で足下も覚束ない男を少女の人質とする。

▼壮年の男　種族：クルス人♂・ランク3

【魔力値：１３４／１６５】【体力値：２１２／３５０】
【総合戦闘力：２０７／５８６】▽379DOWN
【状態：麻痺】

▼少女　種族：闇エルフ♀・ランク2
【魔力値：１５５／１８５】【体力値：１５２／２１０】
【総合戦闘力：３０８（身体強化中：３４４）】

ランクの壁はあるが二人ともかなり鍛え込んでいることが分かる。娘のほうはともかく、私と刃を交えた父親のほうはこの状況が読めるはずだ。

軽毒とはいえ、身体が麻痺した状況で私と戦えばどうなるのか、この男なら理解できるだろう。

「お待ち……くだされ。我らは少なくともあなた方の命は狙っておりませぬ」

「父様……くっ」

毒のせいか再び膝をつく父親の姿に身体を起こそうとした少女をさらに踏みつけた。

「だとしたら、どうして私たちを見張っていた？」

抑揚もなくそう告げる私に、男は何を感じたのか静かに口を開く。

「詳しいことは申せません。けれど、我らの役目はある方をお守りすること。怪しい真似をしたことは謝罪しますが、こちらからの敵対の意思はありません」

「………」

私と男が互いをジッと見る。私たちを見張っていたことは認めるが、私から攻撃をしない限り自分たちから敵対する意思はないということか。

娘のほうは父親を傷つけた私を歯を食いしばるようにして睨んでいたが、私は男の目を見て少女から足をどけた。

「なっ……」

逆に少女のほうが信じられないように目を見開いた。

「行け」

「……かたじけない」

私の言葉に少女が父親に駆け寄り、娘に肩を借りるようにして立ち上がった男が私に目礼する。

「娘御よ……この地は戦火に包まれる。ここを出ることを考えているのなら、早めに行動を起こすことをお勧めする」

「……覚えておく」

その言葉を最後に二人の姿が岩場のほうへ消えて、私は地面に落ちていたあまり見ない素材の矢を拾い上げる。

別に男の言葉を信用したわけでも情けをかけたわけでもない。

こちらを監視していたのだ。エレーナのことだけを考えれば始末しておいたほうがいい。でも、短いやり取りだったが、私はまだ彼らを殺さないほうがいいと判断した。

「…………」

あの男の瞳が……、まるで私の姿を懐かしみ、私を通して遠いどこかを見るようなその瞳が、何故か少しだけ気になった。

＊＊＊

その日、私とカミールは遺跡まで素材の調達に向かった。

ポーションと熱気球の素材調達はカミールに任せていたが、やはりポーションの素材となると温度変化のない【影収納《ストレージ》】がある私がいたほうが、出来上がる物にムラが無くていい。

戦力の分散は気に掛かるが、適材適所で割り振ったほうが効率的だとエレーナから諭された。

▼カミール　種族：闇ハーフエルフ♂・ランク4
【魔力値：233／260】【体力値：252／280】
【総合戦闘力：1064（身体強化中：1298）】

私とカミールならランク5の魔物と遭遇しても対処ができる。

彼の戦闘力はヴィーロにも匹敵する。でもカミールからそれ以上の力を感じるのは、彼の腰にある二本の短剣――『魔剣』があるからだ。

あれは魔術師ギルドが作ったような魔力を帯びただけの『魔力剣』じゃない。おそらくはダンジョンから得られた、〝何か〟が宿った物だ。

母親の形見らしいが、そんな物を持っているのなら、その立場はある程度は想像がつく。その息子なら〝誰か〟に守られていても不思議ではない。

「カミール」

「何かあったか？」

周囲を警戒していた私が、砂漠トカゲの腹の皮を採ってきたカミールに声をかけた。

砂漠トカゲは一応可食だが、わずかに毒素があるので耐性のある亜人以外はあまり食べることはない。肉好きな子どもたちのために少しは採っているが、私が声をかけた理由は別だ。

私が投げたクロスボウの矢を宙で掴み取ったカミールが、それを見てわずかに顔色を変えた。

「これはっ」

「知っているの？」

あの親子に護衛されて監視されていた対象は誰か？

この町で生まれたチャコや子どもたちは除外する。おそらくカルファーン帝国の貴族らしいロンも候補に入るが、人族であるクルス人の国であるカルファーン帝国の護衛に闇エルフはあり得ない。ならば自ずと答えは見えてくる。金属でも骨素材でもない、私も直に見たことはない特殊な樹液で作られた矢を見たカミールは、難しい顔をして私に視線を戻した。

「……アリアは、これが何か知っているのか？」

「見るのは初めてだけど、どこで作られたのか知っている」

私は師匠《セレジュラ》から魔族が扱う武器や戦術を教わっている。

その知識は師匠が魔族軍を抜けた五十年以上前のものだが、基礎部分が大きく変わるわけじゃない。

その矢があるということは、それが〝誰かに使われた〟と理解したカミールが顔色を変える。

彼が何を隠しているのか知らないが、これでもある程度は信頼している。そうでなくてはエレーナをあんな場所に置いてきたりはしない。

「俺は……」

無言のまま見つめる私の視線から逃れるように視線を外したカミールが、覚悟を決めたようにその口を開きかけたとき――


「待て」

私は彼を止めてそのまま地面に耳を当てる。その意味に気付いてカミールも辺りを見渡し、遺跡にある崩れかけた建物の上に登った。

私も顔を上げて「向こう」と言って西方向を指さすと、そちらに目を凝らしたカミールが声を張りあげた。

「甲竜《こうりゅう》だ！」

甲竜は竜の名はついているけど竜種《ドラゴン》ではない。

見た目は全高で大人の身長も超える鱗のある鶏で、バジリスクと同じ蛇種の魔物だ。

獰猛で脚が速く、毒の霧を吐き、下手な弓矢なら弾いてしまう厄介な魔物だが、その危険度はランク3で同じランクの戦士なら、毒さえ対処すれば難しい相手じゃない。

だが、それも一体だけならの話だ。

「五体来るぞ！」

「了解。私が先制する」

甲竜の一番厄介な部分は臆病なところだ。そのくせ知能が低いせいで逃げるのではなく暴走して襲ってくることがある。

砂煙をあげて迫り来る甲竜に向けて、私は精神を集中させながら指先を向けた。

「――【錯乱《コンフュージョン》】――」

レベル4の闇魔術【錯乱《コンフュージョン》】。

私がこれをあまり使わないのは、知性のある生物に効きにくいからだ。特に使用者と同ランク以上の相手にはほぼ効果がない。

でも、相手が格下で〝何か〟に怯えている状態なら別だ。

間近まで迫っていた先頭の甲竜が硬直する。その横を二体の甲竜が追い抜いて駆け抜けるが、その瞬間――

「ハァア!!」

二本の魔剣を引き抜いたカミールが頭上から襲いかかり、流れるように回転しながら鱗に覆われた二体の首を瞬く間に斬り裂いた。

私ではあそこまで簡単に硬い鱗を斬るのは難しい。だが、一人だけで戦っていた頃ならともかく、虹色の剣で冒険者パーティー戦を経験した私は、前衛がいるのならそれに任せることもできる。

私の魔法も効果を表し、錯乱した個体が残った二体に襲いかかっていた。

「退くぞ、アリア」

「了解」

それでも私たちは即座に撤退を選んだ。同士討ちをはじめた甲竜の後方からまた数体の甲竜が現れ、同士討ちをしていた同族に襲いかかって喰らいはじめた。

何故魔物が連続して現れる？

しかも、あきらかにおかしい。完全に我を忘れている。

おそらくは、そうならざるを得ない〝何か〟があったはずだ。

「魔物の様子がおかしい。こんなのは見たことがない」

「私は町へ向かって、冒険者ギルドに寄ってみる。何か情報が入っているかもしれない」

「わかった。俺はロンたちの所へ戻る。気をつけろよ」

私たちがいた遺跡の端でこうなのだ。中央部では何か起きている可能性がある。

私とカミールは充分に距離を取ったところで二手に分かれた。先ほどの〝矢〟の答えは聞いていないが、今は甲竜の件も含めて判断する情報が少なすぎる。

とりあえずカミールに戻ってもらえば護りは問題ないと考え、私は身体強化をさらに速度に割り振って、常人の二倍以上の速度で砂漠の荒れた大地を駆け出した。

普通の冒険者なら一刻はかかる道のりを半刻で駆け抜ける。

町の近くで私を見かけた獣人の冒険者たちは、驚いて剣を抜こうとしたが、その刃が鞘から抜かれる前に私は彼らの前を通り過ぎていた。

そのままの速度で町の門ではなく高い壁を駆け上がり、屋根の上を跳び、冒険者ギルドに異常な速度で飛び込んできた私に、入り口近くにいた数名の冒険者がギョッとした顔で振り返る。

町に大きな騒ぎはない。だが、ギルドの中では騒ぎが起きていた。

「〝薔薇〟っ!!」

ギルドの奥から怒鳴り声が聞こえて、人波を物理的に押し開きながら小柄で横に巨大な筋肉の塊が躍り出た。

「ジェーシャ?」

「ちょうどいい。上級ポーションは何本出来ている? 少しでも欲しい」

「遺跡でも魔物がおかしかった。何があったの?」

「それは奥で話せ」

今にも自分で飛び出しかねない若いギルド長を、後からやってきたジルガンが老成した落ち着いた口調で諌めた。

「わかった。お前も来い」

バタバタと慌ただしいギルド内を抜けて、その奥にある職員たちがひしめく会議室に通された。

どうやら町から離れていた数日の間に、本当に何かが起きていたようだ。

この状態なら仕方がないと出来上がっていた十数本の上級ポーションを取り出すと、それを見たジェーシャがポーションを受け取り、先ほどの続きを話しはじめる。

「遺跡の魔物はこちらでも確認している。まだ確定ではないが魔物の暴走《スタンピード》だ」

魔物の暴走《スタンピード》――。魔物が多い地域やダンジョンなどで数十年に一度起きる、大量の魔物が発生する現象だ。

私の両親もそれに巻き込まれて亡くなった。それを思い出して微かに顔を顰める。

だが、魔物の暴走《スタンピード》が起きるとしても何か原因があるはずだ。魔物の数が増えたことで起きる現象だが、魔物はそれだけで暴走はしない。

ジェーシャは一旦言葉を句切り、息を吐いて吐き捨てるように後を続ける。

「遺跡の奥にいる……地竜《ドラゴン》が動いた」

スタンピード

竜種《ドラゴン》――それは、この世界《シエル》において最強の生物の一つだ。

動植物が魔素によって変異した魔物と違い、幻獣である竜はその強大な力と高い知性で一部地域では信仰の対象にもなり、その存在は子どもでも知っている。

だが、他の幻獣種と異なり、竜ばかりがその名を知られているのは、その強大さもあるが一番の理由は〝種類〟の多さだろうか。

亜種である飛竜や海竜、そして下位竜、属性竜、古代竜の順に強くなり、ランク8以上になる古代竜ともなれば多彩な竜魔法を操り、様々な属性をその角や牙、鱗に宿すその美しさは数多の人々を魅了した。

故に人々は竜の力を恐れ、憧れ、様々な物語に語られるようになった。

その竜の一種である〝地竜〟が、古代遺跡レースヴェールの奥地から外周に向けて動き出した。

（……話が出来すぎている。リーザン組が協定を破ってムンザ会に手を出したことと、何か関係があるのか？）

ホグロス商会、冒険者ギルド長であるジェーシャ・ホグロスは、慌ただしく職員たちが動き回る会議室の中で考えを纏める。

最初の報告は昨晩の未明、遠征から戻った冒険者の数名からもたらされた。

魔物の大量発生、魔物の暴走《スタンピード》。その原因は炎天下による食糧の不足など多々あるが、それがレースヴェールからとなると最も考えられる原因は、奥地より強大な魔物が動きだしたことによる〝集団恐慌〟だ。

その中の可能性の一つに、およそ百年前から確認されていた〝地竜〟の存在がある。

冒険者の報告の中に遠くから聞こえた『恐怖を覚える咆吼』があったことから、過去に一度だけ地竜と対峙した老ドワーフ、ジルガンによって動き出した存在が地竜だと、限りなく断定に近い仮定がされた。

竜の咆吼には弱き者に〝恐慌〟をもたらす効果がある。亜竜の咆吼にその効果はないが、真の竜種《ドラゴン》ならたとえ下位竜でも原初の竜魔法である『咆吼』が使えるのだ。

地竜は〝地〟の名を冠しているが属性竜ではない。地属性を持つ竜は宝石竜であり、このサース大陸の属性竜は、火竜、水竜、氷竜、風竜の四体しかなく、少なくともエメラルドやルビーを冠した竜は確認されていなかった。

地竜は下位竜であり、空を舞う翼もなく、数百年から数千年の時間を掛けて属性の魔石を喰らって属性竜になる。

レースヴェールに巣くう竜がランク7の属性竜でないことは幸いだったけれど、下位竜である地竜は、場合によってそれ以上の脅威となることもあるのだ。

地竜の脅威度はランク6。存在した年月によって差はあるが、その総合戦闘力は最低でも400以上になる。だが、他のランク6の魔物と違ってまだ知能が低い地竜は、他者の策略で動かされてしまう場合があった。

(動かしているのは魔族か……?)

姿を消した闇エルフたち。その後ろには魔族の影がチラつく。その動きはリーザン組の行動と合わせたものか？　だが、彼らが手を組んでいると断定してしまっては、別の思惑があった場合は後手に回ることになる。

ならばホグロス商会のドワーフたちはその対処のため町に留まり、暴走した魔物や地竜の対処を人族や獣人どもに任せるのか？

（否っ！）

ホグロス商会はドワーフたちの組織だ。商会長の子の一人であるジェーシャも同族以外を心から信頼することはなく、地竜《ドラゴン》を倒せるとするなら自分やジルガンを含めたドワーフの戦士たち以外にはないと信じていた。

地竜退治に向かうのは、ジェーシャ自身を含めた十数名のドワーフパーティーで確定だ。それ以外の魔物の処理はランク３以下のドワーフと、それ以外の種族にやらせればいい。

だが――。


「…………」

ジェーシャが向けたその視線の先に、一人だけ、その存在を無視できない〝人族〟がいた。

その少女の名はアリア。肌の色が濃いクルス人が主流であるこの地域では珍しい、肌の白いメルセニア人の女だ。

ジェーシャが最初にアリアのことを聞いたのは、腹心でありお目付役でもあるジルガンから聞かされた『面白い人族の女がいる』という言葉で、その発言に驚き、興味を持った。

もし危険となるような存在ならジルガンがその場で始末したはずだ。だがジルガンはその女と戦うことをしなかった。殺す価値さえ無かったのか、それともそれ以外の理由があったのか？

だが冒険者であるその女はそれ以降ギルドに姿を見せることはなく、ジェーシャの興味が薄れはじめた頃、ムンザ会長老の一人クシュムから、ジルガンが目を付けた冒険者に手を出した詫びとして、この砂漠では貴重品である上級ポーションの専属販売の申し入れがあった。

そのムンザ会が手を出した冒険者こそアリアであり、上級ポーションを作製できる錬金術師も彼女だった。

アリアが凄腕の錬金術師ならムンザ会が手を出したのも分かる。その結果、アリアはキルリ商会とも揉めてしまい、ムンザ会はアリアへの詫びとして販売ルートを紹介することで手打ちとしたらしい。

何故、獣人の荒くれ者を束ねるムンザ会が、一人の冒険者相手に、そんな〝下手《したて》〟とも思える真似をすることになったのか？

その理由をクシュム本人から聞かされて、ジェーシャは冗談を言われているのかとさえ思った。

最も早い情報伝達手段である〝遠話の魔道具〟がないこの町では、主な情報入手手段は商人たちの〝噂話〟になる。

だが、近隣のカルファーン帝国やガンザール連合王国のことならともかく、それ以外の国に関しては、国王が暗殺されたなどの〝面白い話〟しか伝わってこない。

その中の一つに『灰かぶり姫』の話があった。

確かに聞いて面白いと思った。子どもが暗殺者ギルドに入り、一つの支部を壊滅させて暗殺者ギルドを敵に回し、それだけでなく盗賊ギルドにも喧嘩を売ったという。

一般人だけでなく、裏社会を知る人間ほど絶対に手を出さない二大組織、暗殺者ギルドと盗賊ギルドと真正面から敵対していまだに生きている……そんな都市伝説だ。

こんな話ならどこかの王が錯乱した話よりも面白い。酒の席でのよい話題になり、遠く離れたこの地まで噂が流れてくるのも当然に思えた。

だが、その都市伝説の本人がこの町にいるという話は、本気でからかわれているのかと、ジェーシャは貴重な木製のテーブルを叩き壊しそうになった。

クシュムの話では、アリアは獣人の群れ二百人を相手に真正面から討ち破ったという。

話半分に聞いたとしても、百人を相手にしてジェーシャは自分も同じことが出来るのかと自問する。戦うだけなら出来るかもしれない。だが生き残れるかどうかの自信はない。しかも、ジェーシャも名前を知っている、ランク4のバティルやトゥース兄弟までいたのなら、どうすれば勝てるというのか？

まともな神経でそんなことを出来るはずがない。噂話が誇張されただけだと考え、獣人の冒険者数人に話を聞いたところ、彼らはジェーシャやジルガンよりもその女一人に怯え、その女を『砂漠の薔薇』と呼んでそれ以外は口を噤んだ。

その姿は、砂漠という荒れ地に咲いた一輪の〝薔薇〟を思わせたという。

ジェーシャは初めて冒険者ギルドに現れたアリアを見て、その印象に〝なるほど〟と納得した。

メルセニア人どころか森エルフでも珍しい桃色がかった金髪は、黒や茶に見慣れたこの辺りの人間ならまさしく〝薔薇の花〟が咲いたように見えるだろう。

砂漠に薔薇は咲かない。だからこそ砂漠の人間は、宝石よりも商人が組織への献上品として運んでくる、魔術で加工された〝一輪の薔薇〟を尊んだ。

砂漠の人間にとって〝薔薇〟とは美しさと憧れの象徴だ。

アリアはまだ成人したてにしか見えないほど若く、戦士とは思えないその華奢な体躯はまるで貴族の令嬢のようだった。

だがジェーシャはアリアを一目見て『ヤベぇ』と思った。

綺麗な刃？　違う、この女はそんなものではない。触れた瞬間に猛毒を撒き散らす、獲物を誘う可憐な〝罠〟だ。

ギルドにいる男どもはその見た目に惑わされて甘く見ているが、同じ女であるジェーシャはその危険度を肌で察した。

その戦闘力は何十年も第一線で戦ってきたジルガンにも劣らない。でもジェーシャはそれ以上に、その瞳の奥に輝く〝何か〟を感じて、今まで聞いた〝噂話〟がすべて真実だと理解してしまった。

この女とは敵対してはいけない――と。


アリアが地竜討伐に加われば勝率は確実に上がる。でもそれ以上に、ドワーフ以外の存在に手柄を立てさせることはできないと、ホグロス商会の娘として考える。

ジェーシャ個人としては、同じ女戦士として共感する部分はあった。アリアへの気安い態度も半分は取引相手としての演技だが、半分は素だ。

そんな共感はあるが、この砂漠の町カトラスを守護するのはホグロス商会のドワーフでなければならなかった。

ホグロス商会のジェーシャとしては、できれば上級ポーションの納品だけをしてもらいたいが、ギルド長としてはその戦力を無駄にするのも悪手に思えた。

だがジェーシャはそれと同時に、どうせアリアはギルドの要請など聞かないだろうと理解していた。

それならどうすれば、アリアを最善に動かせるか――。

「アリア、お前は自分の護りたいものを護ればいいさ」

＊＊＊

ジェーシャは私が冒険者として勝手に動くことを要請した。

元より私の目的はエレーナの安全が第一だ。そのためになら竜と戦うことも厭わないが、私はジェーシャの言葉には裏があると考えた。

クシュムがリーザン組に殺され、同時に力のある闇エルフたちが姿を消した。そして今回の魔物の暴走《スタンピード》……。

事の始まりは私がムンザ会と敵対して、ムンザ会の護りに穴が開いたからだ。それを知ってリーザン組が手を出したとみるのが一般的な町の意見だが、私は、そもそもリーザン組が最初から機を狙っていたと思っている。

ジェーシャは、この町で何かが起きると考えている。

先日出会ったあの親子は、この町から出来るだけ早く出て行けと言っていた。

今回の魔物の暴走《スタンピード》がそれなのか分からない。だがそれではリーザン組の利点がない。ただ、四つの組織の一角を潰したいだけなのか？　その目的がこの町そのものだとしたら……？

おそらくその答えは、消えた闇エルフたちが知っている。


私は外套を被り直して、拠点の見張り塔へと戻るために町の中を走り出す。

来るときは気付かなかったが、町の中では魔物の暴走《スタンピード》の情報が届きはじめたのか、逃げるように店じまいをはじめた商人たちの姿が見えた。

冒険者らしき姿は町にない。冒険者ギルドの要請を受けて魔物の処理に向かっているのだろう。町中でも武器を持った住民の姿が多いのは、危険を察したこの町特有の血の気の多さだろうか？

「…………」

町を抜ける途中、私はふと違和感を覚えて足を止める。

ただの商人であるキルリ商会は利益を重視して戦うことは選ばない。ホグロス商会とムンザ会は魔物の暴走《スタンピード》に戦力を出すことになるはずだ。

だが、武器を持ったまま町の隅にいる連中はなんなのか……？

私はゆっくりと彼らに近づく。

彼らは町に起きた異変を察して、分からないなりに護りに徹しようとしているのかもしれない。

でも、この町の住人だとしても、その低ランク冒険者では持てないような、程度のいい槍や剣はどこから手に入れた？

「……なんだ、てめぇ？」

日に焼けた浅黒い肌のクルス人がいかめしい顔で威圧してくる。

クルス人が五人にフードで顔を隠した男が一人……。だが、そのフードの男は一番細身でいながら、一番強い〝気配〟を放っていた。

私は彼らに近づきながら、武器の届かない距離を空けて声をかける。

「別に……。ただ、姿が見えない闇エルフが、どうしてここにいるのかと思って」

その瞬間、フードの男から殺気が放たれ、男たちが一斉に武器を構えた。

どうやら〝当たり〟か。

動乱の予兆

闇《ダーク》エルフと思しきフードの男。私がその正体を看破した瞬間、殺気が闇エルフから迸ると同時に、周囲のクルス人たちが武器を抜いて襲いかかってきた。

片刃の長剣に細長い槍。彼らの持つ武器はすでに護身用と呼べるものではなく、あきらかに対人殺傷を目的とした物だ。

「うるぁあ！」

最初に声をかけた厳つい顔のクルス人がカトラスで斬りかかってくる。私がその刃を外套で巻き込むようにしていなすと、間近にまで迫った男が驚いたように口を開く。

「女……何もんだ？」

「お前たちこそ何者だ？　闇エルフと言っただけで何故襲ってくる？」

「……うるせぇ、さっさと死ねっ」

私が、男が力任せに引き抜こうとする絡み取った刃を解き放ちながら、蹴り飛ばして距離を取ると、後ろから見ていた闇エルフが苛立ったような声を出した。

「騒ぎ立てるな。早く殺せ」

人の目に付きにくい場所とはいえ、騒ぎ立てれば人目を引く。

やはり、こいつらは目的があってここにいたことになる。このフードの男が町から姿を消した闇エルフの一人なら、魔族絡みの可能性があった。

だが、それを考察する間もなく、闇エルフの言葉に残った四人のクルス人が襲いかかってきた。

「だぁあ！」

一人の男がよくしなる細い槍を突き出した。他の武器といい、この手の武器は魔物や鎧を着た兵士相手ではなく、一般人相手に最も効果を発揮する。

槍が突き出された瞬間に外套を膨らませるように大きく広げ、槍の穂先が外套の下の何もない空間を貫いたと同時に前に出た私は、手の平の〝影〟から出した鋭い暗器を槍使いの咽から延髄まで突き刺した。

多人数が相手なら手傷だけを与えて戦闘力を奪い、足手纏いにする戦法もある。だがこの程度の人数なら殺したほうが早い。

最初のクルス人がランク3だと仮定して、残りのクルス人は戦闘力200前後……ランク2の上位といったところか。雑兵に用はない。武器を抜いた以上は容赦をする理由もなくなった。口を割らせるのなら上役が二人いれば充分だ。

ゴッ……！

槍使いが崩れ落ちる陰から上に放った分銅型のペンデュラムを振り下ろして、様子見をしていた両手持ちのカトラスを持った男の頭蓋を打ち砕く。

「て、てめぇ、よくも！」

立て続けに倒れた仲間の姿に、蹴飛ばされて尻餅をついていた最初の男が、浅黒い肌を赤黒く変えてカトラスを構えた。

「待て、そいつはおかしいぞ！」

「うるせぇ、長耳野郎っ！　俺に指図すんな！」

闇エルフの制止を振り切り、男が再び襲いかかってくる。

どうやらクルス人たちと闇エルフは、味方ではあっても仲間ではないようだ。

私は残り二人のクルス人を視線で牽制し、情報源とすることを決めた最初の男の刃を黒いナイフで逸らしながら、滑り込むように飛び込んでその顔面を肘で打ち抜いた。

「ぐごっ⁉」

鼻と口から血を撒き散らした男が何メートルも後ずさりながら膝をつく。

「……こ、この女《アマ》っ」

頑丈な奴だが、しばらくは動けないはずだ。

まずは残りを片付けようと動き出した瞬間、視線の端で血塗れの男がニヤリと笑い、闇エルフから呪文の〝韻〟を踏むような呟きが聞こえてきた。

「ハッ、てめぇが死にやが……」

そう吐き捨てた男の背後から炎の魔素が膨れ上がる。


「──【火矢《ファイアアロー》】──」


闇エルフから四つの【火矢《ファイアアロー》】が同時に撃ち放たれ、呪文の韻に気付いていた私は横に飛んでそれを躱す。

同じ魔術を同時に複数放つ高等技術。だが、私に放たれたのは一つだけで、他の三つの【火矢《ファイアアロー》】は、私に意識を向けていた他の三人を背後から撃ち抜いていた。

「ぐああ⁉」

レベル1の【火矢《ファイアアロー》】でも背後から急所に受ければ致命傷となる。私の隙を突いて勝利を確信していた男は、後頭部から撃たれて火だるまになり、信じられないような顔で私を見つめながら崩れ落ちた。

「ちっ」

仲間だったクルス人を殺した闇エルフが舌打ちをして背を向ける。

おそらく雑兵では勝機が薄いと察して口封じに目的を変えたのだろう。私もスカートを翻してナイフを抜き撃つが、一瞬遅く闇エルフが飛び込んだ路地の建物に阻まれた。

即座に私も後を追う。だが路地に入ったはずの闇エルフの姿は見えず、探知で気配を探ると二階建ての屋上へと消えていく外套の裾がちらりと見えた。

私も刃鎌型のペンデュラムを屋上の端へ飛ばして一気に壁を駆け上ると、屋上へと上った瞬間に【火矢《ファイアアロー》】が飛んできた。でもそれは、私も逃亡する時にやったことがあるので心構えは出来ている。

「――【魔盾《シールド》】――」

すかさず作りだした【魔盾《シールド》】が【火矢《ファイアアロー》】を逸らす。

「なにっ⁉」

それを見て驚愕した闇エルフが慌てて他の建物へと飛び移ろうとしたその時には、私も次の構成を終えていた。

「――【幻痛《ペイン》】――」

「ぎゃあああああっ⁉」

突然の激痛に足をもつれさせて闇エルフが屋上から落ちる。

その後を追って私も屋上から飛び降りると、どうやら足を折ったらしい闇エルフは、幻痛に耐えながらもフードの脱げた黒い肌の顔で私を睨み付けた。

「何故……その魔術を知っている？　魔盾《シールド》は我らの中でも一部の者にしか……」

「知っ・て・い・る・ということは、やはり魔族か」

私の使う【魔盾《シールド》】は、元魔族軍の『戦鬼』である師匠《セレジュラ》が、そのまた師匠から伝授されたものだ。ならばそれを知る者は師匠と同郷の魔族しかいない。

「……くっ」

意図せず情報を漏らしてしまった闇エルフの男が口を噤む。だがその態度で確信もできた。

私が師匠の魔術を使うことで師匠の生存が魔族に知られる恐れはあったが、どちらにしても私の戦術や体術は魔族由来のものが多いので今更だ。

知られてまずい相手なら始末すればいい。その前に何を企んでいるのか聞き出そうと刃鎌型のペンデュラムを取りだすと、闇エルフの男は脂汗を流しながら私を睨みつけていたが、突然達観したように表情を無くして、自分の胸元に下げていたペンダントの飾りを噛み砕いた。

「ぐぉお……」

「っ」

大量の血を吐き出した男がうつ伏せに倒れる。……服毒か。情報を取られる前に自害をしたようだが、それほどまでに隠す理由とは何か？

おそらくはその飾り自体が毒物の結晶か、毒を仕込んだ小さな樹脂製の容器だったのだろう。だが……反撃もせず即座に自害するとなると、魔族でよほど大きな計画が動いている可能性がある。

通りに出て気配を探ると、この闇エルフやクルス人のような者たちを何カ所かで見つけた。そのすべては対応できない。情報を取ろうとしても自害をするなら無駄だろう。ジェーシャに伝えようとしても彼女ももう出立している頃だ。

魔物の大量発生。動き出した地竜《ドラゴン》。リーザン組と魔族の関係……。そのすべてを調べるには時間が無いし、おそらくはもう動き出している。

「……情報が足りない」

気にはなる案件だが、私にはもっと優先すべきことがある。とりあえず私は自分の役目を果たすべく、エレーナのいる拠点へと走り出した。

＊＊＊

「どうしてこんな所にっ！」

拠点へと向かう途中、カミールは一体の魔物と遭遇した。

二メートルを軽く超える人型の巨体に、岩のように硬い肌。歪な人族のような頭部に生える二本の角……その砂塵に紛れるような砂色の肌を持つこの魔物は、この地に生息するオーガの一種である〝砂オーガ〟だ。

オーガは通常種でもランク3の上位からランク4の下位になる強力な魔物で、この地域に生息するランク4の砂オーガは古代遺跡レースヴェールの奥地にいるはずだった。

ごく稀に群分けで数体のオーガが遺跡の外にも出没することがあるが、カミールが遭遇したのは一体のみ。おそらくはあの甲竜と同じように何かに追い立てられて遺跡から迷い出た個体だろう。

『グォオオオオオオオオオオッ‼』

オーガは喰人鬼だ。どうやら飢えているらしいその個体は、ようやく見つけた餌に歓喜の雄叫びをあげる。ただでさえ強力な魔物だが、厄介なことにオーガはどこから見つけたのか、刃先が折れた錆びた大剣を所持していた。

「…………」

戦いは避けられないと判断して表情を消したカミールが二本の魔剣を引き抜いた。

実力的にはほぼ互角。だがその危険以上に、この人食いの魔物をロンたちがいる拠点に近づかせるわけにはいかなかった。

『ガァ……』

カミールの雰囲気が変わったのを見て、砂オーガは目の前の人間種を〝肉〟から〝敵〟へと見る目を変えた。

『グォオオ！』

「ハアッ！」

ガキンッ!!

折れた大剣と魔剣がぶつかり魔力の火花を散らす。

ぶつかり合って大剣の刃が欠けたが、ステータスの差でカミールが吹き飛ばされた。

だが、カミールはその威力さえ利用して反撃に転じる。自分を中心に回転して攻撃を受けた逆側の魔剣で砂オーガの腕に斬りつける。

ギシ……ッ！

『ガァアアアッ』

カミールの攻撃を受けた砂オーガの顔が笑うように歪む。魔剣の刃は確かに砂オーガの腕を捉えていたが、岩と同じ硬度を持つという砂オーガの肌を深く斬り裂くことができなかった。

「……ッ」

カミールも無理に攻撃しようとせず、一旦距離を取る。

硬さだけではない。おそらくは実戦経験が違う。同じランクでもカミールとアリアの実戦経験に差があるように、戦闘力が1000近いこの砂オーガも実戦経験でカミールを上回っているのだと認めるしかなかった。

カミールにも実戦経験の差を埋める術はある。だが、それにはわずかだが時間が必要で、この砂オーガの前でそれを行うのはかなりの賭けになる。

『ッ⁉』

ギンッ！

その時、どこからか飛来した矢のような物が砂オーガの皮膚で弾かれた。

岩場の陰から突然飛び出してきた小柄な外套の人物が、横手に回り込みながら素早く装填したクロスボウの矢を連射する。

『グガアアアアアア！』

突然の乱入者に怒りの叫びをあげながら、砂オーガが折れた大剣で矢を弾く。だが、その隙を突くようにもう一人の乱入者が現れ、棍棒のような物で砂オーガの後頭部を殴打する。

『ガアアアアアアアアアアアアアアアアッ!!』

さしもの砂オーガもわずかによろめき、怒りの叫びをあげてその意識を乱入者たちに向けた。乱入者の戦闘力はランク3程度。その実力でこの砂オーガに勝つのは難しいが、彼らの乱入でカミールに〝切り札〟を使わせる隙が生まれた。

「――【解封《リリース》】――」

特殊な発動ワードで、カミールの持つ二本の魔剣から封が解かれた。

魔剣から蓄積された〝経験〟がカミールに逆流する。脳を侵食されるような気持ち悪さに耐えながら飛び出したカミールは、魔剣に刻まれた〝技〟を行使した。

「――【兇刃の舞《ダンシングリパー》】――っ!」

『グォオオオオオオオッ⁉』

二本の短剣を使い、舞うように回転しながら放つ怒濤の八連撃。

まるで暴風のような剣戟の渦に巻き込まれた砂オーガは岩の肌を切り刻まれ、乾いた大地に倒れ込むようにその血をぶちまけた。

「……っ」

急激な力の行使で、両腕に痛みを感じたカミールが呻きを漏らす。

魔剣の能力は『経験の蓄積』であり、その中にはレベル5短剣術の戦技【兇刃の舞《ダンシングリパー》】が刻まれていた。戦技だけでなく技も刻まれているが、ランクが低い者が使えば当然その反動は肉体に返ってくる。

「……ご無事で？」

「カドリ……？　イゼル？」

カミールは外套のフードを取って素顔を晒す、クルス人と闇エルフの父娘に視線を向けた。

名を呼ばれたカドリとイゼルが微かに笑みを漏らし、カミールの側に寄るとその場で膝をついて頭を垂れる。

「お迎えに上がりました……殿下」

＊＊＊

「アリア……」

エレーナは崩れかけた見張り塔にある窓から外を見ながら小さく呟いた。

アリアのことは常に心配しているが、この世の誰よりも信頼している。でも、今日に限って嫌な胸騒ぎが晴れることはなかった。

エレーナに【加護《ギフト》】のような力はない。それでも、今は火属性を消されて三属性になっているが、元々は四属性の魔術師だ。彼女自身のランクは3止まりだが、四属性を持っていたエレーナの魔力制御はレベル4に達している。

▼エレーナ・クレイデール（第一王女）【種族：人族♀】【ランク3】
【魔力値：250／250】【体力値：135／135】
【筋力：7】【耐久：8】【敏捷：12】【器用：8】
《光魔術レベル3》《水魔術レベル3》《火魔術レベル0》《風魔術レベル3》
《無属性魔法レベル1》《生活魔法×5》《魔力制御レベル4》
《威圧レベル2》《毒耐性レベル1》
《簡易鑑定》
【総合戦闘力：480（魔術攻撃力：576）】

それが大気に満ちる魔素の変異に気付いたのか、窓から遠くに霞むように見える古代遺跡の方角へ、エレーナは無意識に厳しい視線を向けていた。

「何か見えるの？　〝レナ〟」
「……休憩ですか？　〝ロン〟」

熱気球を修理していた屋上から降りてきたロンに、エレーナがどこか一線を引いたような笑顔で応える。

エレーナもロンも、互いにその名が偽名だと気付いている。ロンはおそらくどこかの国の貴族で、彼もエレーナが貴族だと気付いているはずだ。

エレーナも彼らと関わるようになってその人柄は信用している。けれど、貴族として名も明かせない相手を信頼するわけにもいかなかった。

（お互い様ですけど……）

わざと関係に一線を引いてしまうのは貴族の性だが、面倒な話だとエレーナも思わず自嘲する。

アリアも心から彼らを信頼しているわけではないが、子どもたちの彼らに対する懐きようを見て、打算込みであるがエレーナを任せるほどには信用していた。

エレーナもあの幼い子どもたちやその世話をするチャコがいなければ、彼らと一緒にいようとは思わなかったはずだ。

当然、ロンやカミールの二人も、ある程度自分たちを警戒しているものだとエレーナは思っていたのだが……。

「あ～……なんだ、困ったことはない？　砂漠の生活は大変だろ？」

「ええ、大丈夫です……けど？」

最近になって、特に子どもたちの世話をする姿をロンに見せるようになってから、ロンの態度が軟化してきたようにエレーナは感じていた。

アリアに対するカミールほどの急激な軟化ではないが、子どもたちに対する素の自分を見せたことで信頼度が上がっているのかもしれない。

（子どもたちは可愛いですから……）

エレーナも素を見せるつもりはなかった。でも、闇エルフのノイは少し年長なので恥ずかしがってあまり近づいてこないけれど、ドワーフのラナと犬獣人のナルの幼児二人はまとわりつくようにエレーナに懐いてくれた。

だが、……その好感度の高さが問題になる場合もある。

「……レナお姉ちゃん」

「あら、どうしたの？　ラナ」

まだ四歳のドワーフ幼女ラナが泣きそうな顔で階段を上がってきた。まだお昼寝中だと思っていたが、起きたときに畑仕事に行ったチャコはまだ戻っていなかったのだろう。

「怖い夢でも見たのかしら？」

「ううん、違うの……ナルがおそとに行ったの」

「……え？」

ナルはまだ三歳だ。男の子で獣人なので人間の幼児よりよほど活発だが、それでも一人で出掛けるには幼すぎる。

「ナルはどこに行ったの？　いつからいないの？」

エレーナが焦りを隠しつつラナと視線を合わせてそっと尋ねると、ラナが下唇を噛んで泣きそうになる。

「あのね、ナルね、薬草を摘みにいったの……」

「薬草……？」

「あたしが悪いのっ。変な臭いのする真っ赤な草なら岩場にあるよって、教えたから」

「あ……」

その言葉でエレーナも思い出す。

赤い草。名称は別にあるが、それは砂漠の特定の場所に生える、多肉植物だ。この地域で食用とする物と違い、それは特殊な加工をすれば上級ポーションを作る材料の一つになる。

瘴気のある場所に咲くデスルートと違い、遺跡にまで行かなくていいので比較的集めやすいが、おそらくナルは、素材を集めているアリアとカミールが話しているのを聞いて、その赤い草が足りていないことに気付いたのだろう。

そしてナルは、幼いなりに自分が出来ることを考え、行動を起こした。

幼さを理由にしてただ座して待つのではなく、自分に出来ることを探して、ここにいる皆のために動いたのだ。

「ごめんなさい……」

「ラナ……」

泣き始めたラナをエレーナは抱きしめる。彼女は何も悪くない。けれど、ナルが怪我でもすれば彼女の心に傷を残すことになるだろう。

「レナ、僕が捜しに行く」

「ロンっ」

話を聞いていたロンが、いつもの軽い笑みを消してそう言った。

戦闘職二人で素材を集め、上級ポーションを売って金に換え、修理素材を集めて熱気球を直す。

それは、エレーナやロンを含めた年長組で決めたことだ。

それを子どもたちがまだ幼いからと、不用意に目の前で話してしまったことに彼は責任を感じているのだろう。

ロンもエレーナと同じように、言い知れない不安を感じているのかもしれない。

「………」

ナルの行動。ロンの責任感。それらを見てエレーナは考える。

エレーナやアリアには子どもたちに負う責任はない。子どもたちを見捨てられずに救うと決めたのはロンやカミールだ。エレーナとアリアの目的は自分の生存を国元に知らせて帰還することで、その他の事柄は二の次になる。

でも、はたしてそれが正解なのか……？

エレーナが国に戻ることは、貴族が割れることを防ぐことになり、そのために犠牲があったとしても必要な犠牲だと考えている。

あらゆる物を切り捨ててでもエレーナは自国の民のために帰還しなければいけない。

でも、どこまで切り捨てるのか？　目的の達成を優先するためにはどこまで〝心〟を切り捨てなければいけないのか？

王とは孤独なものだ。切り捨てる中には〝自分〟さえも含まれる。

生き残るために幼子さえも自分に出来ることをして、ここにいる皆が一丸となって足掻いている中で、民のために自分さえも捨てると決めたエレーナが、ただ座して待つことが本当に『女王』として正しいのか？

ただ座して王位が来るのを待っているだけの、あの兄とどこが違うというのか？

子どもを救う。ここにいる皆を救う。その上で自分の目的を完遂する。その程度のことが出来ない、薄っぺらな『女王』に誰がついてくるというのか。

エレーナは決意する。

「ロン……わたくしも参ります」

王の意味

「レナ!?」

自分も外に出た子どもを捜しに行くと言う〝レナ〟に、ロンは困惑交じりの声をあげた。

ロン自身がナルを捜しに行くのは、子どもたちを匿うと決めたのは自分だから必要なことだと思っている。けれど、レナがロンたちと一緒にいるのが危険を回避することが目的であるなら、漠然とだが彼女は待機を選ぶと思っていた。

それなのにレナは、どうして危険があるかもしれない場所に自ら赴くことを選択するのか？

ロンは『レナ』と名乗る少女は異国の貴族だと考えている。

隠してはいるが、容姿や言動、そして同年代の同性であれほどの護衛を用意できるのは、高位貴族以外にあり得ない。

レナとアリアを見て最初は間諜ではないかと疑った。接触こそしなかったが、流れの商人の中にはそんな空気を感じさせる者たちがいたからだ。

だがその疑いはすぐに消えた。良家のお嬢様とその護衛という見た目の少女二人は、色々な面で目立ちすぎていたのだから。

疑えば切りはないが、疑いの目で見なければ、どこかの貴族が事件か事故に巻き込まれたと考えるのが妥当だった。

それならば、彼女たちが町を脱出しようとしているのも理解できた。

ロンも最初は関わるつもりが無かったが、彼女たちの能力を知って自分の目的に利用できるのではないかと考えた。とある理由からロンと共に行動することになったカミールは、護衛の少女、アリアの言動に絆されてしまったようだが、ロンはレナが持つ判断力や交渉力に興味を持った。

ロンはカルファーン帝国の貴族だ。兄たちと歳が離れているが、自分の立ち位置が明確にならないかぎり、兄たちの派閥の者から命を狙われる可能性があった。

そのためにロンは単独で危険な任務に就くという賭けに出た。本来、一人で行動するなど許されない立場だが、それが可能になったのは、兄たちの派閥の者が裏から働きかけていたからだと後から気付いた。

たった一つしかない熱気球の使用を許され、この地へ赴いたロンは、自分の護衛をしていた従者たちに襲われたが、自ら熱気球を壊すことで生き残ることができた。

おそらくは従者たちも兄たちの派閥に懐柔されていたのだろう。従者たちは落下の際に死亡し、この町に一人残されたロンは生き残るために足掻きはじめた。

ロンがこの町に来て二年近く経つ。国元に連絡もできず、貴族としての籍があるのも限界が近いはずだ。生き延びて必ず帰還する。町から脱出するという名目はレナたちと同じだが、彼女から感じられる〝理由〟は自分とは違うとロンは感じていた。

ロンにはこの二年で、孤児たちに対する情が生まれている。すべてを救うことが出来ないと分かっていても、顔見知りになったチャコたちを見捨てられなかった。その点に関してはカミールも同じだろう。

貴族の考えとしてはおそらく正しくない。だが、真っ直ぐにロンを見るレナの瞳は、同じ『救う』という言葉を口にしていても、ロンとは違う、まるでロンの父のようなもっと広い視野で世界を見ているように感じた。

最初はただの〝お嬢様〟だと思っていた。

ここで一緒にいるうちに素の笑顔が可愛らしい女性だと分かり、気付けば彼女の姿を目で追っていた。

けれど、その年下の少女は、自分以上に貴族としての意味を理解している。

「……分かった。行こう、レナ」

「はいっ」

＊＊＊

「全員、気張れっ!!」

『おおおおおおおおおおおおおおおおおおっ!!』

ジェーシャの気合いのこもった声が響き、冒険者ギルドの冒険者たちが叫び返す。

魔物の暴走《スタンピード》に対処するため駆り出された冒険者たち。

巨大な盾と斧を構えた岩ドワーフとハルバードを構えた山ドワーフの、ドワーフ重戦士団。それとは対照的に砂漠らしい軽装備で揃えた、剣や槍を装備するムンザ会を中心とした獣人軽戦士団。それらに人族を含めた総勢百五十名を超えるランク２以上の冒険者が、古代遺跡レースヴェールへ向けて行軍していた。

だが……。

「……ちっ、なんかキナくせぇな」

自分の指示に従い後に続く冒険者たちを見て、魔鋼製の両手斧を肩に担いだジェーシャが吐き捨てるように呟いた。

自分の子飼いであるドワーフたちは問題ない。戦いに異様な意欲を見せる獣人も前回の〝薔薇〟の件であらためて協定を結んだムンザ会が纏めてくれている。

だが、姿を消した闇エルフは別として、二割程度しかいないが、人族を中心とした冒険者たちから不穏な感情が垣間見えた。

「お嬢……」

「わかってるよ、ジルガン」

横を歩くお目付役の声に、ジェーシャは苛つきを堪えるような口調で返す。

頑強なドワーフや獣人と違い、砂漠という過酷な環境下で冒険者となる人族は多くない。いることはいるが、そのほとんどは食うに困ったあぶれ者か孤児たちで、そんな低ランクの者を連れてきても邪魔にしかならない。

それでも、その数少ないランク2以上の人族が参加しているのだが、その一部から不穏な空気が感じられたのだ。

「でけぇ声じゃ言えねぇよ。……リーザン組か？」

「分かっているならいい」

「ふんっ」

まるで子ども扱いするジルガンにジェーシャが鼻を鳴らす。

ジェーシャも人族に換算すればまだ成人したての小娘でしかなく、かれこれ三十年近くお目付役についているジルガンには言うだけ無駄だと分かっている。

（……おっと、今はそれどころじゃねぇな）

ホグロス商会は武器防具販売や鍛冶仕事などを生業とする商会だが、冒険者ギルドとしてこの町を外敵から守る役目もある。他から頼まれたわけではないが、それをするからこそ戦力を誇示し、四勢力の中で一番数が少ないにもかかわらず、この町で大きな顔ができている。

そのため、今回の魔物の暴走《スタンピード》はホグロス商会の威信にかけて止めなくてはならない。その原因がもし本当に奥地にいるはずの地竜《ドラゴン》だったとしても、ジェーシャは一歩も退くつもりはなかった。

その裏で暗躍する者たちの意思が纏わり付く砂のように感じられる。それが魔族か、リーザン組か……。決めつけるのも危険だが警戒しないわけにもいかない。

だが、その者たちの目的が、ジェーシャたちホグロス商会と冒険者を町から遠ざけることにあるのなら……。

「怪しい連中はどうしている？」

「念のために後方に回した。だが、目的が分からない以上、それが正解かも分からん」

「そうだな……」

途中で一度だけ食事休憩を挟んで、冒険者たちは再び歩き出す。

この地方では馬代わりに比較的大人しい甲竜の亜種を移動に使うこともあるが、この人数を運ぶほどの数はすぐに揃えられない。故に基本は徒歩でほぼ休憩なしの移動となるが、その点から考えても人族は後方で、食料を積んだ竜車を護らせるのが妥当だと判断された。

そして数時間後――。

「ギルド長っ！　遠くに砂煙！」

「来たか！」

斥候に出ていた女豹のような女性獣人の報告にジェーシャは豪快な笑みを浮かべた。

離れていても砂煙が見えるのは、それだけの数の魔物が暴走しているということだ。だが、それでもジェーシャが笑みを零したのは、細かい策略をグダグダ考えるよりも戦斧を振るっているほうが性にあうのだろう。

「野郎共、隊列組み直せっ!!　盾持ちの岩ドワーフは前に出て死んでも受け止めろ！　山ドワーフはその後ろについて、止まった瞬間に殲滅しろ！　獣人たちは好き勝手にぶち殺せっ!!」

『オオオオオオオオオッ!!』

「ギルド長、野郎じゃないのもいるんだけど！」

先ほどの斥候を含めた複数名の女性獣人がからかうような声をあげた。

基本、ギルドでは同族のドワーフが重用されるが、それでも数少ない女性冒険者はジェーシャの個人的な依頼で重宝され、今ではある程度だが種族を超えて気安い関係を築けている。

「はしゃぐんじゃない！　まずは魔術で先制するよっ！」

その女性冒険者の半数以上が魔術師だ。ジェーシャの指示に獣人と人族の魔術師たちが盾役の後ろで魔術の準備を始めた。

「見えてきたぞ！」

砂煙を巻き上げてまず迫るのは、脚の速い甲竜や一部の空を飛べる虫の魔物だった。

その中に熱に強い砂漠トカゲなどがいないことを確認したジェーシャは、魔術師たちに火の呪文を唱えさせる。

「勢いを止めるぞっ、撃てっ!!」

＊＊＊

「──【空弾《エアブリット》】──」

エレーナの放つ風の弾丸により数体の甲虫が地面から引き剥がされ、その腹部を曝け出す。

「たぁあ！」

その瞬間に飛び込んだロンが剣でその腹を割き、顎下から頭部を斬り飛ばす。

エレーナ一人でも威力のある呪文を使えば倒せないことはない。それでも、前衛となる戦士がいれば魔力を温存して戦えることを学んでいた。

ロンもカミールには及ばないが、それでも二年間この町で生き抜いた経験があり、その実力はランク3にも達している。

だが、数体の魔物を容易く倒したロンの表情には、わずかな焦りの色が見えた。

「こんな場所にまで魔物がいるなんて……」

「ええ。何かおかしいわ。急ぎましょう」

魔物の大量発生、その暴走が始まった情報はまだ二人に届いていない。

エレーナもロンも肌に感じる嫌な予感を信じて警戒はしている。だが、ロンが焦りを感じているのはナルのこともあるが、このような状況にエレーナを巻き込んでしまった、男の矜持としての焦りだった。

だが、クレイデールの女はそれほど弱くない。

以前のエレーナなら多少の不安を感じていたかもしれないが、今の覚悟を決めた彼女は、自分でも驚くほどに冷静さを保てていた。

（以前の私は……死ぬ覚悟はあっても、命を懸ける覚悟がなかったのね……）

エレーナは王女として、王太子である兄が王として〝不適格〟と判断された場合、王太子の子か王族に連なる血筋の者を教育して次の王とする、『繋ぎの女王』となる覚悟はしてきた。

子を生せない病んだ自分ではそれが最上であると、幼いエレーナが父王に直訴したことであったが、今にして思えばそれは受け身の覚悟……逃げの覚悟とも思える。

それは国家のためではあっても〝民〟のための決断ではなかった。

国家のために、政敵に利用させるくらいなら死を選ぶ。だけどそれは、〝逃げ〟ではないのだろうか？　本当に民のことを思うのなら、王女として生き足掻くべきだ。

あの平和ボケをした正妃に育てられ、伯爵家の三男坊程度の意識しかない兄でも、エレーナが補佐をすれば、ある程度の王にはなると考えていた。

でも、本当に民を思うのなら、あの兄を王にする必要があるのだろうか？

すでにエレーナの身体は癒えている。それならば〝誰〟が王となるべきか？

王は孤独だ。でも、一人では国を成せない。

孤独な王を心から支えてくれる臣下がいてこその国家なのだ。

税を払う大人たち。その手伝いをして跡を継ぐ子どもたち。彼らを護る貴族。それらはすべて王が慈しむべき〝民〟であり、彼らを食い物にする者は国民でも敵だ。

だからこそ、王女とは知らなくてもその力になりたいと願い、自分の意思でそれを行おうとした幼いナルも、エレーナにとってはすでに慈しむべき臣下だった。

それでも、切り捨てる覚悟はいる。

それでも、命を懸ける覚悟がいる。

情に流されない。それでも、この手でどれだけ救えるか、それが女王として立つと決めた自分の〝器の大きさ〟なのだとエレーナは考えた。


「レナ、あれを見ろ！」

目的地であるナルが向かった岩場の近くで、魔物の群れが見えた。

「……すべてを相手にはできませんね。出来る限り回避して、ナルを確保して逃げましょう」

「それしかないか……」

ナルが採りに行った赤い草はこの辺りが群生地でどこにでも生えている。子どもの手で採れるだけ採って離れたのなら問題はない。この辺りに住む子どもならたとえ魔物と会っても逃げる術は知っているはずだ。

だが、魔物の数が多ければ、足の遅い芋虫でも逃げ切れない恐れがある。

「これは……」

魔物の群れを回避して進んだ途中で、棒のような細い物で潰された芋虫を見つけた。

「……冒険者でもいるのでしょうか？」

「いや、何度も叩かれた痕がある。たぶん、この辺りの住人がやったのかも」

「こんな場所に住んでいる方がいるのですか？　だとしたら、ナルもそこへ逃げ込んでいるかもしれませんね」

「……そう、だな」

希望を見つけて明るい顔をするエレーナに、ロンは少しだけ言葉を濁した。

「あまり、期待するなよ」

「……？」

ロンが知っているらしいその住民がいる場所へ向かうと、エレーナもロンが言葉を濁していた理由に気付いた。

ありていに言えば、この町での悪い意味での最下層だろうか。

「「「…………」」」

いくつもの〝目〟が二人に警戒するような視線を向ける。

弱者ではない。さりとて強者でもない。半端故に四つの組織に所属できず、無駄なプライドで弱者のように最底辺の仕事をすることもできない。

子どもや老人のような弱者から奪うことでしか生きることができず、強者から隠れるようにして暮らしている、そんな人間たちだった。

十数名ほどの人間たちは、武器を持ったロンとエレーナを見て怯えたように自作らしい棍棒を構えた。

「な、何もんだ、あんたら」

「私たちは知り合いの子どもを捜しています。獣人の男の子ですが、見かけませんでしたか？」

「し、知らねぇ……用が済んだら出て行ってくれ」

人族の中年の男がエレーナから視線を逸らす。

エレーナはその態度に男が何か知っていると感じた。でもそれを問い詰めようとしたエレーナを、ロンが外套の裾を引いて止める。

「行こう。あまり刺激しないほうがいい」

「ですが……」

「大丈夫。たぶん合っているはずだ」

ロンは、『獣人の男の子』とエレーナが口にしたとき、数人の住人が一定の方向に視線を向けたことに気付いていた。

「急ごう。おそらく、囮にされている」

「…………」

ロンの言葉に息を呑み、エレーナも足早にその方角へ向かうと、少しして小さな子どもの声が聞こえた。

「ナルっ⁉」

「向こうだ！」

二人が走り出して数秒もしないうちに、よく知っている子どもの声が聞こえ、そこには岩場によじ登って数体の芋虫に石の破片を投げつけているナルの姿があった。

「――【水球《ウォーターボール》】――っ！」

エレーナが咄嗟に放った水の塊が芋虫たちを押し流す。

「ロンっ！」

その声にロンが流された芋虫へと向かい、その間にエレーナがナルを確保する。

「ナル！」

「レナねえちゃん！」

それに気付いたナルが岩場から飛び降りるようにエレーナに抱きついてきた。その身体は汚れてはいたが怪我が無いことに安堵して、エレーナが目線を合わせてナルの瞳を覗き込む。

「無事で良かった。どうして……一人で外に出たのですか？」

「あのね、これ！」

エレーナの問いに、ナルがズタ袋目一杯に詰め込んだ赤い草を誇らしげに見せる。

「これ、いるんでしょ？　ボク、いっぱい見つけたよ！」

「ナル……」

ペチン。

エレーナはその姿に泣きそうになりながら、ナルの頬を小さく叩いた。

「……え」

「心配……かけないで。あなたが怪我をしたら、みんなが悲しいのよ」

出来ることと出来ないことが分かっても、して良いことと悪いことの区別がつかない。それはまだナルが三歳であることよりも、それを教える大人がいなかったからだ。

生きることに精一杯だったチャコやノイも教えることが出来なかった。だから、エレーナはそれを伝えるためにナルの小さな身体を思いっきり抱きしめる。

「本当に無事で良かった……。それと、ありがとう。あなたは立派な男の子ですよ」

「ねえちゃん……ごめんなさい」

ナルが理解できているのか分からない。それでも何かを感じたのか、再び抱きついたナルが泣き出して、そのまま安堵して気を失うように眠ってしまった。


「……レナ。そろそろ戻ろう」

「はい。待っていてくれてありがとう」

芋虫を倒した後、ナルが落ち着くまで待っていてくれたロンにエレーナが笑顔を見せると、ロンは少しだけ口元を歪ませて視線を逸らす。

「……いや、当たり前だから」

「はい……」

そんなロンを見て、エレーナは笑みをまた少し深める。

後は戻るだけ。そうして来た道を戻りはじめた二人の前に、先ほどの住民たちが道を塞ぐように立ち並んでいた。

「……何の用だ？」

ロンが二人を庇うように前に出て剣の柄に手を添えると、住民たちは気圧されたように下がりながらも、その中から先ほどの中年男性が前に出た。

「あ、あんたら、強いんだろ？　この周りにいる魔物を殺してくれよ」

「町のほうにも魔物が出はじめているんだ！」

「あたしは町から逃げてきたのに、こっちにも魔物がいるなんてっ」

「あんたたち、強いんならやってくれ！」

薄汚れた住民たちが必死の形相でそう捲し立てる。

「……お前ら」

単体なら囲んで殺せても、それが複数になれば立ち向かう勇気はない。だから子どもを囮にしてでも逃げることに慣れ続け、今度は弱者の〝論理〟で強者に〝責任〟を強要する住民たちに、ロンも思わず怒りに拳を握り込む。

だが――。

「待って、ロン」

「レナ……？」

その声音に何故か寒気のようなものを感じて振り返ると、冷笑を浮かべたエレーナが眠っているナルをロンに手渡して前に出る。

「どうして、私たちがそんなことをしないといけないの？」

いつもの丁寧な話し方ではなく相手に合わせた言葉遣いに、ロンだけでなく住民たちも何か感じたのか微かに息を呑む気配がした。

「自分たちで倒せばいいでしょう？」

「お、おれたちは弱いんだっ、仕方ないだろ！　あんたらは強いからそんなことが言えるんだ！　そのガキも、あんたらの子じゃないんだろ？　だったら、そんなガキよりも俺たちを助けろよ！」

「ダメよ」

間髪容れずに答えた言葉に空気が一瞬凍り付く。

「この子は、私や仲間のために自分が出来ることを考えて、それを為そうと努力したのよ。それを邪魔したあなたたちが、どうして許してもらえると思っているの？」

感情を交えず淡々と語る言葉だからこそ伝わる感情もある。

王として民は護る。けれど、その敵には一切容赦しない。その言葉の中に冷徹な意思を感じて黙り込む彼らに、エレーナはニコリと微笑んだ。

「カトラスは誰の町？　あなたたちが住んでいた町でしょう？　あなたたちが護らなくてどうするの？　ここは……あなたたちの故郷じゃないの？」

「そ、そんな……俺たちは……」

男の瞳が困惑に揺れる。こんな生きているだけで苦しい町は嫌いだった。こんな場所はいつか逃げ出したいと思っていた。

けれど、笑顔の少女が紡ぐ『故郷』と言う言葉に、心の奥で忘れかけていた何か熱いものを感じた。

「そんなことをされては困るな」

「っ⁉」

唐突に割り込んできた声にロンとエレーナが振り返る。

その見上げた先、岩場の上からこちらを見下ろす、外套のフードで顔を隠した男の姿があった。下からだとフードの中は見えるが逆光になって顔は見えない。だが、その見えないはずの顔が笑っているように感じた。

「……どなた？」

「メルセニア人の娘……貴様が『薔薇』とか呼ばれる娘か、その関係者か？　そんな奴がいるのなら、邪魔になるから念のために潰しておけと言われてなぁ……。貧乏くじを引かされたと思ったが……まさか、本当にいるとは思わなかったぞ」

「…………」

どうやらお喋りな性格なのか、それとも優位に立っていると思っているのか、自分が言いたいことだけを言って、どこか嗜虐心のあることを感じさせるその男の背後から、さらに数名のクルス人たちが現れた。

「おい、旦那。あんまり喋るなよ……」

「いいじゃないか。お嬢さんも死ぬ理由くらい知っておきたいだろ？」

全員がランク2以上。外套のせいでよく分からないが、エレーナはダンジョンやこれまでの経験からフードの男はランク3ほどの力があるように感じた。

彼らの言葉を信じるのなら、町で何かが起きているか、これから起きるのだろう。そして彼らが自分たちを捕らえるのではなく、とりあえずで殺しに現れたのだと察した。

想定外の出来事が始まり、エレーナはロンと二人で彼らに勝てるのか計算する。

乱戦になれば勝ち目は薄くなる。ロンも魔術は使えるはずだが、この者たちを一撃で倒せるほどの魔術は使えない。

雷撃の呪文はこの距離だとエレーナの技量では拡散して威力が落ちる。一撃で倒すには氷系の呪文を使うしかないが、この距離だと躱される恐れがあった。

(何か少しでも……隙が出来れば)

ロンの魔術で牽制してもらう手もあるが、それを声に出すわけにもいかず、エレーナの意図が無言で伝わるほど意思を通じ合わせているわけでもない。

だがその時――。

ヒュン！

「ん……がっ⁉」

風斬り音にフードの男が顔を上げたその瞬間、その右目に小さな矢が突き刺さる。

「――【氷槍《アイスランス》】――っ」

その一瞬にエレーナは構成しておいた【氷槍《アイスランス》】を撃ち放ち、心臓を貫かれたその男は、真っ黒な闇エルフの素顔を晒して岩場の上から転がり落ちた。

「なっ……」

男の仲間たちが絶句して周囲を見渡し、エレーナだけがその方角を振り返ると、息を切らしながら小さなクロスボウを構えた少女が、髪を燃えるような灰鉄色に染めて反対側の岩場の上から姿を見せた。

「待たせた？」

「いいえ、良いところでしたわ。アリア」

古代遺跡の主

「チャコ姉ちゃん……。みんな、大丈夫かな……」

「きっと大丈夫だよ」

ドワーフのラナが不安そうに猫獣人のチャコの手を握り、闇エルフのノイは泣きそうな顔になりながらも、ただ一人の男の子として気丈に外を睨む。

一番幼い犬獣人のナルが一人で外に出て帰らなかった。ナルを心配して捜しに行きたいのはみんな同じだが、それでもここに残った三人は、待つことも重要な役目なのだと知っていた。

それは捜しに行ったロンやレナ……そして、その後に戻ってきたアリアが教えてくれたから。

（……アリアさん）

チャコは少しだけアリアが怖かった。彼女がノイの病気を治して、チャコをムンザ会から命懸けで救ってくれたことは知っていても、チャコが知っているどの大人よりも厳しい生き方をしている彼女の前に立つと、何も出来ない自分は叱られてしまうのではないかと萎縮してしまうのだ。

彼女は自分にも他人にも厳しくて……きっと、誰よりも優しい人。

誰かのために自分の命を懸けられる人。

そんなアリアだから、チャコはレナがナルを捜しに行ったことを話すのが怖かった。

アリアが一番守りたいのはレナだ。チャコや子どもたちのことを気にかけてくれていても、アリアの一番深い場所にいるのがレナだった。

アリアやレナにチャコたちを守る義理はない。レナは何か、チャコが見えない大きな世界を見てナルを助けることを選んでくれたが、その一番守りたいレナが危険な行動を取ったことで、アリアの気持ちはどうなるのだろうか？

アリアはレナを怒るのだろうか？

アリアは巻き込んだチャコたちに幻滅しないだろうか？

戻ってきたアリアにレナがいない事情を伝えると、チャコが伝える言葉を黙って聞いていたアリアは静かに頷いた。

チャコはアリアの気持ちを考えて、何かアリアに伝えるべきではないかと、勇気を振り絞って声をかけようとしたその時、不意にアリアの手がチャコの頭を優しく撫でた。

——任せて——。

その短いたった一言が、どれだけチャコたちを安堵させただろうか。

彼女の言葉はそれだけの力を感じさせた。仲間を信じてただ待っていることも怖いことなのだと、アリアは理解してくれていた。

アリアは今すぐにでもレナの所に行きたいはずなのに、最初にチャコや不安そうにしている子どもたちの頭を撫でてくれたのだ。

そんなアリアに一言だけでもレナのことを話すべきかと、チャコは声をかけようとしたが、外へ向かう一瞬の光の中……アリアの横顔に少しだけ笑みが浮かんでいるのを見て、二人の繋がりを感じてその言葉を呑み込んだ。

「アリアさん……みんなをお願いします」

＊＊＊

拠点にしている塔に戻った私は、チャコから話を聞いてまた砂漠へと駆け出した。

子どものする事なので違う可能性もあるが、ナルが錬金術に使う赤い草を探しに行ったのなら、何カ所か子どもの脚で行ける場所に心当たりがある。

エレーナとロンが塔を出てからおおよそ半刻ほど経っている。この辺りで二人に倒せない魔物はいないはずだが、魔物の暴走《スタンピード》の影響で遺跡から流れた魔物がいるので油断はできない。

それに、町で見かけた闇エルフとクルス人たちのような、怪しい連中も動いている。連中の行動理由は不明だが碌なことではないだろう。

私は作っておいた魔力回復ポーションを口に含み、ここまでに減った魔力を回復させながら、身体強化で一気に砂漠を駆け抜ける。

二人がナルを捜しながら移動しているのならそれほど遠くはないはずだ。常人の三倍近い速度で走りながら、瞳にも魔力を流して大気に流れる魔力の流れを注視していると、微かに感じた水と闇の魔素が魔物の死体だと分かって、この方角で何かが起きていることを確信した。

二人が赤い草の群生地に向かったとすれば、岩場を回って遠回りする必要がある。でも私は安全な回り道に用はない。

「――【鉄の薔薇《アイアンローズ》】――」

私が呟く声に、桃色の髪が灼けた灰のような灰鉄色に変わり、飛び散る光の残滓を箒星のように引きながら、私の目に映る流れる景色が加速する。

安全な道をあえて無視して大きく息を吸った私は、さらに速度を上げるべく薔薇の身体強化を速度重視に割り振った。

「ア・レッ《迅く》！」

魔力回復ポーションが魔力の流れを乱すため、鉄の薔薇《アイアンローズ》の細かい制御はできないが、ただ速く移動するだけなら制御はできる。

さらに速度を上げた私の身体が、崖から落ちる岩よりも速く岩場を駆け上がり、その途中で襲いかかってきたミミズのような魔物をすれ違い様に斬り裂いていく。

「っ！」

強化された探知能力が、遠くにいるエレーナらしき気配を捉えた。

同時に感じる複数の気配。微かな殺気……。そして感じたエレーナの気配から、魔力の高まりを感じた私は即座に意識を〝戦闘〟へと切り替える。

細かい制御ができない状態で投擲ナイフは使えない。【影収納《ストレージ》】から小型のクロスボウを取り出し、鋼鉄の矢を装着しながら岩場の上に躍り出た私は、一秒にも満たない時間で瞳に映った闇エルフらしきフードの男を〝敵〟だと判断して矢を放つ。

顔面の中央を狙った矢が闇エルフの右目を貫き、その瞬間、狙い澄ましたようにエレーナの氷の槍が男の胸を貫いた。


「待たせた？」

「いいえ、良いところでしたわ。アリア」


エレーナが笑みを浮かべながらも安堵したように息を吐く。

どうやらギリギリだったが間に合ったようだ。ロンは突然現れた私に目を見開き、ナルとロンたちの様子から、大きな怪我はなさそうだと判断できた私は残ったクルス人の男たちに目を向けた。

「だ、旦那っ⁉」

「何が起こった⁉」

「向かいの崖に誰かいる！」

クルス人たちが騒ぎ出し、一人の男が叫びながら弓矢を構えた。その装備を見て連中が町で見た輩と同じだと判断する。

男から矢が放たれる。同じように弓を構えようとする奴もいたが、ランク4以上の戦士に矢は通じない。油断さえしなければ放たれた矢など、見てからでも躱せる。

「飛んだっ⁉」

私は助走もなしに、身体強化だけで十メートル以上もある向こう側へと一気に身を躍らせる。もう鉄の薔薇《アイアンローズ》はいらない。空中で脱ぎ捨てた外套とまだ残る光の残滓を囮にして矢を躱し、彼らの前に飛び込みながら弓矢を持ち替えようとした二人の咽をナイフとダガーで斬り裂いた。

「なんだお前はっ⁉」

「こ、殺せっ！」

「お、女っ⁉」

残り三人――クルス人の四十代の男が二人に二十代の男が一人。その中で一番武器を抜くのが遅かった二十代の男の眉間に、スカートを翻して抜き放った投擲ナイフが突き刺さる。

「アリアっ」

「了解」

エレーナの声が聞こえた。分かっている。私も奴らに聞きたいことがある。

黒いナイフとダガーを両手に構え直して前に出ると、最初に叫んだ男のほうは逃げ道を探すように一歩下がり、もう一人の男は仲間を殺された怒りに震えながら、手にした槍で襲いかかってきた。

「そっちの男でいい」

「ぐがっ」

仲間意識の強い奴は尋問に時間が掛かる。突き出された槍の穂先を手で押しのけながら逸らして、すれ違い様にナイフで頸動脈を斬り裂き、その血が傷口から噴き出す前にすり抜けてもう一人に迫ると、残った最後の男は自分の槍を私に投げつけながらあっさりと背を向けた。

「ぐあ!?」

その後頭部を分銅型のペンデュラムが打ち、衝撃を受けた男が足をもつれさせながら倒れ込んだ男の首に、私は宙で掴んだその男の槍を突きつける。

「生きたいなら知っていることを話してくれる?」

＊＊＊

「ドゥリャアッ!!」

ジェーシャの両手斧がオーガの頭部を叩き割る。

「野郎共! 根性見せろっ!!」

ジェーシャが率いる冒険者たちは、魔物の暴走《スタンピード》の足の速い第一陣を捌き終えて、第二陣との戦闘が始まっていた。

勢いのあった第一陣では、暴走した甲竜との激突で盾持ちのドワーフたちに何名かの死傷者が出たが、ランクの低い魔物が多かったので大きな被害は出ていない。

だが、第二陣にはこの地方特有の砂オーガが交ざっており、ランク4の魔物との激突で盾持ち以外にも被害が出はじめていた。

「お前らも、もう少し散れ！」

「俺らはお嬢の護衛だぜ？　無理な話だな！」

「お嬢から離れたら、ジルガンさんにぶっ殺されちまうぜ！」

ジェーシャの叫びに子飼いの部下であるドワーフたちが笑いながら返す。

砂オーガの戦闘力はランク4の下位にもなり、その中でも手練れの個体がいればランク3の冒険者が数名がかりで当たらなければいけなかった。

冒険者たちもランク3は複数人いる。それでも被害が出ているのは、上位の冒険者の大部分がジェーシャの護衛であり、彼女の周りを固めていたからだ。それも、お目付役のジルガンを含めて、ジェーシャを幼児の頃から知っているような連中ばかりなので、ジェーシャの命令より彼女の安全を優先して命令さえ無視することがある。

今はまだ、ムンザ会の獣人たちが遊撃で動いているので大きな被害は出ていないが、このまま無事に事が進む保証もない。

「てめぇら……」

面倒な親父ドワーフ共に歯噛みしていたジェーシャだが、次の瞬間には好戦的な笑みを浮かべていた。

「じゃあ、仕方ねぇな！　おい、飛び回ってる獣人連中に、オーガは中央に集めろって伝えなっ！　纏めて相手をしてやるぜ！」

「「「おおおおおおおっ!!」」」

ジェーシャの咆吼のような叫びに冒険者たちの声が響き渡る。

魔物の暴走《スタンピード》の戦闘が始まって四時間が経過し、倒した魔物の数は五百を超えるだろう。今はまだ備蓄のポーションもあり、〝薔薇〟から仕入れた上級ポーションもできるだけ使い控えている。通常なら魔物の暴走《スタンピード》が起きても千も倒せば終息するが、それもどうなるかまだ先は見えない。

第一陣と第二陣の間には数時間の間があり、その間に治療や術師の回復はできるが、第三陣の内容によってはそれすらも間に合わなくなる可能性があるからだ。

ジェーシャは好戦的な表情を浮かべながらも、内心では終わりの見えない魔物の暴走《スタンピード》に焦りを覚えはじめていた。

（……ちっ、嫌な感じだぜ）

前回の魔物の暴走《スタンピード》よりも魔物が強く感じるのは、魔物が恐慌状態にあるからだと考える。その理由はおそらく奥にいるアレが近づいているのだろう。

ジェーシャたちの目的はそれの討伐になるのだが、人族冒険者の怪しい行動もあり、次の魔物の波も同じような規模なら……。

（……〝薔薇〟の奴も連れてくるべきだったか）

ジェーシャが冒険者アリアに魔物の暴走《スタンピード》の要請をしなかったのは、あくまでドワーフが主戦力であることと、ポーションの生産を優先してもらいたかったからだ。

だが、ジェーシャの本音を言えば、同じ女で同じランク4の力を持つアリアを勝手にライバル視していたせいで、アリアに頼むのは自分の力が足りないと認めるようで嫌だった。

ギルドの長としては良くないことは分かっているが、ジェーシャも山ドワーフとしてはまだ成人程度の少女なのだ。

「ギルド長っ！　あれを！」

「なんだ、第三陣が……」

ジェーシャの下へ飛び込んできた女獣人の斥候が、彼女の意識を遺跡のほうへと向けさせる。目を凝らせば確かに遺跡のほうから砂煙が近づいてきていたが、女獣人の顔色が悪いのはそのせいではなかった。

第三陣の内容は岩トカゲや砂漠トカゲなど、比較的足の遅い魔物たちで、鱗は硬いがランク的には強敵ではない。だが……。

「あれは……っ！」

その後ろにゆっくりと魔物を追い立てるように進んでくる小山のような影が、ヴェールのように覆い隠す砂塵の中からその姿を現そうとしていた。

黒を基調とした玉虫色の艶やかな鱗。

背後へ流れるように伸びた四本の角。

金と銀を掻き混ぜたようなは虫類の瞳。

四つ足のまま悠然と持ち上げた頭の高さだけでも、見上げるような巨体の主……。

古代遺跡レースヴェールの主、地竜《ドラゴン》は、新たな獲物である〝餌〟を見つけて砂漠の大地に咆吼を響かせた。


『ガァアアアアアアアアアアアアアアアアアアアアアアアアアアアアアアアアッ!!』

▼地竜《ドラゴン》　種族：下位竜・幻獣種ランク6
【魔力値：334／350】【体力値：792／820】
【総合戦闘力：4557】

動き出す闇

竜種《ドラゴン》――。人類の歴史より以前から存在する幻獣種であり、この世界でも最強の生物である。

寿命は数千年とも数万年とも言われ、一説には老成するごとに知性を増し、死ぬことなく進化を繰り返し、竜神に至るとされている。

老成し、属性竜となることで高い知性と共に空を舞う能力と強大な力を得るが、人間が知る竜に対する恐怖は、その属性竜ではなく竜種の幼体といえる〝地竜〟によるものだった。

竜は属性を得ることで、徐々に魔素そのものを糧とするようになる。だが、まだ属性を得ていない地竜は本能の赴くままですべての物を餌として食らい、特に集団で生活し、逃げる力も弱く、魔力を多く保有する『人』の味を覚えた竜は、知性の低さから積極的に人間の集落を襲うようになり、人食い竜として恐れられた。

『ガァアアッ!!』

その地竜が古代遺跡レースヴェールの奥から姿を見せて、大地を震わせるような咆吼を響かせた。


「ひぃいっ⁉」

「うぁああああああっ⁉」


一部の冒険者たちから咽を引き攣らせるような悲鳴が漏れる。

竜の咆吼は〝弱者〟を恐れさせる。それは竜の選別とも言われており、ランクもスキルレベルも関係なく、竜の前に立つ資格のない『覚悟無き者』を恐怖させた。

ここにいる冒険者たちは、竜と戦う可能性を知ってここまで来た。だが、多くの者はその覚悟で身体を震わせるだけで済んでいたが、それでも初めて見たその姿に畏怖を覚えた若年の者たちが耐えきれず、恐慌を起こして戦列が乱れはじめた。

「暴れる奴はぶん殴って正気に戻せっ！　それでもダメならぶっ殺せっ!!」

即座にジェーシャが竜の咆吼にも負けない勢いで声を張り上げた。

通常の組織ならできないことでも命の価値が低いこの地なら当たり前のことであり、即座に動き出した古参の冒険者たちが殺す勢いで殴りつけることで、逆に被害を少なく抑えた。

だが、恐慌を起こしたのは人間たちばかりではない。我を忘れた魔物たちが乱れてしまった戦列を飛び越え、負傷して下がっていた者たちに襲いかかり、負傷者と回復役の魔術師に少なくない被害を出した。

「ちっ！」

ジェーシャが盛大に舌打ちしながらも思考を巡らせる。

地竜《ドラゴン》が出てくることは想定していたが、ここまで早く崩れるのは想定外だった。

魔物を抑える壁が足りていない？

戦列から後退した負傷者の治療が遅すぎるのか？

光魔術を使える魔術師や上級ポーションの数は足りないが、下級のポーションならかなりの数があったはずだ。それが何故……。

「ジルガンっ!! 甲竜《あし》を寄越せ！ 打って出るぞ！」

戦いの中で深く考えることを止めたジェーシャは、その闘争本能から打開策を求め、移動手段を寄越せと叫ぶ。

地竜が出てきたときの最終手段として、ジェーシャとジルガンは自らの手で討伐することを考えていた。それでも、ランク4の人間が一人や二人いても倒せるわけがない。故にジェーシャたちは、ジェーシャとジルガンを含めたランク4とランク3の上位だけを集めた決死隊を編成していた。

だが、前線が想定より早く崩れたせいで地竜との距離が開いている。このままでは何も出来ないまま竜の吐く炎の洗礼を受けることになると察して、荷馬代わりに連れてきていた甲竜の亜種に乗って突貫することを即座に選択した。

ジェーシャたち前線中央で支えてきた戦力が抜けることで、冒険者たちに相当な被害が出るだろう。地竜へ向かう決死隊も生き残れる可能性は相当に低いはずだ。

それでも砂漠の町を根城として〝故郷〟とする冒険者たちは、武者震いをするように獰猛な笑みを浮かべて武器を握り直す。

だが――

ドゴォオンッ!!

「何事だ!?」

背後から響く爆発音にジルガンが声を張り上げた。

突如として、冒険者の最後列、後衛である魔術師たちのさらに後ろにいる食料や医薬品を管理している馬車から火の手があがり、後方から飛来した矢が魔術師たちを背後から襲撃した。

各部隊の構成はジェーシャに代わりジルガンが管理している。どこからか何者かの襲撃があったようだが、そちらにも戦いの出来る者は残していた。

「まさか――」

ジルガンが何かに気付いて顔を上げたその時――。

『ハッハッハーッ!』

その爆発のあった辺りから笑い声が響き、炎の煙と砂煙の中から、人を乗せた十数体の甲竜が飛び出した。

その数は荷馬代わりに連れてきていたほぼすべてだった。

甲竜に乗った男たちは器用にその上から後衛たちに向かってさらに矢を放ち、そのまま纏まらずに逃げるように四方へ散っていく男たちの中から、一人の男がわざわざ向きを変えてジェーシャとジルガンの顔が見える場所まで近づいてくる。

「お前は……っ」

「ざまぁねぇなっ、ジルガンっ、ギルド長っ！　ドワーフ共や獣くせぇ連中に、俺らがいつまでもデカい顔をさせておくと思ったかっ！」

そのクルス人の男は冒険者ギルドでも古株で、ドワーフ以外が高ランクになることは難しいギルド内でもランク3にまで達し、その腰の低さからドワーフや獣人とも仲は悪くなかったはずだ。だからこそ今回の討伐隊にも組み込んだのだが……。

「貴様、リーザン組と通じておったかっ！」

「当たりめぇだ、ジルガンっ！　どうして力ある人族がお前らに従う理由がある？　散々、ガキみてぇな使い走りの真似をさせやがって、それも今日で――」

ガキンッ!!

ジルガンの横からとんでもない膂力で放たれた手斧が男を襲い、かなり距離があるにも拘わらず、男が咄嗟に盾で弾く。

「……手癖の悪い女だな、ギルド長っ‼」

「てめぇ、何が目的だっ⁉　こんな真似をして町で生きていけると思ってるのか！」

手斧を投擲したジェーシャが吠えると、半壊した盾を投げ捨てた男は内心冷や汗をかきながらも歪んだ笑みを浮かべる。

「今日で終わりだって言ってんだよっ！　今日からあの町は、俺らリーザン組が支配するっ！　あれを見やがれっ！」

男が何事か唱えて手に生みだした闇を空に撃ち上げると、闇魔術【幻聴《ノイズ》】で創られた笛のような甲高い音が砂漠に響いた。

『グォオオオオオオオオオオオオオオオオッ‼』

その音に応じるようにして地竜の脚が止まり、天に向けて咆吼をあげる。

そしてその後ろの砂煙の中から、巨大な地トカゲを騎獣とした漆黒の衣を纏う者たちが現れ、その先頭に立つ黒い鎧を着た男が漆黒の槍を天に掲げた。

「魔族軍っ⁉」

ジェーシャが驚愕の声をあげ、その声の意味をその場にいた全員が理解する前に、魔族軍の騎士は掲げていた槍の切っ先を冒険者たちへ向け――。


『――――ッ‼』

それを合図として地竜が顎を開き、巨大な火球のブレスが砂漠を灼熱に変えた。

「うぉおおおおおおおおおおおおおおおおおおおおっ!!」

炎の中でジェーシャが叫びをあげる。

聞こえてくる冒険者たちの悲鳴。かつて語り合い、共に飯を食い、冒険をした仲間たちが炎の中に倒れていく。

これが竜種《ドラゴン》――この世界で最強の存在。

そのたった一撃のブレスで精鋭の冒険者たちが炎の中に消えていく。

「離れろぉおおおおおおおおおおっ!!」

それでもまだ生きている者がいた。ジェーシャは喉が張り裂けんばかりに生存者へ『逃げろ』と声を張りあげた。だが……。

ヒュン……ッ！　ヒュンッ、ヒュンッ！

「なっ⁉」

魔族軍から放たれた弩が唸りをあげ、次々と生き残りの者たちを殺していく。

「やめろぉおおおおおおおっ！」

ヒュンッ！

叫びをあげるジェーシャにも巨大な矢が放たれ……。

「ぐぉおおおおおおおおおおっ！」

「ジルガンっ！」

その矢はジェーシャの盾になったジルガンの腹部を貫いた。

「ジェーシャ！　一旦退けっ！」

竜のブレスからもジェーシャを守り、半身に火傷を負ったジルガンが叱るように怒鳴りつけた。

間近に迫ってきた魔族軍から投擲された槍をその身に受けながらも、引き抜いた槍を投げ返して魔族兵を殺してみせる。

「……ざまぁ……みやがれ」

「ジルガン……っ、ジルガン！」

灼けた砂に血を撒き散らして倒れるジルガンの身体を受け止めたジェーシャは、その命がすでに尽きていることに気付いて牙を剥くように歯ぎしりをしながら、ジルガンのハルバードを掴んで立ち上がる。

「オレは……まだ負けてねぇぞっ！　来い、魔族ども!!」

＊＊＊

「やはり魔族か」

最後に残った男から証言を得たエレーナとロンが息を呑む。

魔族軍の侵攻。それがあの町から闇エルフたちが姿を消した原因であり、このクルス人……リーザン組が動き出した一因でもある。

「な、なぁ？　話したんだから俺はもう行っていいだろ？　な？」

後頭部を打たれて尻餅をついたままの四十がらみの男が、憐れみを誘うような視線で私を見上げていた。

「まだだ。お前たちリーザン組の目的は？　何故闇エルフと一緒にいた？　魔族軍の侵攻目的はなに？」

左腕一本で微動だにしない槍の切っ先を喉元に突きつける私に、男が一瞬、舌打ちしそうな狡猾な表情を浮かべ、張り付けていた笑みを歪めた。

「あ、慌てるなよっ、俺たちは魔族軍の侵攻と同時に、各組織を襲撃することになっていたんだ。俺も詳しいことは知らねえけどよ、上のほうじゃとっくに魔族軍と話がついていて、魔族共があの町を落としたら、俺らが町を管理する手筈になってるんだよっ、ほら、もう全部話しただろ！」

「それで魔族軍の目的は？」

こういう男は詐欺師と同じだ。自分の言いたいことだけを口にして真実をねじ曲げようとする。

「そ、それは……」

問い詰められた男が言い淀む。人族と敵対する魔族が軍を動かした以上、ただ勢力域を広げるだけが目的ではないはず。おそらくは……。

「……カルファーン帝国に侵攻するための軍事拠点か」

「――っ！」

突然横からそう言ったロンの言葉に男が目を剥いて振り返る。

そう、一番可能性が高いのはそれだ。あの町にいる闇エルフは、あの町で生まれた者以外は姿を消した。そして姿を消した者たちは、おそらく彼らの故郷である魔族国からの要請で協力しているのだろう。

それでも長い間あの町で暮らせば、それなりに他種族の知り合いもいたはずだ。それらを見捨てて協力しているのなら、魔族が軍を動かす大きな理由があると考えたほうが自然だった。裏を見れば、支配者がリーザン組になるだけの話ではなく、逆らう者は皆殺しにされる可能性があった。だからこそこの男は言い淀んだ。

「……その沈黙、肯定と受け取る」

「ま、待ってくれっ」

ロンが今まで見せたことのないような怒りの顔で剣を抜き放ち、逃げようとする男の心臓を背後から刺し貫くその姿を、エレーナが悲痛な表情で見つめていた。

「ロン……」

「すまない、僕は……」

「…………」

ロンも突発的にやってしまったのだろう。その怒りがただの愛国心なのか私には分からないが、エレーナにはそれが分かっているのか、その行為を良いとも悪いとも言わず、血塗れの剣を持ったロンの手に触れてそっと剣を下げさせた。

「あ、あの……、俺たちはどうすれば……」

近くにいたクルス人たちが怯えたような顔で声をかけてきた。

この辺りにいた者たちだろうか？　彼らからは敵意は感じないが、どういう状況なのかとエレーナに視線を向けると、彼女は微かに頷いてから彼らのほうへ向き直る。

「私たちにはどうにもできません。軍が相手ではどうしようもありませんから。あなたたちはここにいれば、これ以上危険はないはずです」

「そっ……それはそうだが、町がやられたら……」

煮え切らない男の態度にエレーナはまた少しだけ冷たい目を向ける。他人任せ。誰かが何かしてくれると考え、希望ばかりを口にする。

「生きるだけならなんとでもなるでしょう？　あなたたちは好きなように生きなさい。ここはあなたたちの〝故郷〟なのだから」

この過酷な砂漠でも、生きるだけならなんとかなる。孤児たちとは違う力のある大人なら、魔物を倒して多肉植物を食料として、どこででも生きていけるのだ。

それが彼らと、目的があって自由の利かない私たちとは違うところだ。

「俺は……」

先頭にいた男がエレーナの言葉に苦悩する表情を見せて、それから何かを決めたように顔を上げた。

「そうだな……ここは俺の故郷なんだ。クソみたいな土地だが、それでも知り合いもいる。戦うのは無理だが、そいつらに逃げろと言うことはできる……」

「そうですか。私はあなたを止めはしません。ですが……どうぞ、ご自愛を」

「あ、ああっ」

エレーナの言葉に男がどこかへ走り出すと、他の者たちも少し戸惑った顔を見せながらも、自分なりに納得してから男の後を追っていった。

「……レナ、アリア。ナルを任せてもいいか？」

その様子を見ていたロンが、剣を納めて寝かせていたナルを抱き上げながらそんなことを言い出した。

「それは構いませんが……ロンはどうなさるの？」

「僕は……カミールを捜しに行く」

ロンはエレーナの言葉に真剣な顔で私たちを見る。

「カミールはどうした？　私よりも先に拠点に戻ると言っていたはずだけど」

「彼は戻ってきていない」

少しだけ意図を込めた私の言葉に、ロンが首を振って少しだけ眉間に皺を寄せる。

「だけど信じてくれっ。カミールは確かにこの町の出身じゃないが、魔族軍の侵攻には関わっていないっ。むしろ……」

ロンはカミールの素生を知っているのか、それでも話せずに言葉を濁すロンに、エレーナが小さく首を振る。

「私たちも、カミールが闇エルフでも彼が魔族軍と通じているとは思っていません。ですが、ロンは彼がどこに居るかご存じなのですか？」

「あ、ああ、すまない。僕は彼にも火属性の魔石の購入を頼んでいた。たぶんだけど、町で知り合いになった信用できる商人がいたから、そこだと思う」

確かにカミール個人のことは信じていても、彼の素生は怪しい部分がある。それだけで彼が魔族軍と通じているとは私も考えていないが、完全に無関係とも言い切れない。

そしてカミールが本当に町に向かったのなら、闇エルフである彼は魔族と間違えられて町の住民に襲われる可能性すらある。

ロンはカミールの正体を含めて、彼が今回の件に巻き込まれる可能性が高いと判断して、友人である彼を心配しているのだろう。

「ロン、火属性の魔石はまだ足りないの？」

「いや、ギリギリ……カルファーン帝国の端に着けるくらいなら持つはずだけど」

「それならロンは熱気球の準備をして。あれが魔族軍に見つかったら、必ず奪われるはずだから」

「それは分かるけど……でも」

彼としては友人であるカミールを捜しに行きたいのだろう。その気持ちは解るけど、私たちの目的を考えれば最適解が見えてくる。

「町には私が行く。ロンとレナは脱出準備を優先して」

「アリア……」

ロンが行っても実力的に戻ってこられるか分からない。私が行くことでも危険は変わらないけど、それでも私はすべてが敵という状況に慣れている。

カミールを救うことが正しいのかわからないが、それでも子どもを救うために奔走していた彼が救われてもいいと思うくらいには、私も信用している。

淡々と一人で危険に飛び込むことを決めた私にロンが絶句し、エレーナが少しだけ潤んだ瞳で近づいてくると、触れるか触れないかの微かな力で、私の肩に自分の額を押し当てた。

「またあなたは……一人で」

「レナと一緒だ。守れるものなら守ったほうがいい。必ず戻るから、私のことを信じてくれる？」

そう言うと私の肩から顔を離して、少しだけ目線が高い私を間近で見上げる。

「この世界で誰よりも……」

「うん」

一人で町に向かうと決めた私からエレーナが心配するような複雑な笑みで身を離し、そんな私たちを見て、ロンは真っ直ぐに決意を込めた瞳を向けた。

「……すべてを話せなくてすまない。でも、みんなのことは私に任せてほしい。私とカミールを信じてくれた君たちのために、この名に懸けて……カルファーン帝国第三皇子、ロレンス・カルファーンの名に懸けて、皆を守るとここに誓う。アリア……カミールのことは頼む」

＊＊＊

「アイシェ将軍っ、別働隊より冒険者共の隔離に成功したと連絡がありましたっ」

部下の言葉に将軍と呼ばれた闇エルフの女性が無言で頷き、鎧の音を立てながら立ち上がる。

魔物使いを擁する魔術師団が冒険者を町から引き離した。町の中で厄介だった獣人共も長老の一人が殺され、その指示系統が回復していない。

エルフ種の女性としては高い身長に、胸元が開いた黒革の衣に刀剣傷が残る鍛えられた肉体を包み、長い銀の髪を靡かせながら金の瞳で整列する部下を睥睨したアイシェは、彼らに向けて愛用の黒い大剣を高く掲げた。

「魔将アイシェが命じるっ！　全軍、出陣っ!!」


そして――。

黒い鎧に身を包んだ軍団が砂漠を進むその様子を、砂丘から見下ろすフードの人物がいた。

砂漠の強い日差しの中、分厚い外套のフードで素肌をすべて覆い、それでもなお何かが焼けるような白煙をたなびかせたその人物はフードの中で狂気に嗤う。

最初から計画はあった。だが、停滞していたその計画を後押しして、中立派を己の身体を使ってでも懐柔し、陽の下に出られない身で現地にまで出向いて強引に事を進めた。

すべては友の仇を討つため。

すべては人族への恨みのため。

砂漠の日差しが外套で遮っても身体を焼く苦痛の中で、吸血氏族の長である少女は動き出した軍団を見つめて声をあげた。

「ついに動き出した……〝戦争〟だ！　人族に呪いあれ!!」

燃える町

「本隊が動き出した。これより行動を開始する」

「「「おおおおおおおっ！」」」

砂漠の町カトラスの各所で、フードで顔を隠した闇エルフの言葉にリーザン組のクルス人たちが雄叫びで応じる。

この町にいる〝闇《ダーク》エルフ〟は二種類に分けられる。

一つはこの町や砂漠で生まれた者たちで精神性は森エルフとさほど変わらない。

それ以外の者たちは魔族国を故郷とする者であり、たとえ国を離れていても魔族国の国民として『魔族《エビルレース》』であることを誇りに持つ者たちだ。

闇エルフは、過去にこのサース大陸に渡ってきた『聖教会』によって〝悪〟と断じられ、迫害されて豊かな土地から追放された過去を持つ。その歴史を忘れないために、闇エルフたちは自ら蔑称である『魔族』を名乗り、聖教会の教えを信奉する国家やその国民を敵として、何度も諍いを繰り返した。

魔族国民の大部分は、国の外に出たとしても魔族軍の兵士であり、たとえこの町に移り住み、人族の友人を得て酒を酌み交わして笑いあっていたとしても、魔族国の指令によって〝兵〟としてその手に刃を握るのだ。

リーザン組のクルス人たちはそれを理解できていなかった。

リーザン組の目的はこの町の利権を握ることにあり、魔族を傭兵として内部に引き入れ、他の派閥の力を削ぐことにあった。彼らは魔族といえども金銭で動かない人間などいないと信じており、魔族の本質を理解していなかった。

魔族軍の目的は、この町をカルファーン帝国侵攻への足がかりとなる軍事拠点とすることだ。リーザン組もそのことを知っていたが、政治のような高等教育を受けていない彼らは、ただ魔族が拠点にするだけだと思い込んだ。

その勘違いを利用して、魔族はリーザン組と見かけだけの協定を組み、町を封鎖するために彼らを利用した。そして魔族たちはリーザン組に魔族の装備や戦力を与え、彼らの目的のために必要なことだと、他の三派閥の拠点や町を襲うように煽り立てたのだ。


（愚かな連中だ……）

一人の闇エルフが、遠くに見える町から立ち上る煙を見て鼻で笑う。

町の襲撃にはこの町にいた闇エルフたちが指揮を執っていたが、リーザン組との折衝を兼ねて魔族の軍人が数名交ざっている。そのうちの一人ギーバはランク３の魔術師であり、町を囲む壁にある主街道の一つにリーザン組の者たちと共に陣取り、逃げ出そうとするキャラバン隊や住民たちを襲っていた。

だがそれも魔族軍の本隊が到着するまでのことだ。ギーバの役目は本隊が町へ入るための街道を確保することにあった。

リーザン組は魔族軍が町の敵対勢力を排除してくれると思い込んでいるようだが、実際は本隊が到着すれば他の派閥同様、武力を持つリーザン組も邪魔になる。

「おらっ、逃がすと思ってんのかぁ?」

「や、やめ――」

リーザン組の男たちが逃げだそうとしていたキャラバンを襲い、斬り殺された護衛である冒険者の血が飛び散り、乾いた大地に吸い込まれていく。

町を封鎖するのは、カルファーン帝国へ情報を流さないようにするためだ。

前線の拠点にするとしても、戦力が整う前にカルファーン帝国に知られたら反撃を受ける恐れがある。その商隊と冒険者もカルファーン帝国の者であり、魔族軍として彼らを逃がすことはできなかった。

リーザン組としても自らの懐が潤うのだから率先して略奪を行っていた。しかも、色街を取り仕切るリーザン組はそれだけに飽き足らず、見目の良い若い女性を物色しては攫いはじめていた。

過酷な砂漠で生きる住民たちも戦えないことはないが、完全武装したランク2や3の戦士たちに敵うはずもなく、町から逃げだそうとしていた住民たちは私財と家族を奪われ、逆らった者たちは容赦なく命も奪われた。

「こ、子どもの命だけは……っ」

「ん～？　どうしやす、旦那っ！」

若い母親が泣いている赤ん坊を抱きしめながら慈悲を請う。若い人間は労働奴隷としても使えるが、赤子は邪魔になると、リーザン組の男がギーバに伺い立てると、彼は母子を面倒くさげに見下ろして冷たい言葉を吐き捨てた。

「邪魔だ。働ける奴以外は殺せ」

「へへ、そういうこった。運がなかったな」

「そ、そんな……」

母親が絶望し、男が片刃の剣を振り上げる。

軍としてはあり得ないが、この場にいるのは場末の傭兵よりも質《たち》が悪いリーザン組の男たちだ。ギーバもいずれ死ぬ者たちにかける情けはなく、それ以外にはなんの興味も持っていなかった。

「さっさとそのガキを――」

母親から無理矢理赤ん坊を引き剥がそうとした、その時――。

「……おい、あれはなんだ？」

誰かが零したそんな声が聞こえた。

砂漠に照りつける日差しが大気を歪め、霞むような砂漠の中を疾走する一つの影。

どれほどの速度で走ればそうなるのか、纏った外套が化鳥の翼の如くはためき、見る間にこちらへと迫るその現実離れした光景に一瞬己の目さえ疑った。

唖然としていた男たちが額に流れる汗の感触に正気に戻る。だが、すでに間近まで迫っていたその影は、男の一人が槍を構える前にその首を黒い刃で斬り裂いていた。

「……は？」

そんな声を出せた者さえほとんどいなかった。

突然首を斬られた仲間から大量の血が噴き出すその光景を、大部分の者たちは何が起きたか瞬時に理解もできず、かろうじて〝自分が理解できなかった〟ことを理解できた者だけが声を漏らし、それが〝敵〟だと理解できたときには外周にいた五人の男たちが、槍使いの後を追って血を撒き散らしながら崩れ落ちていた。

「敵襲だぁああ!!」

いち早く我に返ったギーバが、若干裏返った声を張り上げた。

慌てて武器を構えるリーザン組の男たち。ギーバも得意とする火魔術の詠唱を始め、それが発動する前にその敵は恐ろしいほどの速さで男たちの中に切り込んだ。

『――!?』

一閃――あまりの速さに空間さえ歪んだような錯覚を覚える。

戦いには不向きと思える、大きくはためく外套がその姿をくらませ、その〝敵〟が本当に人間なのかと本能的な恐怖を呼び起こす。

「ぐがっ!?」

怯えれば足が止まり、動きが鈍る。そこに振るわれるのは黒い刃。漆黒の剣閃が舞うごとに、武器を構えようとしていた男たちが目や眉間を貫かれ、咽を斬り裂かれて命を散らした。

「やぁあああああああっ!!」

「死ねぇ!!【火炎槍《ファイアジャベリン》】――っ!」

そこまできてようやく我に返った男たちが斧を振るい、槍を突き出し、その男たちさえ巻き込むように炎の槍が放たれ、その〝敵〟が人外だったとしてもその命は確実にないと思われた。

「――っ!」

だが、その〝敵〟は、一瞬の判断で槍を踏み越えるように宙に舞い、光の盾が炎の槍を弾き飛ばす。それだけでなく〝敵〟の周囲に風切り音が鳴ると、周囲にいた男たちが頭蓋を砕かれ、咽を貫かれ、頸動脈を引き裂かれて瞬く間に血の海へ沈んでいった。

「がっ……」

あまりの現実離れした光景に、一瞬動きを止めたギーバの眉間に投擲ナイフが突き刺さり、闇に包まれていく視界の中で一瞬だけ見えた〝桃色がかった金髪〟の輝きが、ギーバの命が消えるまでその視界に焼き付いた。

わずか数十秒――現れてからそれだけの時間で闇エルフとリーザン組を殲滅したその少女は、ギーバの眉間からナイフを回収し、あまりの光景に言葉もなく唖然とする人々に向けて表情も変えずに振り返る。

「魔族の軍が来る。逃げるか戻るか……どう〝生きる〟かは、お前たちが決めろ」

＊＊＊

町は異様な雰囲気に包まれていた。あの時、町で見かけた魔族とリーザン組の本隊がついに動き出したのだ。

この砂漠で生きてきた住民たちも弱くはない。でも、魔族たちは住民たちを纏める各派閥の拠点を襲い、さらに混乱を助長するために町中に火を放っていた。

石造りの建物では火をつけても崩れはしないが、町には扉や日除け代わりに大量の布類や草の繊維が使われている。それらが燃えたことで人々は火に恐怖し、その混乱に乗じて各派閥に関わる者たちが襲われていた。

「…………」

この混乱に私ができることは少ない。戦争は個人で止められるものでも、止めるものでもないからだ。

それでも……。

「邪魔だ」

「がっ⁉」

通りを走りながら軽く踵を打ち鳴らし、飛び出した踵の刃で、住民たちを襲っていたリーザン組らしき男の顔面を蹴り飛ばす。

「き、貴様は――」

近くにいて振り返った闇エルフの頭蓋を、分銅型のペンデュラムで叩き潰した。

私がお前たちを見逃す理由がどこにある？


人々が走り回る道を避けてまだ燃えていない露店の上を駆け抜け、その途中に見かけたリーザン組の男たちを汎用型と斬撃型のペンデュラムで攻撃する。

それに気付いた男の一人が露店の上にいる私に槍を向けてくるが、私はその切っ先を外套の裾で絡め取り、奪った槍を心臓に突き刺した。

私は槍術スキルを持っていないが、体術や他の近接戦闘スキルがあればまったく使えないわけじゃない。でも、ここから先は武器の補充ができるか分からないので、できるだけ敵から奪った武器でとどめを刺した。

露店の屋根から屋根へと飛び移り、奪った短剣や槍を投げつける。途中で拾った弓矢を使い、通りの向こうで魔術を唱えていた闇エルフの頭部を矢で撃ち抜いた。

私も何度か攻撃を受けたが、まだ【回復《ヒール》】や【治癒《キュア》】を使うような怪我もなく、目的地の一つへと辿り着いた。

路地の奥にある小さな店。この状況なら閉じこもっているか逃げている可能性も高かったが、扉代わりの布を広げて中に入ると、そこでは真っ白な髭を生やした店主らしきクルス人の老人が煙管のような物から、ゆらりと煙をふかしていた。

「……こんな時に買い物かね？　それとも物取りかね？　お嬢ちゃん」

「あなたも、こんな時に店を開いているんだね。カミールという闇エルフが火属性の魔石を頼んでいたと聞いている。ここに来てはいない？」

私の外套もここまでの戦闘で返り血と煤で汚れているので、物取りと思われても仕方ない。それでも私がカミールの名を出すと、老人は煙管を揺らしながら片眉を軽く上げる。

「……嬢ちゃん、あの坊主の連れか？　悪いがここ数日は見てないよ。……それと、嬢ちゃんも女なら早く逃げたほうがいい」

「そういうあなたは逃げないの？」

「闇エルフの連中とリーザン組が何かやらかしているのだろう？　儂みたいな爺だと、今更、外に逃げてまで生きようとは思わんよ」

「そう……」

すでに覚悟を決めている人間に逃げろとは言えない。

こんな世界だ。生きる自由がないのなら、せめて死ぬ自由だけは奪ってはいけない。

彼の尊厳だけは誰にも冒せない。最後に頭を下げてから出て行こうとした私を、老人は何故か呼び止めた。

「待ちな、嬢ちゃん。これを持っていきな」

「これって……」

老人が渡してきた物は油紙に包まれた大粒の魔石だった。

「あの坊主が頼んでいった物だ。必要なんだろ？　どうせ店に置いておいても、連中に奪われるだけだ。金も受け取ってあるから心配するな」

そこまで話した老人が言葉を止めて、不意にフードの下にある私の瞳を真っ直ぐに見つめた。

「……嬢ちゃん。お前さんはこの町の者じゃないだろ。嬢ちゃんはこの町が危ない連中に襲われているといると知って、何かをしたいと思っているのかもしれないが、お前さんはそんなことは考えなくていい」

老人は煙管の煙を揺らして遠くを見るように目を凝らす。

「この町は儂らの町じゃ。この町で生まれて、この町で死んでいく儂らは、すでに覚悟はできている。嬢ちゃんは、儂らのことは気にせず好きなようにするといい。この町を憂うことよりも大事なことはないのかい？」

「…………」

老人は私の何を見てそんな言葉をかけてくれたのか……。

私にとって大事なことはなんだろう？　今はよく分からないけど、でも、私は彼の心遣いに感謝して、もう一度深く頭を下げてから店の外に出た。


カミールはここにいなかった。もう一カ所心当たりを巡って、そこにもいないようなら私ではもう彼を捜せない。

あくまでカミールを捜すか、ある程度の見切りをつけてエレーナたちの所へ戻るか。

できればカミールを含めた皆で生き残りたいと願ってしまうのは、私も彼らに仲間意識を持ってしまったからだろうか。

大事なもの。冒険者としての優先順位ではなく、〝私〟としての本当の〝望み〟とはなんだろうか……。

再び町を走り出し、すれ違う者たちに魔族軍が来ることを伝え、私は最後の目的地に向かう。

おそらく今は危険な場所になっているだろう。火の手があがる町を抜けてそこに向かうと、その場所、冒険者ギルドはリーザン組の襲撃を受けて燃えていた。

主戦力を欠いたギルドでは持たなかったか。私はギルドを取り囲む闇エルフとクルス人たちを目にして、一瞬で戦闘態勢に切り替える。

「――【幻覚《イリュージョン》】――」

その瞬間、冒険者ギルドで燃えていた炎が一気に膨れあがり、襲撃者たちを包み込む。

「「「――!?」」」

熱さえ錯覚する幻術に襲撃者のリーザン組の男たちは混乱したように逃げ惑い、それと同時に飛び込んだ私が隙だらけになった男たちを殺していくと、突然幻術ではない本物の炎が生き残っていたクルス人たちごと私を巻き込んだ。

とっさに跳び避け、外套を犠牲にして炎を回避すると、消えてしまった私の幻術の向こうから、一人の闇エルフが姿を現した。

「……メルセニア人の女。君も冒険者か？」

見た目は二十代ほどの闇エルフの青年。だが、その纏っている黒い鎧も気配も、ここまでで見た闇エルフとは格が違っていた。

「……魔族軍の兵か」

「ほぉ……貴様は他の冒険者とは違うようだ。手練れの者は皆外に誘い出されて、手応えがなくて拍子抜けしていたが……これは良い戦いができそうだ」

青年は無手のまま歩み出ると、不敵な笑みを浮かべながらその両腕に強い魔力を漲らせる。

▼魔族兵の青年　種族：闇エルフ♂・ランク4
【魔力値：261／315】【体力値：215／215】
【総合戦闘力：1108（魔術攻撃力：1330）】

ランク4の魔術師……しかもこの気配はカルラやサマンサと同じ、接近戦でも魔術を使える、体術を会得した〝魔法使い〟だ。

おそらくは魔族軍から派遣された、この町にいる闇エルフの監視役か。

よほど自分に自信があるのか、味方であるリーザン組を焼き殺し、戦いに楽しみを見出し、私の戦闘力を視て退く様子も見せなかった。

「…………」

「来ないのかね？　戦いは戦闘力がすべてではないことを君に教えてやろう。私の名はグロール。君のその力を見せてもらおうかっ！」

ゴォオオオオオオオッ！

魔族兵の青年グロールが発動ワードさえ使わない完全な無詠唱で【竜砲《ファイアブレス》】を放ち、周囲を紅に染める。それでは威力は上がらないが、ランク４の魔術ならそれでも致命傷を与える自信があるのだろう。

「――【魔盾《シールド》】――」

魔素の色と魔力量で察しをつけていた私は、【魔盾《シールド》】を使って逸らしながら体術を使って回避した。

「人族がその〝盾〟を使えるとはっ！」

魔術を回避されたにも拘わらずグロールは歓喜にも似た声をあげる。

私は回避しながら途中で拾った黒焦げの短剣を青年に投げつける。だが青年はわざわざそれを鉄の手甲で弾くと、距離を詰めて蹴りを放って私の蹴りとぶつけ合う。

「やるねっ！　ならこれはどうだ！」

その瞬間、彼の周囲に十本近い【火矢《ファイアアロー》】がまた無詠唱で出現し、現れると同時に撃ち放たれた。

今度は私も盾を使わず、体術と障害物のみを使って回避する。多少は掠めたが、この程度なら大きなダメージはない。

「仲間を呼ばないの？　お前は魔族軍の命令で来ているのでしょ？」

「我ら魔族は強い者を尊ぶ。同族でも雑兵など邪魔なだけだ。この場で君と戦う以上の優先することがあると思うか？」

「……そうか」

大事なものが無いとは、こういうことか。

人は誰でも望みを抱えて生きている。その価値を他人が測ることはできないが、それでも最低限、守らなくてはいけないものがある。

願望と欲望は似ているけれど、根本的に違うのだ。グロールは所属する魔族と魔族軍の望みを叶えるよりも、ただ強い敵と戦いたいという自分の望みを優先した。

でも、その望みに何の意味がある？

その望みの先に何がある？

私はエレーナを護り、彼女を傷つけるすべてのものを退けてきた。そのために強さを求めて、避けられた戦いに身を投じたこともある。

私は怖かった。自分が弱いことで、エレーナが傷つくことが。

けどそれは、彼女の身を守ることはできても、彼女の心を守れてはいなかった。

心を守っているつもりでいて、私は彼女の望みを守ってはいなかった。

魔族としての誇りを口にして戦いを求めていながら、魔族の一人としての誇りを持っていないグロールを見て、私もあの老人が言っていたことが少しだけ理解できた気がした。

大事なものなんて……最初から決まっている。

「さあ、君の力を見せてくれ！　回避は得意なようだが、これは躱せるかなっ！」

グロールがニヤリと笑って魔石から大魔力を放出する。

「──【火炎飛弾《フレアブリッド》】──」

グロールが初めて発動ワードを使い、その瞬間、私の周囲を取り囲むように百個近い小さな火の弾が埋め尽くした。

「これなら君の幻術でも躱せまいっ！　名残惜しいが、これで終わりだ！」

青年が腕を掲げて気取った仕草で振り下ろす。

お前はもう……口を閉じていろ。

「――【影渡り《シャドウウォーカー》】――」

一斉に撃ち出された火の弾が大地を焦がし、勝利を確信して隙だらけになったグロールの心臓を私は背中から刺し貫いていた。

「がはっ……な…ぜ…」

油断、過信……私が知っている彼女たちはそんな真似はしなかった。

信じられないものを見るような目で私を見た青年が崩れ落ち、私は予備の外套を羽織りながら冷たくそれを見下ろし、彼に最後の言葉をかける。

「ありがとう。おかげで大事なものを思い出せた」

エレーナは絶対に死なせない。

＊＊＊

冒険者ギルドでは、数人だがドワーフたちが生き残っていた。

ギルドがむざむざ襲撃を許した理由は、ランクの低い冒険者しか残っていなかったせいかと思っていたが、残っていたのはギルドの職員たちで低ランク冒険者のほとんどはすでに逃げ出していたらしい。

職員が逃げなかったのは同族意識的なものもあるが、ジェーシャとジルガンが上手く纏めていたのだろう。彼らは冒険者ギルドという組織が無くなったとしても、この町を護る『ホグロス商会』として残ると言っていた。

こんな秩序のない町でも、一部の人間は誇りを持って生きている。彼らには彼らの戦う理由があり、私も自分の目的を叶えるために冒険者ギルドを後にした。

「燃えている……」

町の数カ所から火の手があがり、遠くから幾つも立ちのぼる煙を見て相当な数の闇エルフたちが紛れていると分かった。おそらく、リーザン組を含めれば数百では済まないはずだ。

逃げ惑う商人や住民たち。だが、住民たちの一部もそんな襲撃者に対して、鉈や鎚のような武器を持って反撃を行っている者たちがいた。

「ぎゃっ⁉」

住民たちと戦っていたリーザン組の一人が、私のペンデュラムに腕を斬られて武器を落とす。

私がこの町に出来ることはない。身に降りかかる火の粉を払うしかできないけど、それでも、町を走り抜けながら見かけたリーザン組や闇エルフの手や顔をペンデュラムで傷つけると、周囲の住民たちが複数で襲いかかり、襲撃者を討ち倒していった。

その姿に私は砂漠の民の強さを見たような気がした。

彼らの町の行く末は彼らが決めるのだろう。

私は……私たちはこの砂漠を脱出する。

この状況でエレーナの命と彼女の願いを同時に掬い上げるにはそれしかない。

でもその前に、やれることだけはやっておく。


カトラスの町は一般的な街と同様に壁で囲まれているが、その一部は崩落して、チャコたちのような孤児や貧民たちが住む、魔物が現れる危険な地域へと繋がっていた。

私は崩れかけた壁を乗り越え、この近くにある見張り塔の一つへ向かう。

この町を囲むように建てられた見張り塔は一つじゃない。私たちが根城にしているような崩れかけた物もあるが、半分ほどの塔は現役であり、遺跡のほうで何か起きた時には町に警報を出すと聞いていた。

そのまだ残っている見張り塔から何もないのは、まだ魔物の暴走《スタンピード》が見える位置まで来ていないのか、ジェーシャたちが上手く抑えているからか……それとも。

「貴様っ、それ以上近づくと――」

「邪魔だ」

弓を放とうとした闇エルフの眉間に、駆けながら私が放った投擲ナイフが突き刺さる。

黒い鎧の闇エルフ……やはり、魔族軍に占拠されていたか。私は絶命した闇エルフからナイフを回収し、物音を聞きつけて塔から飛び出してきたリーザン組の一人を斬撃型のペンデュラムで目元を切りつけながら、間合いを詰めて後続の男諸共その心臓に刃を突き立てた。

「て、敵襲っ!!」

断末魔の叫びが塔に響き、私が塔の中に躍り込むと同時に上階からリーザン組のクルス人たちが下りてくる。

近接戦で同程度の実力があるなら、重さを利用できる高い位置にいるほうが有利になる。だがそれも〝魔法〟があれば話は変わる。

「――【幻痛《ペイン》】――」

「ぎぁっ!?」

最後に下りてきた男――重い武器を持ち、重い鎧を着ているからこそ最後になった男が、幻痛《ペイン》に混乱して仲間を巻き込むように階段を転げ落ちた。

転げ落ちる大男に何人かの男たちが潰される。私は螺旋状になった階段の壁を駆け上がり、そのまま大男の首を足場にするように蹴り砕く。

まだ息のあった敵にとどめを刺し、私は全速力で階段を駆け上がる。

「――【石弾《ストンショット》】――っ!」

「――【闇の霧《ダークミスト》】――」

最上階に駆け上がった瞬間、待ち構えていた闇エルフと私の魔法が同時に発動する。

魔術は意識で目標を定められるが必中ではない。一瞬の目視で放った【石弾《ストンショット》】は闇の中を突き抜け、駆け上がった勢いのまま天井まで跳び上がった私は、天井を蹴って驚愕に目を見開いた男の顔面を刃付きの踵で蹴り抜いた。

ランク3でも【水球《ウォータボール》】のような範囲系を使われたら危なかったが、威力の低い魔術よりも必殺に拘った心の弱さが、勝敗を決める結果となった。


塔を占拠していた敵を掃討して遺跡のほうへ強化した目を向けると、遠くから景色を霞ませる砂煙と、その中に蠢く黒い装備の一団が見えた。

「…………」

ジェーシャたちは駄目だったか……。魔族軍がここまで迫っているというのは、そういうことだ。敗走して生き延びている可能性もあるが、ジェーシャやジルガンの性格からして死ぬまで戦うか、生きていたとしても無事で済んではいないだろう。

それでも魔物の暴走《スタンピード》の数があまり見えないのは、冒険者たちの成果だろうか。だが、ホグロス商会の冒険者が敗北した時点でこの町の命運はほぼ決した。

目視で見て魔族軍の数は二千ほどか。大国の軍に比べれば大したことはない数だが、魔族軍の真価は数ではなく〝質〟にある。

人族国家の兵士はランクにして1から2、熟練した兵士や騎士でランク3程度だが、これが大規模な戦闘になると、碌な戦闘スキルすら無い徴兵された民兵などが大部分を占めるようになる。

だが、魔族軍に弱兵はいない。彼らの大部分はランク2以上の戦士や魔術師であり、その高い闘争心によって退くことすらなく、人族から悪鬼のように恐れられていた。

「まずいな……」

その進行方向を見て私の頬に一筋の汗が流れる。このままだと……魔族軍は私たちが拠点にしている塔の近くを通ることになるはずだ。

私は辺りを見渡し、奥にあった籠の中に目的の物を見つける。

私が探していたのは町への連絡手段だ。いちいち人をやっては効率が悪い。だからこそ何かあるはずだと探してみると、乾燥した多肉植物の繊維が大量にあり、数本の陶器瓶も発見した。

私は迷いもなく繊維の束を暖炉のような場所に投げ入れ、生活魔法で火をつける。そこに瓶の中身をぶちまけると、予想通り赤黒い煙が立ちのぼりはじめた。

おそらくこれは烽火《のろし》のようなものだ。ここに来た目的は、もしかしたら町にいないかもしれないカミールにも、この状況を伝えられるかと考えたからだ。拠点にいるロンも気付いてくれたら町の状況が分かるはず。

それに、町の住民も外から襲撃があると気付けば避難を――。

「――っ！」

突然感じた悪寒に塔の外に目を向けると、進行する魔族軍……その舞い上がる砂煙の後ろから大気を震わせるような地鳴りが響き、その砂煙を消し飛ばすように、巨大な火の球がこの見張り塔へと撃ち出された。

その瞬間、私は五階建てほどの高さがある見張り塔の窓から宙に身を躍らせる。

直後に私がいた見張り塔の最上階が飛来した火の球に焼かれ、轟音と共に砕かれた破片を避けるように外壁を蹴った私は、外套を広げて減速に使いながら砂漠の砂に着地する。そのまま勢いと衝撃を殺すために何度も砂地を転がり、かなり離れてからようやく顔を上げた。

「…………」

岩を積み上げただけの塔は衝撃に耐えきれずに上半分が崩れようとしていた。

私も階段で下りることを選択していたら死んでいた。偶然だが爆風で飛ばされたことで上手く減速ができて、柔らかな砂地に落ちなければ大怪我をしていたところだった。

今の攻撃……おそらくは地竜《ドラゴン》のブレスだ。

その竜の炎が魔族軍の背後から放たれた……？　彼らが竜に追われていたようには見えない。だとするのなら、その竜は魔族軍に操られているということか……。

「――【高回復《ハイヒール》】――」

私は口に入った砂混じりの唾を吐き捨て、落下で受けたダメージを【高回復《ハイヒール》】で回復する。

▼アリア（アーリシア）　種族：人族♀・ランク4
【魔力値：178／330】【体力値：195／260】
【総合戦闘力：1497（身体強化中：1853）】

残りの魔力は六割というところか……。これから自然回復を当てにしても七割程度までしか回復はしないはずだ。

これ以上の魔力回復ポーションは効き目が薄くなるだけでなく、いざというとき邪魔になる。私は腰のポーチから取り出した栄養補給用の丸薬を噛み砕き、矢傷と返り血でボロボロになった外套を羽織り直して再び砂漠を走り出した。

魔族軍にこれほどの遠距離攻撃があるのなら空に逃げるのも危険になる。それを無力化できればいいのだけど、優先順位は間違えない。

脱出するのならすぐにでも始めないと間に合わない。

もしそのために必要なら……もう、するべきことは決めている。

＊＊＊

もう高台に上がらなくても、魔族軍の砂煙が遠くに見えはじめていた。

走り出して四半刻ほど砂漠を駆け抜けた私は、ようやく拠点にしている見張り塔にまで戻ってこられた。

「アリアっ！」

私を待っていてくれたのか、塔に入ると同時にエレーナが駆け寄ってきた。

抱きつくほどの勢いで飛び込んできたエレーナが、自分の立場を思い出したように躊躇して足を止める。

「ただいま」

「おかえり……なさい」

私が声に出してそう言うとエレーナは声を詰まらせるようにして、私の顔を見つめた。

どれだけ心が近づこうとも、私とエレーナの間には立場の壁がある。並行して道を走っていようとも、私たちの道はけして交わらない。

こんな過酷な状況だとしても……いや、だからこそ、彼女は自分を律するように王女としての使命を優先し、私もそんな彼女だからこそ、命を懸けて刃を振るってきた。

「「………」」

心の底にある言葉を口にすることができず、私たちは互いの顔を瞳に映す。

少し……痩せたね。

艶やかで潤いのあった金の髪も白い肌も、砂と埃に汚れている。

肉体的にも精神的にも疲労が抜けきれず、熟睡することすらできない環境に、目の下にはうっすらとだが隠しきれない隈が浮かんでいた。

王宮育ちだから当然だ。彼女の戦場はここではない。それでもエレーナはこの二ヶ月の間、このスラム同然の環境でも弱音一つ吐かず気丈に振る舞ってきた。

私はエレーナの頬を右手で包むようにして、親指で隈の浮いた目の下から砂を拭う。

私の思いがけない行動にエレーナの瞳が潤み、彼女の左手が私の手に重ねられた。

『――――――!!』

「「っ！」」

遠くから聞こえてきた咆吼のような地響きに私たちは同時に顔を上げる。

「ロンやチャコたちは？」

「上よ。すでに子どもたちも熱気球の籠に居ます。……カミールは？」

「見つからなかった。他の塔から烽火を上げたので、それを見てくれたらいいのだけど」

「私たちも気付きました。ロンはあれを見て出発の準備をしているわ。火属性の魔石はやはりギリギリのようですが」

「それなら幾つか確保してきた。状況は……」

「ええ、分かっています。長距離の射線……おそらくは竜のブレスでしょう。あんなモノが本当にいるなんて……」

「……急ごう」

「ええ」

もうエレーナの瞳に先ほどの弱さはない。それでも無理をしているはずの彼女を私は護りたいとあらためて思う。

「アリアっ」

「アリアさんっ」

塔の上階に上ると私の姿を見たロンとチャコが声をあげた。私は【影収納《ストレージ》】から出した魔石をロンへ放り、顔色の悪いチャコの肩を叩く。

「子どもたちは？」

「は、はいっ、もう籠に入っていますけど……」

熱気球の籠は大人なら五、六人が装備や食料込みで乗り込める広さがある。すでにこの一月で集めた食料が積み込んであり、水もエレーナがいれば問題はない。

その籠の中で年長のノイがラナとナルを抱きしめるようにして怯えていた。たぶん、離れていても竜の咆吼が届いていたのだろう。竜の咆吼は弱い者を怯えさせる。チャコも怯えていたようだが、彼女は私が叩いた肩に触れるようにして安堵したように頬に血の気が戻っていた。

「アリア。カミールは？」

「見つかっていない。烽火を見れば戻ってくる？」

「分からない。でも……たぶん、あいつは〝魔族〟には殺されないと思う」

「そうか……」


『────────!!』


再び地響きが響き、チャコや子どもたちが悲鳴をあげる。

もう相当近くにまで迫っているはずだ。この近くを通るのなら魔族軍がこの塔を見逃すとは考えにくい。近くにまで来れば人の手が入っていることにも気付くはず。

そうなれば最初の懸念どおり、ここで逃げても私たちは砂漠から脱出する手段を失うことになる。

「急いでここを離れる！　熱気球に熱を入れるから、レナとアリアは手伝ってくれっ」

「はいっ」

「了解」

熱入れはすでに先んじてロンが行っていたが、ロンは私から受け取った魔石でさらに熱を入れ、作業を早めようと試みた。私とエレーナは膨らみ始めていた熱気球のロープを引いて、膨らみやすいように広げていった。

「熱気球の強度は？」

その途中で気になることを訊ねると、ロンが作業をしたまま首を振る。

「まだ完全に糊が乾いていない箇所がある。でも数日なら問題はないはずだ。レナはそろそろ乗ってくれっ。アリアは様子を見て固定したロープを切ってくれっ」

「分かった」

エレーナが心配そうに振り返りながらも熱気球に乗り込み、私は浮き始めた気球が内壁に触れないようにロープを切っていく。

「飛び立つぞっ。乗れ、アリア！」

最後のロープを切った私が飛びついて籠の縁に掴まる。

徐々に天井が崩れて屋上になっていた最上階から離れ、ジリジリと焦りを感じるような速度で上がる時間の中、それでも全員がこの町から離れることへの不安と希望に目を輝かせていた。

だが――

崩れかけた外壁を抜けた瞬間、縁に手をかけたまま目を凝らしていた私の視界に、視認できる場所まで迫っていた魔族軍の中から、地竜《ドラゴン》が顎を開いて炎を溜めていることに気付いた。

「全員、掴まれっ!!」

――轟――――ッ!!

「きゃああっ⁉」

竜が撃ち出した火の球が最上階の外壁に当たり、砕けた外壁の破片が熱気球に当たってチャコや子どもたちが悲鳴をあげる。

「気付かれたっ！　ロン、熱気球はっ⁉」

「分からないっ。でも、上昇速度が遅いっ！」

気球部分は空の魔物に対抗するため、魔物の革で出来ている。でも、今の衝撃か礫が当たったせいか、どこからか空気が漏れているのかもしれない。

「………」

私は籠の縁に掴まったまま竜に目を向ける。

やはり見逃してはくれなかったか……。けれど今の攻撃で気付いたこともある。

竜のブレスは体内に炎を噴く器官があるわけではなく、『竜魔法』の一つだと聞いたことがある。

竜があの巨体で空を飛ぶのも、ブレスを放つのも、人間が使う精霊言語と同様に竜の咆吼で魔法を行使しているのだ。

　でも、今のブレスを見た私の〝目〟には、それが単音節の無属性魔法である【戦技】と同じように感じた。

　それならば、人間が戦技を使ったときと同じように間があるはずだ。戦技は連続して使えない。その熱が冷めるまでどのくらいある？　数十か、それとも数百を数える間か。

　それならば……私のやることは決まっている。

「アリアっ、待ちなさいっ！」

　何かを察したのか、エレーナが悲鳴のように声をあげて、縁を掴んでいた私の手を強く掴む。

「何を考えているのっ⁉」

　彼女の叫びと問いかけは、その答えがもう分かっているように悲痛に満ちていた。

「離して……」

「駄目……駄目よっ！　どうしてあなたがっ」

　振りほどこうとする私の手を、エレーナの手が白くなるほどの強さで握る。

「このままだとみんなが死ぬ」

「だから、どうして⁉　あなた一人がそんなことを……」

「わかって」

「わかりませんっ！　どうしてアリアがっ！」

　エレーナだって本当は分かっている。

敵に気付かれた以上、この場に残っても生き残れる可能性は限りなく低い。

飛び立てたとしても、竜のブレスから生き残れるかどうかは運に頼るしかない。

生き残れるとしたら、誰かが残って気を引いて足止めをするしかなかった。竜が再びブレスを噴く前にそれを出来るとしたら、一番戦闘力の高い私しかいない。

「それなら私も残りますっ！　あなたは私の……」

何かを言いかけたその言葉をエレーナが呑み込む。

それは言ってはいけないこと。王女として言ってはいけないこと。

幼かったあの日……互いの道は違っても、自分が歩むと決めた茨の道をけして降りないと誓いあった、二人で決めた〝約束〟だから。

「エレーナ」

「――っ」

偽名ではなく本当の名で呼んだ私にエレーナが涙に濡れた顔を上げる。

「私はエレーナに生きていてほしい」

「わ、私だって――」

「エレーナが死んだら嫌《ヤ》だ。エレーナには夢を叶えてほしい。エレーナが信じるものを全部叶えてあげたいんだ」

「どう……して……そんなこと……」

突然口調を変えて独白しはじめた私にエレーナの目が見開かれ、私の手を掴んだままの彼女の手に、私はもう片方の手を乗せる。

「だって……エレーナは私の一番の〝友達〟だから」

大きく見開かれたままの碧い瞳に、私が幼い頃に浮かべていた、忘れたはずの無邪気な笑顔が映っていた。

「――――っ」

一瞬力が抜けたエレーナの手から手を解き、私は熱気球の籠からふわりと身を離した。

それを追ってエレーナが身を乗り出し、離れていく私の手を掴もうとその白い手が空を掴む。

「――アリア……アリアぁあああああああああああっ!!」

サヨナラは言わない。

私は最後に離れていくエレーナに目を細めて微笑み、仰け反るようにして魔族と竜に鋭い視線を向ける。

「――【鉄の薔薇《アイアンローズ》】――」

桃色がかった金の髪が、燃えあがるように灼けた鉄のような灰鉄色に変わる。

飛び散り銀の翼のように広がる光の残滓を箒星のように引きながら外壁を蹴り、壁を駆け下りるようにして飛びながら、乾いた大地に片手をついて舞い下り、こちらに迫る魔族軍を睨め付けた。

「私の戦いを見せてやる」

砂漠の戦鬼

「……外したか」

騎獣である巨大な鎧竜の上からアイシェが冷たい声音で吐き捨てる。

鎧竜は『竜』の名を持っていても本物の竜ではない。翼はあれど前脚のない飛竜《ワイバーン》と同じく鎧竜も〝亜竜種〟であり、翼もないただの大きなトカゲで、どれだけ成長してもランク4を超えることはなかった。

だが、本物の竜種は根本から違う。たとえそれが下位の地竜であってもブレスの一撃で冒険者の一団を薙ぎ払い、数キロ先にある人族が造った尖塔さえへし折れるのだ。

先ほどアイシェは崩れかけた尖塔の上から飛び立とうとする〝異物〟を見つけて、竜に攻撃をさせた。だが、狙いが甘かったのか、距離が離れすぎていたせいか、塔の上部をさらに削るだけに留まり、異物はさらに空に昇ろうとしていた。

「あれは確か……『熱気球』というものだったか？」

全体が見えるようになってその異物の正体にアイシェが思い至る。実際に見るのは初めてだが、何十年も昔に〝姉〟から教わったことを思い出した。

アイシェが攻撃を命じたのは直感だ。だが、その勘は外れてはいなかった。

あれほどの物があの場末の町にあったとは思えない。それがカルファーン帝国と関わりがあるのか定かではないが、どちらにしてもあれを逃せば、魔族軍の侵攻が人族国家に知られる可能性が高くなる。

「もう一度、地竜に攻撃をさせろっ！　あれを逃すなっ」

アイシェが再び熱気球に向けて攻撃を命じると、傍らに居た闇エルフの一人が砂漠の暑さとは関係なく汗を垂らしながら勢いよく頭を下げた。

「も、申し訳ありません、閣下、連続しての〝命令〟は……」

「ちっ」

魔物の調教《テイム》にスキルは無い。たかが一つの技能で永続的に洗脳することは不可能だからだ。

調教師《テイマー》は錬金術師や鍛冶師と同じ技術職であり、魔族国では一部の氏族のみその技を継承している。魔族の氏族長たちの命令によって地竜の調教が行われたが、竜の調教は困難を極め、一族総出の数年がかりの調教でも少なくない犠牲が出ていた。

特殊な薬物と闇魔術による暗示で魔族軍を攻撃することはなくなったが、連続して命令を与えると暗示が解ける可能性があった。

「急げ」

「……はっ」

それでも、眉間に皺を寄せたアイシェが命じると、調教師《テイマー》氏族の長である男は黒い肌を青くして怯えるように地竜がいる後方へと駆け出した。

アイシェはまだ若くエルフ種としては若輩と言っていい年齢だが、魔族軍からはその苛烈さで恐れられていた。その根本には、五十余年前の人族との戦争で唯一の家族を失った経験があり、人族国家に対する憎しみは五十年以上経った今でもくすぶり続けている。

それを邪魔するのならば、アイシェは女子どもでも殺すだろう。

そんな憎しみを込めて熱気球を睨みつけたアイシェの瞳に、そこから零れ落ちる、銀の翼のようにはためく光が飛び込んできた。

＊＊＊

「……なんだ？」

進軍する二千もの魔族兵。その中で最先鋒を命じられた百人隊長の魔騎士ハサンは、竜の攻撃を受けたと思われる尖塔から銀色の光が舞い下りるのを目撃する。

まるで光の粒子を翼のように翻すその姿は、遠目であるが故にお伽噺に聞く〝天使〟のように見えてハサンが思わず目を細めた。

「馬鹿なことだ……」

ハサンはその思い付きに思わず自嘲する。

ハサンたち闇エルフは、他大陸より来襲した聖教会の教えにより〝悪〟と断じられ、悪鬼のように恐れられた。元より確執があった森エルフとの諍いも利用され、豊かな大地から追い出された闇エルフたちは、復讐を誓って自ら『魔族』を名乗った。

そんな自分たちが『天使』を連想し、あまつさえ目を奪われるなど笑うしかない。

だが、あの飛行物体から落ちた物はなんだろうか？　まだ距離があるので分からないが、竜の攻撃で何かが壊れて、玻璃《ガラス》の破片でも落ちたのかもしれない。

だが、あの場所に何かあるのは確かであり、魔族軍に危険をもたらすものなら排除するのも先鋒を命じられたハサンの役目だった。

「これより、我が隊は竜が攻撃した尖塔へ向かうっ！　未知のものが潜んでいる可能性がある！

だが、勇猛なる我が氏族の者ならば、何が待ち構えようとも蹴散らせると信じているっ！」

『おおおおおおおおおおっ!!』

ハサンが部下たちに声をかけると、百人の魔族兵たちが武器を掲げるようにして応じ、獲物を求めるように塔へと向かう。

ハサンの百人隊はハサンの父が纏める氏族の者たちだ。その実力は一般兵でもランク2であり、それらを纏める十人隊長ならランク3の者もいる。人族の兵など比べるまでもなく、たとえ相手の数が倍もいようとこの部下たちなら容易く討ち破るであろうとハサンは口元を緩ませた。

だが……その予想は覆される。

「若っ！　〝何か〟が向かってくる！」

「何か、だと……報告ははっきりと――」

先行した若い兵から声があがり、思わず顔を向けたハサンの瞳に〝何か〟が映る。

尖塔の方角から真っ直ぐに向かってくる、恐ろしいほどの速さで砂漠を駆ける襤褸《ぼろ》を纏った一つの影。

陽が傾き、茜色に染まり始めた空と砂の中で襤褸から伸びる影が化鳥のようにはためき、それはまるで砂漠に現れる悪鬼のようで、思わず息を呑む。

「矢を射ろっ！　近づかせるな！」

ハサンの隣にいた副隊長である叔父が指示を飛ばすと、苦笑を浮かべながらまだ若い甥に視線を向けた。

「ハサンよ、気を抜くな。おぬしは次の族長なのだからな」

「すまん、叔父御……」

訓練された弓兵たちが即座に矢を放ち、数十もの矢が疾走する影を襲う。この信頼する部下や仲間たちがいれば、たとえ本物の悪鬼だとしても恐れることはない。……はずだった。

「なっ⁉」

放たれた矢が当たらない。山なりに放たれた矢が、さらに速度を増した影の背後に置き去りにされた。

その結果に慌てて次の矢を構える弓兵たち。だが、新たな矢をつがえるまでどれほどかかる？

大軍に向けて矢を撃つのとは話が違う。離れている単独の敵に対して狙いを定めるにはどれほどかかるのか。

常人の数倍もの速度で迫り来る敵の姿に、先頭の兵士たちに一瞬怯えが走る。それは焦りとなって弓兵に伝わり、狙いを定めたときには、敵の姿は先頭の兵士たちまで迫っていた。

「あああああっ！」

先頭の兵士たちが悲鳴のような叫びをあげながら盾に身を隠し、目視もせずに長槍を突き出した。

だが、狙いも定めていない槍に何の意味があるのだろうか。その敵は突き出された穂先を手の平で横に逸らし、そのまま巨大な盾を踏み台にして槍衾《やりぶすま》を軽々と飛び越えた。

「……ひっ」

幽鬼の如く襤褸を纏う姿が宙を舞い、襤褸の裾から漏れる銀の光に、弓兵たちから悲鳴が漏れた。

襤褸の影から漆黒の刃が煌めいた。彼らは弓を手放すことすら出来ずに見えない刃で斬り裂かれ、生き残った者たちが弓を捨てて短剣を抜いたときには、その姿は弓兵たちを置いてハサンたちへと迫っていた。

「近づかせるなっ！」

すかさず副隊長からの指示が飛び、氏族長の息子を守る近衛兵たちが迫り来る敵に向けて槍を突き出した。

宙を舞う襤褸に幾つもの槍が突き刺さる。だがその敵は空中を蹴り上げるように体勢を変えると、纏っていた襤褸の外套を囮にして一人の兵士の顔面を踏み砕きながら大地に舞い下りた。

「馬鹿な……あれではまるで……」

目を見開いた副隊長の言葉が終わる前に、飛来したナイフがその眉間を貫く。

電光石火。単独で敵陣に切り込み敵将を殺すその戦い方とその体術は、まるで何十年も前に戦場で死んだという女魔族の威名を思い起こさせた。

「……〝戦鬼〟……」

ハサンの目に映る一人の少女。砂漠の戦鬼。

灰鉄色に燃える髪を風に踊らせ、その手から放たれた刃がハサンの命を散らすまで、その鋭い瞳にハサンの姿はなくただ前にのみ向けられていた。

＊＊＊

一つ目……。

私は先鋒で出てきた部隊の指揮官らしき二名を殺して、そのまま前に駆け抜ける。

師匠から集団戦の戦い方は聞いていた。頭を潰せば部隊の指揮は混乱し、本来の力を発揮できなくなる。だがそれも続く後続がいる場合の話だ。

一人で戦えば必ず限界は来る。私のやっていることはただの時間稼ぎでしかない。

それでも戦う意味はある。

ごめんね……エレーナ。

幼いあの日、望むなら魔王でも殺してみせると約束したけれど……私は望まれてもなく命を懸けようとしている。

指揮官の周りにいた混乱する兵士たちをすり抜け、私はさらに敵の本陣がある方角へと顔を向けた。

▼アリア（アーリシア）　種族：人族♀・ランク４
【魔力値：１５３／３３０】【体力値：１８８／２６０】
【総合戦闘力：１４９７（特殊身体強化中：２７９７）】
【戦技：鉄《Iron》の薔薇《Rose》 /Limit 154 Second】

残り百五十秒――私の狙いは魔族軍の将の首だ。

「ア・レ《迅く》ッ！」

速度を強化した私の脚が砂地を蹴り上げるように後方へと吹き飛ばす。

景色を置き去りにして駆け抜ける私の背から光の残滓が箒星のように尾を引き、接近に気付いた敵の本陣から数十もの矢が放たれる。

遠距離から放たれた矢など怖くない。すべての矢を目視で躱し、またも盾の隙間から突き出された槍衾を、身を捩るようにして躱して敵の中に飛び込んだ。

「なんだこいつは⁉」

「早く殺せ！」

「味方に当たるぞっ！」

混乱する兵士たち。混乱するが故に無造作に繰り出された槍や刃が身を掠るが、致命傷でないなら止まる意味もない。

繰り出された槍の一撃を逸らして他の兵士に当てる。身体を回転させるように飛び込み、邪魔をする敵を斬り捨てる。

まだだ。もっと速く動けるはずだ。倍加した体感時間の中を潜り抜け、飛び散る血さえ手で弾きながら敵の目にも留まらない速さで駆け抜け、唖然とした顔で私を見る指揮官らしき男の懐に飛び込むとその眉間に深くダガーを突き立てた。

……二つ目。

＊＊＊

「なんだ、あれは……？」

魔族軍は混乱した。その少女は突然現れ、人とは思えない速度で戦場を駆け抜け、わずか数十秒で幾つかの部隊の指揮官が殺された。

もちろん魔族軍もただ見ていたわけではない。隊列を変え、武器を替え、時に仲間さえ巻き込んで魔術さえ使った。

それでも少女は止まらない。身体の数カ所から血を流し、その灰鉄色に燃える髪が血で染まっても、彼女は同じく血で染まった黒い刃を振るい続ける。

「止めろっ!!」

その凶刃に殺された指揮官が五人を超えて、その少女——アリアが幾つかの矢をその身に受けながらも、アイシェ将軍のいる本隊へと斬り込んだ。

「貴様、何奴っ！」

その姿を見留めたアイシェが巨大な鎧竜の背に立ち剣を抜く。

その声を聞いて、その姿を見て、一瞬で彼女が将だと判断したアリアは、それを止めようと立ちはだかる近衛兵の頭蓋をペンデュラムで砕きながら、アイシェへ鋭い視線を向けた。

「つきあってもらう」

「なに……っ」

近衛兵たちが一瞬でアリアを取り囲む。この状況で何が出来るというのか、死地へ飛び込んだ愚かな敵に向けて近衛兵たちが一斉に刃を向けると、アリアは【影収納《ストレージ》】から取り出した陶器瓶を放り投げた。

「気をつけろっ！」

「それを止めろっ！」

訓練された近衛兵が即座に動き、短剣を投擲して陶器瓶を宙で砕く。だがそれはアイシェを狙ったものではなかった。その狙いは——。

『グギャアアアアアアアアアッ！』

「なんだとっ⁉」

割れた陶器瓶の中身が鎧竜の顔にかかって酷い異臭が立ちのぼる。

おそらくは激痛を起こす神経毒の一種だろう。痛みと刺激臭で我を忘れた鎧竜が暴れはじめ、その上で立ち上がっていたアイシェがたまらず膝をつく。

一瞬の隙が生まれ、その瞬間に近衛兵を抜けたアリアが鎧竜に取りついた。それと同時にアイシェが体勢を崩しながらも短剣を投擲する。だがアリアも鎧竜の外皮を蹴り、宙を蹴るような動作で短剣を躱すと、渾身の力で手綱を引いて暴れる鎧竜に逃げ道を示した。

「おのれっ!!」

アリアの体術に目を見開きながらも、激しく揺れる鎧竜の上でアイシェが血塗れのアリアに斬りつけ、魔鋼の剣と魔鋼のダガーがぶつかり合って火花を散らす。

「人族の女がっ!! 何故邪魔をするっ!」

「守るものがあるからだ」

攻撃魔術や刃を受けたアリアの体力は限界まで落ちている。だが、ランク5であるアイシェの剣がアリアを押しきれない。

単純な技量ならアイシェのほうが上だ。だが、鉄の薔薇《アイアンローズ》で強化されたステータスだけでなく、不安定な足場というこの戦場において、長寿種であるアイシェが十数年しか生きていない人族の少女に潜り抜けた修羅場の差で押されていた。

「貴様、これが狙いかっ!」

アイシェを部下から引き離し、有利な戦場へと誘き出す。その戦い方といい、先ほどの体術といい、まるで戦場で〝戦鬼〟と呼ばれたある人物を彷彿とさせた。

「だが無駄だっ！　策を弄してもお前では私は倒せないっ！」

それでもアイシェには魔族の戦士として数十年研鑽した技がある。たとえ敵が異常なステータスを有していても、アイシェを倒すには至らない。

「つきあってもらうと言ったはずだ」

「っ！」

アイシェはそこに至ってようやく目の前にいる少女の目的に気付く。

鎧竜は後方へと駆け出していた。その方角に何があるのか？　そこにはようやく次の攻撃を熱気球に向けて放とうとしていた地竜がいた。

『グガアアアアアアアアアアッ!!』

操られていた地竜が暴走して突っ込んでくる鎧竜に気を逸らす。

真の竜種である地竜に行われた調教《テイム》は完全ではなかった。それでも、矮小な人間の攻撃なら気にしなかっただろう。通常の精神状態なら鎧竜の攻撃など歯牙にも掛けなかったはずだ。

だが、完全ではない精神制御は迫り来る鎧竜の巨体に、本能的な防衛本能を呼び起こさせる結果となった。


――轟――ッ!!

熱気球に向けて放たれるはずの火球が鎧竜に向けられた。

「ちっ！」

激しく舌打ちしたアイシェが後方へ飛び降り、それに合わせてアリアも跳ぶ。

そのまま駈け続けた鎧竜が地竜のブレスに焼かれて砂漠に散る。その巨体を盾としながらも爆風に吹き飛ばされたアリアの髪から鉄の薔薇《アイアンローズ》の光が消えて、アイシェはそれを好機と見て剣を振りかぶり、アリアも吹き飛ばされながらも目を離すことなく、二人は同時に刃を振るう。


「──【鋭斬剣《ボーパルブレイド》】──ッ!!」

「──【神撃《クリティカルエッジ》】──ッ!!」


同時に放たれた二つの戦技。その二つが空中でぶつかり合い、アイシェの剣はアリアの腹に突き刺さり、アリアの刃はアイシェの脇腹を斬り裂いた。

互いに大量の血を撒き散らしながら吹き飛ばされた二人の身体が地に落ちる。

そしてその数秒後……片方がゆっくりとおぼつかない足取りで立ち上がる。

「なんだ、こいつは……っ！」

アイシェは血が噴き出す脇腹を押さえながら、何度目かになる問いを、桃色髪の気を失った少女へと向けた。

この少女は何故、ここまでして戦う？

死ぬことは怖くないのか？

この少女は何故、あの技を知っている？

最後の瞬間、あの戦技で殺せなかったのは、あの人の技で回避したからだ。

この髪の色はなんだ？　少し違うがこの桃色の髪にアイシェは見覚えがあった。

「だが……」

危険だ。アイシェは即座にそう判断する。

聞きたいことは山ほどある。だが、魔族軍の侵攻を妨げ、一人で複数の指揮官を殺せるような奴を、魔族軍の将として放置はできなかった。

「死ね」

自身も重傷を負いながらもアイシェは剣を振りかぶる。

だがその時――

「待てっ!!」

剣を振り下ろそうとしたアイシェを誰かが止めた。

「貴様は……っ！」

その少年の姿を見てアイシェが目を見張る。

いつの間に現れたのか、そこには数年前から行方知れずになっていた魔族国の王子が肩で息をしてアイシェを見つめていた。

「剣を引け、アイシェ将軍。彼女の身柄は俺の名で預かる」

壮年の男とまだ若い少女の従者二人を引き連れ、騎獣に跨がった王子の言葉に、無言で王子と睨み合いを続けていたアイシェは、血混じりの唾を吐き捨てながら静かに剣を下ろした。

「そんな死に損ないは勝手にしろっ、だが、私もそいつがもし生き延びたなら……私もそいつが使った、我が姉の技のことで聞きたいことがある」

＊＊＊

「落ちるぞ、掴まれっ！」

徐々に落ちていく熱気球の籠でロンが叫ぶ。

熱気球は地竜《ドラゴン》の攻撃を再び受けることなく飛び立つことができた。だが、一度目の攻撃で外壁の破片が当たった際に破損していたのか、町を離れて一刻ほど過ぎた頃には限界に達して高度が落ち始めた。

「……アリア……ッ」

籠の縁に掴まりながらエレーナは彼女の名を呟く。

何故、あんなことをしたのか？

どうして一人で行ってしまったのか？

最後にアリアはエレーナのことを『友達』と呼んだ。二人には立場の違いがあり、その言葉はエレーナがどれだけ望んでも、口にしてはいけないと思っていた。

最後に見たアリアの笑顔が脳裏に浮かぶ。

あれが、アリアの……アーリシアの本当の笑顔なのか、それとも最期だからと無理に微笑んでくれたのか。普段の彼女は偽りの姿だったのか……？

（……いいえ、違う）

どちらも本当のアリアだ。あれは本当の友達へと向けていた笑顔なのだろう。

最期だからではない。あれが最期なんて認めない。アリアは生きている。アリアがエレーナとの約束を破って死ぬなんてあり得ない。

「……死んだら許さないから」

そう呟いて顔を上げたエレーナの瞳からそれまで浮かんでいた悲痛な色は消え、強い光とわずかな怒りが浮かんでいた。

アリアがあそこまでしてくれたのはエレーナを生かすためだ。

アリアは絶対に死なない。死んだら許さない。カルファーン帝国へ向かい、クレイデール本国に連絡して自分のすべてを使ってでも絶対にアリアを助けてみせる。

だからこそ、エレーナは石に齧りついてでも生き延びると誓う。

「ロン、指示をくださいっ！」

「レナ……」

「もう落ち込んではいません。それと、私のことは〝エレーナ〟で構いません」

「……わかったっ。そっちのロープを引いてくれっ」

落ち込んでいたエレーナが動き出したことで、チャコや子どもたちも怯えた顔に微かに顔色が戻る。

だがそれで事態が好転したわけではない。いまだに熱気球の高度は安定せず、最大戦力二名を欠いた状況では危険に対処できるか分からないからだ。

「ロン、空から魔物がっ！」

「こんな時にっ！」

空から二体のジャイアントクロウが迫っていた。巨体故に難易度ランク3となる魔物だが、熱気球さえまともならそれほど脅威ではない。

だが、今の状態では魔物革の熱気球でもいつまで耐えきれるか分からず、攻撃をできるエレーナも揺れている足場ではまともに魔術を使えない。手をこまねいているうちに籠を繋ぐロープの一本でも切られたら、軟着陸も困難になり、修理も出来なくなる可能性があった。

『グエエエエエッ！』

「きゃあああっ！」

ジャイアントクロウの一体が熱気球に攻撃を仕掛けて、籠が激しく揺れる。地表が近くなりロンがせめて平地に降ろそうと奮闘していると、ついにもう一体のクロウがロープ目掛けて突っ込んできた。

「――【竜巻《ハリケーン》】――」

その時、どこからかレベル4の風魔術が放たれ、突っ込んできたクロウを引き裂き、空の向こうへ吹き飛ばした。

エレーナはその魔術レベルよりも、範囲系魔術で熱気球を揺らさずジャイアントクロウのみを弾き飛ばした技量に感嘆の息を漏らす。

誰もが驚き、残されたもう一体のジャイアントクロウさえも攻撃の手を止めると、高度を落としたクロウに疾風の如く漆黒の獣が飛びかかり、引き裂くように地面に引きずり下ろした。

「お、落ちるぞっ」

正気を取り戻したロンが声をあげて、熱気球はカトラスの町が小さく見える砂地に着地する。

でも軟着陸とは言い難く、熱気球も籠も横倒しになってしまったが、そのおかげで子どもたちも砂地に落ちて驚いた顔をするだけの掠り傷のみで済んだ。

「みんな、無事かっ」

「ええ、無事です……けど」

ロンの言葉に皆が頷く。誰も大きな怪我もなく、あっても打ち身と掠り傷だけだ。それよりも驚きと安堵のほうが大きく、全員で放心していると、フードを目深に被った、先ほどの魔術を放ったと思しき女性が声をかけてきた。

「あんたら、怪我はないようだね」

大人の女性のようでその優しげな声を聞いてチャコや子どもたちが息を吐く。

「ありがとうございました。でも……あなたは？」

それでもわずかに警戒を見せるロンやエレーナに苦笑したその女性は、フードを外して闇エルフの素顔を晒した。

「人捜しでね。ところで、うちの桃色髪をした無愛想な弟子《むすめ》を見てないかい？」

エピローグ――脈動

「……そんなことがあったのかい。あの子のことも馬鹿弟子と呼ばないといけないかねぇ……。すまなかったね、お嬢さん。あの子が迷惑をかけて」

「いいえ……。アリアは何度も私を助けてくださいました。でも、アリアの魔術の先生が闇エルフの方だとは存じませんでしたわ」

陽が沈んだ星明かりだけが照らす砂漠で、焚き火を囲んだセレジュラとエレーナがこれまでのことを話し終えて互いに頭を下げる。

「…………」

セレジュラの名を聞いてロンはどこか落ち着かない様子で、気を紛らわすように熱気球の修理を続けていた。その名のことを誰かに話すつもりはないが、それでもその名の衝撃は大きかった。

クァールのネロに怯えていた二人の幼児も今はチャコの膝で眠っている。この中で同じ闇エルフのノイは、町でもあまり見ることのない母親世代の闇エルフ女性が気恥ずかしいのか、緊張するのか、固まったままセレジュラに頭を撫でられていた。

ネロは今でこそセレジュラと協力はしているものの、基本的にアリア以外の人間には興味がなく、少し離れた場所で魔物に睨みを利かせているのは、アリアが守った者が傷つくことを良しとしなかったからだ。

「私もすぐに国から離れたからねぇ……国の情勢を知らなくて悪いね」

「いいえ、アリアのために動いてくれたことを心強く思います。それで、セレジュラ様はこれからどうなさるので？」

「そうさねぇ……その前に、お嬢さんはどうするつもりか聞かせてくれないかい？」

セレジュラはエレーナの瞳を真っ直ぐに見る。

強い瞳だ、と思った。この娘が、アリアが守ろうとした少女だとすぐに気付き、無愛想で生き方が不器用な愛弟子が命を懸けて護ろうとしたのも分かる気がした。

でもそれと同時に危ういとも感じている。話してみた印象として、アリアもエレーナも互いの存在を深い部分で必要としているように感じた。

主人と護衛でもいい。友人同士でも構わない。でも、エレーナがセレジュラと一緒にアリアを助け出したいと言い出すようなら、それは友愛ではなく依存である可能性も出てくる。

だが、エレーナはセレジュラの言葉に冷静な瞳で静かに頷いた。

「まずはカルファーン帝国へ向かい、身分を明かして本国へ連絡して救援を求めます。宰相に連絡を取って暗部の護衛騎士と一緒に、アリアの仲間……〝虹色の剣〟を派遣してもらおうと考えています」

虹色の剣はクレイデール王国でも有数のランク5冒険者パーティーだ。通常、ランクが高くなれば国外への移動も容易くなるが、彼らほど力もあり貴族との繋がりが深くなると簡単に国外には出られなくなる。

情の深い彼らだからアリアを救う考えはあるかもしれない。でも、もし金銭的な問題でも渡航の問題でも何か障害があるのなら、エレーナは自分の権限をすべて使ってでもアリアの為に惜しみはしない。

「そうかい……」

冷静な判断力とそれでいながら手段を選ばないエレーナの気概に、これなら大丈夫かとセレジュラも頷く。

「あの無愛想弟子のことは私も動くから安心しな。あの〝黒ネコ〟もいることだしね」

セレジュラが背後を親指で指し示すと、ネロが嗤うように鼻を鳴らして横を向く。

「それに……ドルトンやミランダのことなら、もう動き始めているかもしれないね」

「あの二人をご存じで……」

「昔の話さ……あいつらには内緒にしておくれ」

エレーナの問いにセレジュラがニヤリと笑う。

虹色の剣の二人、それともう一人のサマンサとは、五十年以上前に何度か戦場で殺し合ったこともある仲だ。当時は敵同士だったが、敵だからこそ、少なくとも仲間を見捨てる者達ではないと理解している。

そしてセレジュラも……。

（たとえ、魔族国からでも連れ戻してやるよ、馬鹿娘……）

＊＊＊

カルファーン帝国の港町は、箱のような真っ白な建物が立ち並ぶ風光明媚な場所として知られている。

朝早く、その港に入港する巨大な帆船の帆に描かれた紋章は、知る人ぞ知るクレイデール王国の大貴族……今尚、伝統を重んじる国からは、いまだに王家として尊重される大家メルローズの家紋であった。

早朝にも拘わらず商船などの出入りが多いこの港で、慌ただしく動きだした管理局の小舟に先導されて優先的に港に着いたその船には、クレイデール王国有数の冒険者パーティーが乗り込んでいた。

「ようやく着いたぜっ！」

約一ヶ月の船旅に、身体のあちこちをバキバキと鳴らしながら一人の中肉中背の男が背を伸ばす。

外見的にはあまり特徴もなく見た目も三十代の前半から半ば程度だが、その実年齢は四十近く、更には実年齢以上に年寄りくさい仕草が板についていた。

「実際、ヴィーロは〝おじさん〟だからねぇ」

「ミラに言われたくはないわ」

「……あぁん？」

百歳を超える森エルフでも外見は二十歳程度で、森育ちなら中身も擦れていない。でも百年以上も人族の国で生活してきたミラは、外見詐欺とでも言うように中身がすっかり〝おばちゃん〟化していた。

「お前ら、じゃれてないで降りる準備をしろ。ぐずぐずするなよ」

睨み合う二人に、呆れたようにリーダーのドルトンが溜息を吐く。彼も百歳を超えた山ドワーフだが、彼はその年齢よりも、通常百六十センチ前後と言われるドワーフと違い百八十センチを超える身長で異彩を放っていた。

その横ではさらに背の高い人族の大男が、軽金属鎧に魔鋼の大剣を背負った完全武装のまま仲間のやり取りに苦笑していた。

「フェルドも、もう準備終えたのか？」

「王女殿下の件もあるが、アリアはヴィーロの弟子だろ？　もうちょっと焦燥感とかないのか？」

「あいつはなぁ……心配するだけ無駄な気がするんだが」

フェルドの呆れた声にヴィーロは気まずそうに頭を掻く。

何しろ、五年以上前の七歳の頃から色々やらかしてきた弟子なので、互いのことは心配しない程度に信頼がある。

だが、フェルドにとってアリアは微妙な存在だ。仲間でありながら目を惹かれる見目の良い少女でもあり、同時に庇護すべき妹のようにも感じていた。

これで見た目か言動のどちらかが実年齢と同じなら〝子ども〟として扱えるのだが、下手に頼りになるせいで同年代の女性と勘違いしそうになる。

「お前ら、まずはアリアよりも王女殿下の件だ。入港したらすぐに俺はあの人と王城に行って、この国の宰相と話をつけてくる。付き添いはミラが来い。ヴィーロとフェルドは馬車と食料の買い付けだ」

「はいはい」

「ミラが付き添いか？」

ドルトンの言葉に軽い返事をするミラを横目にヴィーロが首を捻る。

折衝ごとがあるならヴィーロも同席するし、フェルドもまだ貴族籍があるので顔繋ぎに連れて行ってもいいはずだ。そう言いたげなヴィーロにドルトンの顔が渋くなる。

「……おおっぴらには出てこないが、この国だと闇エルフもいるんだよ。うっかりでも、ミラと出会ってみろ」

「あ～……なるほど」

「私の話ぃ……？」

闇エルフと聞いて森エルフのミラが珍しく好戦的な笑みを浮かべていた。

肌の白い森エルフと闇エルフは互いを嫌っている。これは闇エルフが魔族と呼ばれる以前からのことで、代々親から相手の愚痴を聞かされることで互いの偏見が固まったのだと言われている。

ミラ自身は百年の街生活で闇エルフへの偏見は薄れているが、魔族は別だ。それもこれも何十年も前に戦場で会った魔族の女に散々煽られたからで、今でも闇エルフを見かけると、条件反射のように殺気が漏れる。

「虹色の剣の皆さま、もう準備は終えられたので？」

その時、彼らの話が終わるのを見計らったように、革のトランクケースに日傘を持った女性が声をかけてきた。

「これはレイトーン男爵夫人、到着までには終わる予定です」

「それでよろしくお願いしますね」

ドルトンと夫人が互いに頭を下げて、準備を終えていないヴィーロはおそらく自分に言われたであろう言葉に顔色を悪くする。

セラ・レイトーン男爵夫人。

王家付きの上級侍女にして、王妃宮を護る警備責任者の一人でもある暗部の騎士だ。

本来ならカルファーン帝国との折衝にはもっと高位の貴族が送られる手筈になっていたが、娘の安否を憂う国王陛下の願いで、各国の要人にも顔を知られ、最も信頼される彼女が送られることになった。

普段は侍女服ばかりを着ている彼女だが、今日は紺色の落ち着いた感じの大人のドレスを纏っている。

「皆さま、お分かりになっていると存じますが、最優先は王女殿下の安否となります。もちろん、その護衛であるアリアのことも出来るかぎり救出されることを望みますが、殿下を連れ帰すことが優先されます」

養子とはいえ仮にも娘となったアリアに対して冷たく感じるが、公私は分けて考えているのだろう。それでも……。

「皆さまには最大限の努力を望みます。私も最大限の援助を惜しみません。殿下や娘を救うことを邪魔するために、カルファーン帝国の馬鹿な貴族が絡んできたら、私が物理的に排除いたします」

「「…………」」

楚々とした淑女の突然の過激な発言にドルトンとフェルドが黙り込む。

噂に聞くところによると、彼女は姉を救いたいと駄々を捏ねる息子を力ずくでねじ伏せ、船に乗り込んだと聞く。

そんなセラの苛烈さを以前から知っていたヴィーロは、溜息を吐くようにボソリと呟いた。

「……なんだかんだ言って、お前が一番、あいつを可愛がってるじゃねぇか」

「何か言いましたか……？」

「言ってねぇ！」

＊＊＊

クレイデール王国、王立魔術学園にある上級貴族家所有のとある屋敷にて、真っ黒なドレスを纏った一人の少女が、広いテラスでお茶の香りを楽しんでいた。

「暇ね」

光を喰らうような長く伸びた黒い髪がうねり、弄ぶ指に絡みつく。

その肌は白と言うよりも不健康に青白く、まるで眼窩が窪んだように見える隈のせいで病弱というよりも亡者のような印象を受けた。

王太子の婚約者の一人、カルラ・レスター伯爵令嬢。

退屈という割には彼女の口元には微笑みが浮かんでいた。だがそれは、人を安心させる朗らかな笑みではない。他者を不安にさせる愉悦の笑みだった。

カルラは王家と父親から学園の屋敷で謹慎を命じられている。

それというのも、カルラが王都にある聖教会を襲い、聖者と呼ばれていた献身隊を皆殺しにして、神殿長である法衣男爵の孫、ナサニタルに危害を加えたからだ。

聖教会に関しては後ろ暗いこともあるせいか和解が成立しているが、それでも醜聞が消えることはない。カルラの父であるレスター伯爵は王家に王妃を出した実績が欲しく、王家も有力貴族との繋がりと、なによりカルラとの密約のために彼女への処罰は謹慎だけに留まった。

カルラの監視のために父の側近が何度も様子を見にやってくる。

彼女が幼い頃は娘に対して尊大だった父や側近も、カルラの実力が父である筆頭宮廷魔術師を超えると気付いてからは、父は娘に会うことを拒絶し、側近がカルラを見るその瞳には隠しようもない怯えがあった。

その側近を殺せば父はどんな顔をするのだろう。一度、側近の一人を骨まで焼いたことがあったが、醜聞を嫌う父はその事実を隠蔽した。

「ふふ」

顔面を焼かれたナサニタルは、一ヶ月経過した今でも顔面の火傷が完治していない。あれほどジックリと焼いてあげたのだから、顔面の神経が再生するまで半年は掛かるだろう。

週に一度程度だが、婚約者である王太子エルヴァンが顔を見せる。

国王陛下にも言われているのだろうが、彼がカルラに会いにくるのは婚約者としての彼自身の生真面目さだ。それ故に追い詰められて愚かな女に傾倒しているが、カルラはその愚かさが好ましく思えた。

愛しき妹姫さえ行方知れずとなり、さらに心を病んでいく、愚かで愚かで可愛らしい男。

カルラが憎むクレイデール王国の栄光と幸せの象徴。

彼が王となったらどれだけ国が乱れ、どれだけ人が死ぬのだろうか。

そのためにカルラは貴族派に支援し、魔族を呼び込み、彼の支援者を闇に葬って不和の種を蒔いていた。

エルヴァンを取り巻く不安が大きくなるほど、あの愚かな女に傾倒し、彼を心から想うクララ嬢との心が離れていくのを見るのが愉しくて堪らない。

エルヴァンがあの女に身も心も許したとき、誰から殺すのが一番傷ついてくれるのだろうかと、カルラの口元に笑みが浮かぶ。

「暇ね」

それでも退屈に感じる一番の理由は分かっている。

それは〝彼女〟がいないからだ。

アリア……自分を殺してくれるただ一人の少女。

カルラが認めたただ一人の人間。

燃えさかる王都の中で本気で殺し合い、本気になったアリアに殺されたい。

病んで死ぬよりも、有象無象の手にかかって死ぬよりも、断首台で裁かれて死ぬよりも、彼女のためだけに生きて、彼女の手にかかって死にたかった。

どれだけ過酷な環境でもアリアなら必ず生還する。そのすべてを自分の糧としてカルラを殺せる強さを身につけて帰ってくる。

だが、そろそろカルラのほうが彼女のいない、刺激のない生活に飽きはじめていた。


「そろそろ迎えに行こうかしら。喜んでくれるかな？」

うっとりと目を瞑り、カルラは恋する少女のように……寒気のするような可憐な笑みを浮かべた。

＊＊＊

暗い部屋、湿った空気、石造りの床と壁……。

砂漠の北にある古い城の地下牢において、その中で鎖に繋がれた一人の傷ついた少女が、静かに目を覚まし、翡翠色の輝く強い瞳で〝闇〟を睨み付けた。

ヒロインになりたい

「――――っ、さっさとあっちに行きなさい！」

幼い少女に命令する〝母親〟らしき人。少女は自分の名を覚えていない。ただ母親らしき女が少女に命令をするためだけの〝記号〟でしかない呼び名に、特別な意味を見いだせなかった。

その女は所謂〝夜の仕事〟をしている人だった。

幼い女児である少女から見ても綺麗な人で、派手な格好をして派手に生きる……そんな生き方が似合う人だった。

よほど自分の容姿に自信があるのか、女は自分の仕事仲間である女性たちにすら傲慢な態度で振るまい、嫌われていた。

それでも母と娘は同じ人間ではない。母親らしき女のことを嫌っていても、親に邪険にされる幼児を見れば他の女性たちも情が湧きそうなものだが、少女も自然と距離を取られて居ないものとして扱われている。

性格も態度も違うが、ある意味で分かりやすい母親よりも避けられ、理解できない異物のように見られていた。

少女は〝女〟を苦手にしていた。それは生まれてから物心がつくまで母親という〝女〟に虐げられ、他の女性も部屋にいる幼児を助けてはくれず、少女に食べ物をくれるのも可愛がってくれるのも、すべて女の客である〝男〟だけだったからだ。

少女の中で〝男〟は庇護をくれる者。〝女〟は自分を苛める者という、分かりやすい構図が生まれていた。

少女の容姿は母親らしき女とよく似ていたせいか、男性客に可愛がられた。

整った顔にとろんとした眠たげな目付きで、上目遣いに慕ってくる女児を突っぱねられる男は少ない。

そして今日もいつものように、部屋に男を連れ込んだ女に追い出され、他の女性も頼る気がない少女は独り夜を彷徨い、母らしき女に相手にされなかった可哀想な男性を慰めることで、その日の寝る場所と糧を得る。


少女は自分の容姿が優れていることを知っていた。

でも、自分と母親である女とは、明確に違うことも気づいていた。

女が他の女性たちに傲慢に振る舞うのは優越感に浸るためだ。見目の良い男性客ばかり漁るのも同じ理由だった。

けれども少女は違っていた。父も知らず、母親の愛も知らずに育った少女はただ愛されることを求めた。

女は嫌い。だから自分を可愛がってくれる男性だけに愛を求める。

容姿など気にしない。生まれも身分も関係ない。ただ、少女のことを一番に愛してくれるのなら誰でもいい。

少女はただ、たくさんの愛が欲しかった。

だが、母である女が求めるものと娘である少女の求めるものは違う。

自分を娘代わりに可愛がってくれる男性が増えたことで、男性を選り好みする女が自分の〝瘤〟になりつつあると感じた少女は、母親らしき女を疎ましく思うようになった。

「あれはもういらない」

だから、捨てた。

始まりは偶然だった。魔物生息域に隣接するホーラス男爵領を襲った魔物の暴走《スタンピード》。規模こそ大きなものではなかったが、街は襲撃され、千人以上の被害者を出した。

男を部屋に連れ込んでいた女は逃げるのが遅れた。魔物が近づいてくることを知った少女が、扉の前に物を置いて逃げたのだ。

少女の瘤だった女はいなくなった。だが幼い少女の計画は上手くいかず、少女を可愛がってくれていた男性の多くも亡くなり、生き残っても家さえも破壊されて仕事を失った男たちは、そのまま街から離れていった。

だが、たくさんの人が死んだことで、多くの孤児が発生した。そこで少女はその孤児たちに紛れ込み、孤児院に入ることを画策する。

運良く紛れ込んだ孤児院は最悪と言っていい環境だった。

予算がギリギリまで切り詰められた孤児院にて、その管理人である老婆は少ない寄付金で多くの孤児を受け入れていた。それができた理由は、抵抗のできない子どもを使って労働力として搾取していたからだ。

厳しい労働も少ない食事も、少女は年上の男児を籠絡して動かすことでことなきを得た。それによって女児たちから嫌われ、苛めを受けることになったが、少女はそれを女児たちの嫉妬と捉え、被害者として男児の庇護を求めるようになっていった。

だが、孤児を働かせて得られる金銭は高が知れている。子どもを働かせていたのは老婆が楽をするためで、多くの金銭を得ていた理由は、見目の良い孤児を里子に出すのではなく金持ちに売り飛ばしていたためだと分かった。

他の孤児は気付かなくてもこれまでの生活から少女はそれを理解できた。だが少女はそれを誰かに話して糾弾しようとはしなかった。養子として貰われるよりも、一人の男性に女として愛してほしかったからだ。

だが、選ばれたのは少女ではなかった。同性に興味のなかった少女は選ばれた子どものことをよく知らなかったが、よく見れば、文句も言わずに働いていたため、よく仕事を押し付けていた桃色髪の子どもだった。

少女は考える。どうやってその子どもに代わって男性の関心を得るか……。

しかし、次の日には桃色髪の子どもの姿は消え、管理人である老婆が殺害されたことで、子どもを買いに来るはずの人間も現れず、孤児院の管理はホーラス男爵の使用人に任されることになり

……少女は未来の知識を秘めた〝魔石〟を手に入れた。

それは今まで雲の上……まったく手が届かない存在だった男性たちの傍らへと導く道標。

〝主人公《ヒロイン》〟へと至る道。

魔石には意思のようなものが宿っており、魔石の角でわずかに傷ついた指先の血から少女の精神を呑み込もうとしたが、血流の集まる心臓でないと強制力はないのか、それとも少女の想いの強さからか、ただ少女に必要な知識を与えるだけの存在に成り下がった。

少女の願いはただ一つ……たくさんの男性に愛されること。

母の愛を受けたことがなく、父が誰なのかさえも知らない子どもが、見知らぬ男性に父性を求めたのかもしれない。

その日から少女は、『アーリシア』という名前を使い始めた。自分の生い立ちが『駆け落ちした貴族令嬢が産んだ娘』であると語り、アーリシアという存在に成り代わろうとした。

それは執念と言っていい。愛されるためだけに生きてきた少女は、元々好きでもなかった母親だった女との記憶もすべて〝ゲームのヒロイン〟で塗り替え、仕草や言葉遣い、表情や一部の考え方すらも完璧に模写してみせた。

本来のヒロインであるアーリシア。彼女をより魅力的に見せるための乙女ゲームの画像《スチル》。

それらの〝もっとも愛らしく見せる姿〟に籠絡された孤児の男児たちは、少女の言っていることは真実であると噂を広げ、ついに血の繫がりがあるという貴族家を釣り上げた。

少女は子爵家の養女となり、アーリシア・メルシスとなった。

正式にヒロインとしての道筋に乗ったことで、これから貴族の男性を籠絡することができる。

少女には魔石から得た〝知識〟がある。攻略対象者たちは全員が大なり小なり心の闇を抱えており、現状では地位はあってもそれに見合う真価を発揮していなかった。

ゲームのヒロインはそれぞれの攻略対象者の闇に向き合い、共に悩み、共に傷つくことで互いに成長し、真価を発揮した攻略対象者はヒロインに恋をするのだ。

魔石の中にいる〝女〟は、比較的難易度が低く、もっとも地位の高い『王太子』の攻略を勧めていた。だが少女は、誰か一人を攻略するつもりなど最初からなかった。

すべての愛が欲しい。最終的には王太子を選んだとしても最初からそれ以外すべてを諦めることなどできなかった。

魔石の〝女〟が訴える。

攻略者の同時攻略はできない――と。

一人一人、人間として相手に向き合っていかなければ人の心は動かない。

でも、少女は対象者たちの抱える心の闇や傷に向き合うことなく、そのすべてを肯定してあげることで甘やかした。

魔石の〝女〟が訴える。

それでは誰も幸せになれない――と。

でも。少女の望みはできるだけ多くの男性に愛されることであり、その後のことなどどうでもよかった。

たとえ、攻略対象者たちが己の闇に押し潰されて自滅しようとも。

たとえ、その結果として少女も巻き込まれて首を切り離されようとも。

「私を愛してくれるなら、私が最期の瞬間まで抱きしめてあげる……」

望みは、幸せになることでも、自滅願望でもなく、ただ愛されて愛したい。

王子様が……王弟が……神殿長の孫が、自分を取り巻くすべてを切り捨ててでも捧げてくれる最上の愛が欲しかった。

それだけが少女の果てしない〝餓え〟を満たしてくれる。

だが……それを邪魔する者がいる。

王太子の政敵となりつつある、第一王女エレーナ。

王太子の婚約者である危険人物、伯爵令嬢カルラ。

王女の護衛にして裏社会で恐れられる、桃色髪の少女アリア。

だから――。


「ねぇ、みんな。私たちには【加護《ギフト》】が必要だと思うの」

魔術学園の中にあるテーブルで、王太子エルヴァン、王弟アモル、神殿長の孫であるナサニタルを前にした少女――〝聖女リシア〟は、まるで一輪の花を強請る子どものように愛らしく微笑んだ。

アリアのお料理教室

レースヴェールの砂漠に跳ばされ、カトラスの町に辿り着くまで、アリアとエレーナには苦難の日々が待ち受けていた。

「アリアはお料理をよくなさるの？」

もとい、アリアにとっては初めての砂漠の気候に戸惑うことはあってもさほど苦ではなく、身体が丈夫になったとはいえ普通の体力しかないエレーナの体調のほうを気にしていた。

そのアリアの心づくしの気遣いが、エレーナにとって想定していなかった苦難となった。

野営の初日、何気なくそんなことを訊ねたエレーナにアリアの答えは――

「師匠のところでは食事を作っていた」

――だった。

その夜は王宮育ちのエレーナにとって衝撃であった。アリアが突然どこかへ何かを投げて、引き寄せたときには、アリアの手には硬い鱗に包まれたトカゲのようなものが掴まれていた。

船の錨のような刃物が刺さっていたことから、アリアがそれを狩ったことは理解できたが、次の瞬間にはそのままトカゲの首を刃物で掻き切り、血抜きを始めたのを見てエレーナも思わず目を丸くする。

「……な、何をしていますの？」

「血抜き。血液にも栄養はあるから勿体ないけど、初めての食材だから、念のために血を抜いておいた」

「いえ、その……」

「大丈夫、毒味はする」

「はい……」

どうやらその生物を食べるらしい、と理解したエレーナが口ごもる。

王宮育ちのエレーナでも、普段食べている肉が元は生き物だと知っている。それでも解体して普段知っている〝お肉〟の形になっていれば食べられると自分を納得させたエレーナだったが、アリアの調理を見て絶句する。

「アリア……?」

「毒はなかったから大丈夫」

アリアの調理法は〝丸焼き〟だった。しかも皮も鱗も剥ぐことなく焚火で直に炙る完璧な姿焼きであった。

「この部位は美味しい」

「……いただきます」

アリアがナイフでばっさりと首を切ってその断面のお肉を勧められ、とりあえず焼けたトカゲと目を合わせないようにしながら、エレーナはお肉に齧り付いた。

普通に美味しいのがなんとなく嫌だった。

だがエレーナは、その日の食事がアリアなりにかなり気を使ってくれていたのだと気付かされた。

「あ、アリア……」

砂漠に生物は少なく、トカゲのようなまともなお肉はかなり貴重だった。

「運良く見つけた」

「はい……」

自分のために獲ってきてくれたのだと理解しているから、それがたとえ〝巨大芋虫〟でもエレーナはそれ以上何も言うことができない。

せめて解体してくれたら……と思いつつ、アリアが出してきた料理は縦に真っ二つに切って火を通しただけで、その断面にスプーンを刺しただけの物で、差し出されたエレーナは神妙な顔つきで受け取った。

ちなみに味は呑み込んだからよく分からなかった。

砂漠に偶に見かける棘のある多肉植物は、アリア曰くそれなりに栄養があるそうで、水分も摂れるらしいから、エレーナはそれだけでもいいと思ったが、アリアはエレーナの体調を考え、蛇や虫など生命力の高い生き物を狩ってくる。

蛇はまだマシ……というかかなり良いほうだ。少なくとも皮を剥いでぶつ切りにしてしまえば、ただのお肉として食べられるのだから。

「今日はムカデとサソリを見つけた。毒抜きするからちょっと待っていて」

「…………」

どちらもエレーナの腕ほどの大きさがある、まだ蠢く節足動物を目にして、エレーナは立ち眩みを起こしたように目の前が暗くなった。

それからようやく人間の集落であるカトラスの町を見つけて、一番の目的も忘れて喜んだのはエレーナだった。

そこの場末の酒場で店主自ら『不味い』という食事を出されたが、エレーナはどれだけ不味くてもこれまでよりマシだと、曖昧に笑って誤魔化すことしかできなかった。

アリアの料理のほうが美味しいのだけど、それを言葉にするのもなんとなく悔しかった。

＊＊＊

数ヶ月が経ち、カトラスの町を魔物の暴走《スタンピード》が襲った。

アリアと離ればなれとなったエレーナは、そこでアリアの師匠だというセレジュラという闇エルフに救われることになる。

ロンが壊れた熱気球を修理する間、いまだに落下の精神的衝撃から立ち直れていないチャコに代わって簡単な食事を用意しようとしたエレーナだったが、そんな彼女が用意した食材を見て、セレジュラが目を見開いた。

「お嬢さん……何をしているんだい？」

「間違っていましたか？　アリアはこうしていましたが……」

エレーナはどこから見つけてきたのか、人間の頭以上もある巨大なダンゴムシを串に刺して焚火で炙り始めていた。

エレーナもそれがまともな料理だとは思っていない。それでも生来の生真面目さから、野営をするときの調理はこういうものだとすり込まれてしまい、自分は食そうとは欠片も思わないが、アリアの師匠であるセレジュラのために厚意で準備していたのだ。

「…………」

セレジュラはそれを見て頭痛がしたように眉間を押さえ、あの無愛想弟子を助ける以上にどうしても会わなければいけない理由が増えたのを感じた。

「一言、言ってやらないとねぇ……ふふふ」

『ガァ……』

そんなことを呟くセレジュラにネロは呆れた目を向けながら、一声鳴いて眠りに就いた。

あとがき

初めての方は初めまして、お久しぶりの、春の日びよりです。

学園の場面が少ない『学園編』の第二章、『砂漠の薔薇』となります。いやはや、ついに主人公が学園から出ちゃいましたね……。

その代わりと言ってはなんですが、〝ヒロインもどき〟と〝悪役令嬢〟のドロドロとした汚泥のような学園編が始まりました。

正統な悪役令嬢ムーブと虐殺を使い分けるカルラと、籠絡した攻略対象者を操って悪役令嬢を排除しようとするリシアの戦いです。

クララもようやく覚悟を決めて直接リシアの殺害に乗り出しましたが……周りが人外過ぎてどうにもこうにも……。力業で問題を解決するアリアと常識枠のエレーナがいない怪獣決戦の場となっていますが、なんとか頑張ってほしいものです。

本編を読んでくださっている方は分かると思いますが、アリアの転移は乙女ゲームの隠しキャラルートです。相手は魔族国の……誰でしょうなぁ。（すっとぼけ）

本来の隠しキャラルートですと、攻略対象者たちをガンガン覚醒させているヒロインを危険視した魔族が、ヒロインを魔族国へ攫います。

そこで攻略成功すると魔族国との停戦とかあるのですが、隠しキャラの好感度が足りないと魔族王との決戦になります。この時に覚醒している攻略対象者が援軍として現れるのですが、そっちの好感度が足りていないと味方が少なくてバッドエンドになる可能性があるのです。

まぁ、アリアだといらんですよね……。そこにセレジュラやネロやカルラとか参加したら、魔族は大丈夫でしょうか。


今回もイラストはひたきゆう先生です。前回より絵柄を新しくしていただきましたが、今回も素晴らしいイラストを描いてくださいました。前回の五巻でアリアが可愛らしくなって、攻略対象者が乙女ゲームのイケメンになって驚いた方もいらっしゃると思います。

そして今回はコミカライズ三巻も同月発売です。もしかして書店様でこのあとがきをチェックしている方は、コミック売り場へ行きましょう。まだ売ってなかったら予約できますよ！

巻数が増えて動画サイトなどでレビューされることも増えましたが、そちらも好評なようで安堵しております。

それでは、また七巻でお目にかかりましょう。

読んでくださる読者様と、置いてくださる書店様や販売店様と、この本の製作に関わったすべての方に最大限の感謝をっ！

エルヴァン

クレイデール王国の王太子にしてエレーナの腹違いの兄。「銀の翼に恋をする」の攻略対象の一人である。婚約者としてクララやカルラがいるが、現在アーリシア（偽ヒロイン）に篭絡されている。

セオ

セラの息子にして、同じく暗部に所属する騎士。現在はアーリシア（偽ヒロイン）の護衛兼執事となっているため、その行動に振り回されている。なお、諸事情によりアリアが義理の姉となったことに対して色々と思い悩んでいる。

コミカライズ第15話　試し読み

漫画 **わかさこばと**

原作 **春の日びより**

キャラクター原案 **ひたきゆう**

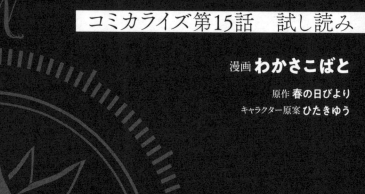

第15話
お前の新しい任務が決まった
【上級執事】【種族：人族♂】
【魔力値：185／190】
【体力値：332／350】
【総合戦闘力：1216（身体強化中：1550）】
……この男はヴィーロが言う『戦闘力が当てにならない』典型だ
戦闘力はフェルドに劣るが感じられる強さは勝るとも劣らない…
お前のことは王女殿下から自由にさせるようにと承った
だが我らのことを知ったお前をそのまま野放しにはできない
なのでお前にはヴィーロと同じように
一介の冒険者として『協力者』という立場になってもらう
……
わかった

勝手に決められたのは不服だが
自由な冒険者のまま顧客と伝手ができたと思えばそれほど悪くない
で？私への依頼は何？
お前の任務はとある貴族家にメイドとして潜入し現在起きている問題を解決することだ
期間は現地で1ヶ月
これは私がお前を見極めるための任務だ
失敗しても貴族家の娘がひとり死ぬだけだから国にとって重要な案件ではない
貴族の令嬢がひとり死ぬけど重要じゃないのか…
了解
……ボス？
組織のボスは私ではない
私のことはグレイブと呼べ
了解グレイブさん
それで場所は？
お前の赴任先は——

よぉ
アリア
ヴィーロ
撤収作業中
じゃないの？
サボってる…
サボってるん
じゃない
休憩中なだけだ
……
おい急に
黙るなよ
お前グレイブから
何か任された
んだろ？
…まぁね
すぐ発つよ
じゃあお前とは
ここで
お別れだな…
そうだね
じゃ
スタ
スタ

ちょちょちょ!!
お前ちょっと
淡泊《たんぱく》すぎないか!?
師匠に向かって!!
この仕事を
していれば
どうせまた
会えるでしょ?
そりゃ
そうだけどよ!
もうちょっと
こう…
もう少し
冒険者の動きも
覚えたかったが
最低限のことは
教わった
あとは自力で
なんとかする
セラも同様に
また会う機会は
あるだろう
はー……
ったく
お前なら
何も心配
いらねぇな
まぁ
元気でやれよ!
そっちもね

ヘッ
ニッ

アリアちゃん よかったら これ使って
いいの？
うん 餞別《せんべつ》！
ありがと ミーナ
アリア！
セオ
アリア…僕も 12歳になったら 王都に行く
そしたら 迎えに行くよ
伝えたいことが あるんだ
今は 言えないこと？
うん

男として…アリアより背が大きくなったら言うよっ!
なんだろう?
12歳になると何かあるのだろうか?
じゃあ…またね!
タタタ…
私には兄弟はいないけど
弟がいたらこんな感じだったのかな
ザリ
さてと…行くか

昇る!
魔族軍に囚われ、
魔王継承の争いに巻き込まれるアリア。
死闘の果てに待つものとは——!?

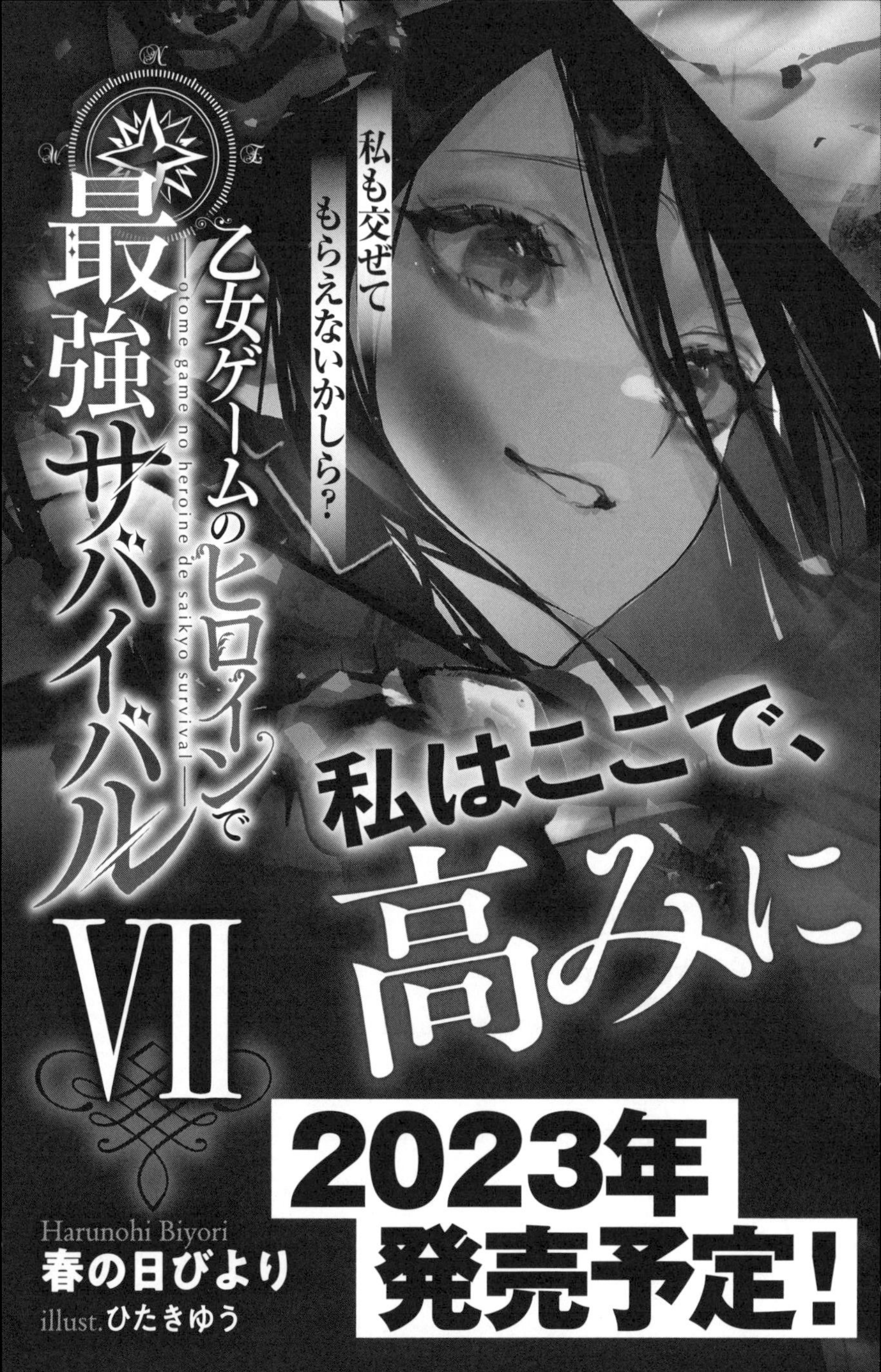

私も交ぜて
もらえないかしら？
乙女ゲームのヒロインで
最強サバイバル
―otome game no heroine de saikyo survival―
VII
私はここで、
高みに
2023年
発売予定！
Harunohi Biyori
春の日びより
illust.ひたきゆう

乙女ゲームのヒロインで最強サバイバルⅥ

2023年7月1日　第1刷発行

著　者　春の日びより

発行者　本田武市

発行所　TOブックス
〒150-0002
東京都渋谷区渋谷三丁目1番1号　PMO渋谷Ⅱ　11階
TEL 0120-933-772（営業フリーダイヤル）
FAX 050-3156-0508

印刷・製本　中央精版印刷株式会社

ISBN978-4-86699-859-6